हिन्द पॉकेट बुक्स

महीप सिंह

की यादगारी कहानियां

डॉ. महीप सिंह हिन्दी के प्रसिद्ध लेखक, स्तम्भकार और पत्रकार थे। उन्हें 2009 का भारत भारती सम्मान प्रदान किया गया था। वह विभिन्न पत्र-पत्रिकाओं में राष्ट्रीय मसलों पर लेख भी लिखते थे। उन्होंने करीब 125 कहानियां और कई उपन्यास भी लिखे थे। वे दिल्ली विश्वविद्यालय में हिन्दी के प्राध्यापक रहे। उन्हें 60 के दशक में हिन्दी साहित्य जगत में संचेतन कहानी के आन्दोलन की शुरुआत करने के लिए जाना जाता है।

महीप सिंह

की यादगारी कहानियां

महीप सिंह

हिन्द पॉकेट बुक्स
पेंगुइन रैंडम हाउस इम्प्रिंट

हिन्द पॉकेट बुक्स

यूएसए। कनाडा। यूके। आयरलैंड। ऑस्ट्रेलिया। सिंगापुर
न्यू ज़ीलैंड। भारत। दक्षिण अफ्रीका। चीन

हिन्द पॉकेट बुक्स, पेंगुइन रैंडम हाउस ग्रुप ऑफ़ कम्पनीज़ का हिस्सा है,
जिसका पता global.penguinrandomhouse.com पर मिलेगा

पेंगुइन रैंडम हाउस इंडिया प्रा. लि.,
चौथी मंजिल, कैपिटल टावर -1, एम जी रोड,
गुड़गांव 122 002, हरियाणा, भारत

पेंगुइन
रैंडम हाउस
इंडिया

प्रथम संस्करण हिन्द पॉकेट बुक्स द्वारा 2010 में प्रकाशित
यह हिन्दी संस्करण हिन्द पॉकेट बुक्स में पेंगुइन रैंडम हाउस द्वारा 2022 में प्रकाशित

10 9 8 7 6 5 4 3 2

इस पुस्तक में व्यक्त विचार लेखक के अपने हैं, जिनका यथासंभव तथ्यात्मक सत्यापन किया गया है, और इस संबंध में प्रकाशक एवं सहयोगी प्रकाशक किसी भी रूप में उत्तरदायी नहीं हैं।

ISBN 9789353492793

मुद्रकः रेप्रो इंडिया लिमिटेड

www.penguin.co.in

FSC
www.fsc.org
MIX
Paper from responsible sources
FSC® C047271

This is a legitimate digitally printed version of the book and therefore might not have certain extra finishing on the cover.

अनुक्रम

उलझन

कालेज से आते ही प्रोफ़ेसर महेन्द्रसिंह ने अपना कोट और टाई उतार कर पलंग पर फेंक दी। पप्पी पलंग पर सोई हुई थी और सुरजीत कौर पास ही बैठी खाना गर्म कर रही थी। "आं! अभी पगड़ी न उतारिएगा।" वह वहीं बैठी-बैठी चिल्लाई, "दो मिनट बैठकर सांस ले लीजिए। बाहर से गर्म-गर्म आते हैं और आते ही पगड़ी उतार देते हैं, सिर में सीधी हवा लगती है और फिर भी जुकाम हो जाता है। कितनी बार कहा मेरी तो कोई सुनता ही नहीं।"

महेन्द्रसिंह अब तक पगड़ी उतार कर मेज पर रख चुके थे और शीशे के सामने खड़े अपने केशों पर कंघा फेर रहे थे। सुरजीत कौर ने खाना मेज पर लगा दिया और कोट तथा टाई को हैंगर पर टांगते हुए झुंझलाए स्वर में कहा–"इतना भी नहीं होता कि आकर अपने कपड़े तो हैंगर पर टांग दें। बस पलंग पर फेंक दिया। क्रीज खराब हो जाती तो कल कालेज पहन कर क्या जाते?"

महेन्द्रसिंह कुछ बोले नहीं, थोड़ा मुस्करा भर दिये और तौलिए से अपने हाथ पोंछते हुए खाने की मेज बैठ गए। पानी के गिलास भर कर सुरजीत भी बैठने को ही थी कि पंलग पर पतले दुपट्टे के अन्दर लेटी हुई पप्पी थोड़ी सी कसमसाई।

"और मुसीबत।" कहती हुई सुरजीत झट से पलंग की ओर बढ़ी और उसे सुलाने को थपकियां देने लगी।

"अब आओ भी न!" महेन्द्रसिंह चम्मच से सब्जी का रस पीते हुए बोले, "दो बज रहे हैं और मुझे बड़े जोर से भूख लग रही। तुम यह क्या ले बैठी?"

"भूख क्या मुझे नहीं लगी है?" सुरजीत जरा झुंझला कर बोली, "पप्पी जाग जाएगी तो दोनों का खाना हराम हो जायेगा, आप शुरू कीजिये।"

किन्तु पप्पी को सुलाने के सभी प्रयत्न असफल रहे और आखिर उसे साथ लेकर बैठना पड़ा। उसने प्लेट से रोटियां निकाल कर नीचे फेंक दीं, सब्जी की कटोरी को मेज पर उलट दिया। मेहन्द्रसिंह अरे! करते रहे, सुरजीत खीझती झुंझलाती रही और दोनों किसी प्रकार खाते रहे।

महेन्द्रसिंह को कालेज में प्राध्यापक हुए दो वर्ष ही हुए थे। उन्हें अपने घर से काफी दूर बम्बई जैसे नगर में उन्हें नौकरी मिली। पहले वर्ष तो वह अकेले एक होटल में रहते रहे, क्योंकि लगातार प्रयत्न करते रहने पर भी उन्हें रहने योग्य कोई उचित स्थान नहीं मिल सका। दूसरे वर्ष बड़ी चेष्टा करने पर उन्हें अपने कालेज से लगभग दस मील दूर एक खोली मिली, अर्थात् एक कमरा जिसमें लकड़ी का पर्दा लगाकर एक रसोई बनायी गई थी। किराया छः मास का पेशगी देना पड़ा था। कुशल इतनी ही थी कि कुछ पगड़ी नहीं देनी पड़ी। महेन्द्रसिंह का बस चलता तो ऐसे मकान की ओर आंख उठाकर भी नहीं देखते किन्तु वह अनुभव कर चुके थे कि उनके जैसे वेतन पाने वाले व्यक्ति को बंबई जैसे नगर में इससे अच्छे स्थान की आशा नहीं करनी चाहिए।

खाना खाकर महेंन्द्र सिंह पलंग पर लेट गए और एक पत्रिका के पन्ने उलटने लगे। सुरजीत ने पप्पी को उनके पास बैठा दिया और स्वयं जूठे बर्तन को समेटने में लग गयी। महेन्द्रसिंह कई बार कह चुके थे कि क्यों न एक नौकर रख लिया जाय जो बर्तन मांजने, कपड़े धोने और पप्पी को खिलाने में मदद कर दिया करे। किन्तु सुरजीत सदा यही कह कर टालती रही कि इतने वेतन में बम्बई जैसे नगर में नौकर रखने की गुंजाइश कैसे हो सकती है? आखिर दस बीस पीछे भी तो डालने चाहिए। समय कुसमय में कुछ न पास होगा तब किसके सामने

हाथ फैलायेंगे? महेन्द्रसिंह इस तर्क पर चुप हो जाते। फिलहाल एक बाई काम करती थी जो दोनों समय बर्तन मांज जाती और कमरे में झाड़ू कटका कर जाती। बम्बई में कटका का अर्थ होता होता है गीले कपड़े से कमरे के फर्श को साफ कर देना।

सुबह महेन्द्रसिंह की नींद खुली तो उन्होंने देखा कि सुरजीत नहाई धोई रसोई में बैठी स्टोव जला रही है। वह पलंग से उठकर कुर्सी पर बैठ गए और बोले, "एक गिलास पानी देना।" सुरजीत ने चाय का पानी स्टोव पर चढ़ा दिया था। उसने उठकर एक गिलास बासी पानी जो उनके नित्य प्रातः पीने की आदत थी, उनके सामने रख दिया, "जल्दी नहा धो आइये, काफी देर हो गयी है।" महेन्द्रसिंह ने पानी पीकर टाइमपीस की ओर देखा। साढ़े छः बजने वाले थे। उन्होंने दैनिक पत्र उठाया और वह उसकी मोटी-मोटी सुर्खियां देखने लगे। सुरजीत ने रसोई से ही कहा, "चाय तैयार है। फिर कालेज को देर हो जाए तो मुझे न कहिएगा।"

महेन्द्रसिंह जुम्हाई लेते हुए उठे और इधर-उधर देखते हुए बोले, "तौलिया कहां है?"

"तार पर नहीं टंगा है क्या?"

उन्होंने कमरे में आर-पार बंधे हुए तार पर दृष्टि डाली और उस पर से तौलिया उतार लिया। फिर उन्होंने कमरे के एक कोने के आले से साबुनदानी और पेस्ट उठाया पर देखा कि वहां ब्रुश नहीं है। "मेरा ब्रुश कहां है?" वह जोर से चिल्लाए।

"वहां आले में नहीं हैं?

सुरजीत ने रसोयी में ही बैठे-बैठे उत्तर दिया।

"यहां तो कहीं नहीं।"

"वहीं कहीं इधर-उधर होगा। देखिए न।"

महेन्द्रसिंह ने इधर-उधर देखा किन्तु उन्हें कहीं दिखाई न दिया। बोले, "आओ जरा ढूंढ़ दो, मुझे तो नहीं मिलता।"

इधर पप्पी भी जाग गयी। सुरजीत ने उसे पलंग से उठाया और

उसकी गोद में देते हुए कहा, "पकड़िये, मैं देखू।" महेन्द्रसिंह ने पप्पी को ले लिया। वह अपने छोटे से हाथ से उनके मुंह की ओर ताकती हुई उनकी लम्बी नाक को पकड़ने की कोशिश कर रही थी और महेन्द्रसिंह बुत बने खड़े थे।

"यह लीजिए।" सुरजीत ने ब्रुश अपने हाथ में लेते हुए कहा, "उस कोने में पड़ा था। मगर यह नहीं हुआ कि जरा कमर झुकाकर ढूंढ़ लें। एक आदमी तो खाली आपके कामों के लिए होना चाहिए।"

महेन्द्रसिंह हंस दिये, बोले, "तुम्हारे सामने तो सचमुच मेरी सारी चलत फिरत मारी जाती है। पता नहीं पिछला साल कैसे कट गया। अब तो तुम्हारे बिना मुझ से तिल भर भी करते धरते नहीं बनता। देखो न जरा-जरा सी बात के लिए तुम्हारे सहारे पड़ा रहता हूं।"

सुरजीत जब कभी महेन्द्रसिंह के मुख से इस प्रकार के शब्द सुनती उसे एक प्रकार का आत्मिक आनन्द मिलता। यह अनुभूति उसे एक अजीब सा सुख देती कि कोई उस पर इतना आश्रित है कि अपनी छोटी सी छोटी बात के लिए उस पर निर्भर रहता है। फिर भी नाराजगी भरे स्वर में बोली, "अच्छा जाइए और जल्दी जल्दी निपटिए। ऐसा भी क्या आलस ?"

महेन्द्रसिंह सचमुच बड़े आलसी थे, या यों कहिए कि अब हो गए थे। सुबह उठते ही चिल्लाना शुरू कर देते थे, पानी, तौलिया, ब्रुश पेस्ट। नहाने जाते समय जब कच्छा भूल जाते तब या तो सुरजीत स्मरण कराती या फिर गुसलखाने से कच्छे के लिए पुकार आती और सुरजीत को रसोई घर में जलते हुए स्टोव और उबलते हुए दूध को वैसे ही छोड़कर भागना पड़ता। आगे बढ़ते हुए प्रत्येक कदम पर वह पीछे घूमकर देखती जाती इस बीच कहीं पप्पी रसोई घर में घुस कर सब उलट-पुलट न कर दे। महेन्द्रसिंह जब नहाकर आते तब उन्हें दाढ़ी फिक्स करने के लिए एक कटोरी पानी, धुला हुआ ठाठा (दाढ़ी पर बांधने वाला कपड़ा) और काला धागा तैयार मिलता। ऐसे समय जब कभी पप्पी आकर उनसे उलझने लगती तब वह चिल्ला उठते, "अरे

इसे पकड़ो नहीं तो फिक्सो की शीशी उलट डालेगी।"

और तब सुरजीत रसोई से ही उसे आवाजें देना शरू करती या फिर पकड़ने के लिए स्वयं आती।

एक दिन महेन्द्रसिंह कालेज जाने के लिए तैयार हो रहे थे। पगड़ी बांध चुके थे, कपड़े पहन चुके थे। बूट पहनने लगे तो देखा कि उसमें पड़े हुए मोजे कुछ गन्दे हैं।

उन्होंने इधर-उधर देखा, सुरजीत को कहीं पास दिखाई नहीं दी। दूसरे मोजे ढूंढ़ने के लिए उन्होंने दो-तीन सन्दूकों के कपड़े इधर-उधर पलट डाले किन्तु सब बेकार। वह खड़े-खड़े झुँझला ही रहे थे कि सुरजीत हाथ में कुछ धुले हुए गीले कपड़े लिए वहां आ गयी।

"अरे? क्या खोज रहे हैं आप?" सन्दूकों के उलटे-पुलटे कपड़ों को देखकर उसने पूछा।

"तुम कहां गई थी? मुझे मोजे चाहिए। सब देख डाला पर कहीं नहीं मिले।"

"गुसलखाने में पप्पी के दो फ्राक ही धोने गयी थी। इतनी देर में मानो प्रलय आ गई।" कहती हुई उसने उघड़े हुए एक सन्दूक के कोने से मोजे निकाल कर उनके हाथ में दिया। फिर कहा, "जरा ध्यान से देखते तो वहीं मिल जाते मगर आप को तो खाली उलट-पलट करना आता है सारे कपड़ों की तय खराब करके रख दी।"

देर हो जाने की आशंका से महेन्द्रसिंह वैसे ही खीजे हुए थे, सुरजीत की इस बात से उनका पारा और चढ़ गया। बड़े गम्भीर स्वर में बोले, "देखो जब तक मैं कालेज चला न जाया करूं तब तक तुम एक क्षण के लिए भी मेरे सामने से न हटा करो। तुम्हें मालूम तो है कि तुम्हारे बिना जरा सी देर के लिए भी, एक क्षण के लिए भी मेरा काम नही चलता।"

महेन्द्रसिंह के इस क्रोध में भी सुरजीत को हंसी आ गयी, बोली, "जब मैं नहीं आयी थी तब आपका काम कैसे चलता था?"

"तब मैं अपना सब काम स्वयं कर लेता था। तुम्हीं ने तो मेरी

आदतें बिगाड़ दी हैं।"

कभी-कभी सुरजीत घर के काम से बहुत खीझ जाती थी। महेन्द्रसिंह का आलस और पप्पी उसके मुख्य कारण होते। पप्पी जब से बम्बई आयी थी पहले दिन से ही उसे यहां के दूध से ऐसी अरुचि हो गयी थी कि एक बार में पांच औंस पी जाने वाली वह लड़की अब दूध की बोतल को मुंह नहीं लगाती थी। महेन्द्रसिंह ने डिब्बे का दूध लाकर दिया किन्तु उसे वह भी नहीं भाया। इसलिए अब वह अधिकतर मां के दूध पर रहने लगी थी और दिन में एक क्षण के लिए भी सुरजीत का पिण्ड नहीं छोड़ती थी। महेन्द्रसिंह जितनी देर भी घर पर रहते या तो कुछ पढ़ते रहते या लिखते रहते। जब कभी सुरजीत तंग आकर पप्पी को उनके हाथ में पकड़ा जाती वह उसे पांच मिनट से अधिक नहीं टिका पाते। या तो वह उनकी पुस्तकों के पन्ने नोचने शुरू कर देती या फिर रोने लगती और महेन्द्रसिंह झुँझला कर किसी काम में लगी सुरजीत के पास उसे बैठा आते। वह झट मां का कंधा पकड़ कर खड़ी हो जाती और उसकी गोद में पहुंचने का प्रयत्न करने लगती।

उस दिन महेन्द्रसिंह जब कालेज से लौटे तब सुरजीत बहुत झुंझलाई और परेशान बैठी थी। पप्पी उसकी गोद में पड़ी दूध पी रही थी। आज उसने उसे बहुत परेशान किया था। खाना बनाते समय वह बार-बार रसोईघर में घुस आती और सुरजीत की पीठ का सहारा लेकर उधम मचाने लगती। एक बार वह बगल से होकर जलते हुए स्टोव के पास पहुंच गई। सुरजीत चमचे से सब्जी हिला रही थी। पप्पी का हाथ जलते हुए स्टोव पर पड़ने ही वाला था कि उसने देख लिया और वह हड़बड़ा कर उसे पकड़ने के लिए लपकी। पप्पी का हाथ जलने से तो बच गया किन्तु हड़बड़ाहट में सुरजीत की कोहनी स्टोव पर रखे बर्तन में लगी और वह उलट कर नीचे आ गिरा। सारी सब्जी फर्श पर बिखर गई, सुरजीत के कपड़े पीले हो गये। दो चार छींटें पप्पी पर आ पड़े और वह जोर-जोर से रोने लगी। फर्श पर पड़ी हुई सब्जी के रस में सने

हुए कपड़ों और पप्पी की चीखों ने उसे एक साथ पागल सा बना दिया। किसी प्रकार उसने अपने कपड़े बदले, पप्पी के बदन पर जहां छीटें पड़े थे वहां नीली रोशनाई लगायी और फिर उसे चुप कराने के लिए वह दूध पिलाने लगी। इस घटना ने उसे इतना भ्रमित कर दिया कि उसे इस बात का ध्यान ही न रहा कि महेन्द्रसिंह के आने का समय हो गया है और उसे उनके लिए अब तक कुछ खाना बना लेना चाहिए था।

महेन्द्रसिंह ने आते ही अपनी आदत के अनुसार कोट और टाई उतार कर पलंग पर डाल दी और कमीज उतारते हुए वह बोले, "जल्दी खाना लाओ, भूख अपना पूरा जोर दिखा रही है।"

सुरजीत जैसे नींद से जागी। उसने पप्पी की ओर देखा। वह दूध पीती-पीती गोद में ही सो गई थी। उसे पलंग पर लिटाते हुए सुरजीत ने कहा, "आज खाने में कुछ देर है। अभी बन नहीं पाया है।"

"अभी बन नहीं पाया है? क्यो ?" महेन्द्रसिंह ने जरा तीखे स्वर में पूछा, "मुझे तो भूख बड़े जोर से लग रही है।"

"अभी बन जाता है" के अतिरिक्त सुरजीत ने और कुछ नहीं कहा। एक गुबार सा उसके हृदय से भरा हुआ था जिस पर उसके मौन ने आवरण डाल रखा था। वह जैसे ही रसोईघर में जाने को हुई पप्पी जोर से रोने लगी। शायद उसकी जलन की पीड़ा उसे सोने नहीं दे रही थी। सुरजीत ने पप्पी की ओर देखा और फिर महेन्द्रसिंह की ओर कुछ तीखी दृष्टि से देखते हुए कहा, "आप जरा इसे उठा लिजिए।"

एक तो महेन्द्रसिंह वैसे ही पप्पी को बहुत कम लेते थे और अक्सर सुरजीत को उसे गोद में लिए ही खाना बनाना पड़ता था। पर आज तो महेन्द्रसिंह की मनः स्थिति ठीक नहीं थी। वे बिगड़ कर बोले, "ना बाबा यह काम मुझ से नहीं होगा।"

पप्पी तथा घरेलू कार्यों के प्रति महेन्द्रसिंह के ये उद्‌गार सुरजीत के लिए नये नहीं थे, किन्तु आज के उनके इन शब्दों ने उसे वह ठेस पहुंचाई कि उसका अन्तरतम तिलमिला उठा। हृदयागार में चिरसंचित

कुछ मानो अब फटकर बहार निकल आना चाहता था। उसके नेत्र डबडबा आये और उसके मुख के कुछ अस्फुट शब्दों से निकलते न निकलते आसुओं की धारा वेगवती होकर बह चली। पप्पी को पलंग से उठते हुए उसने कहा, "आप इसे नहीं लेंगे तो आज मुझसे खाना नहीं बन सकेगा।"

महेन्द्रसिंह ने मूक दृष्टि से सुरजीत की ओर देखा। वह अपनी आंखें पोंछती हुई कह रही थी, "आप पुरुष लोग यह समझते हैं कि जीविका कमाने के लिये आप तो मेहनत करते हैं और ये स्त्रियां घर में बेकार बैठी रोटियां तोड़ती हैं, इसलिए घर गृहस्थी का और अपना जितना भी बोझ इन पर डाला जाए उतना ही ठीक। किन्तु हम औरतें घर में अपना दिन किस तरह गुजारती हैं यह हमें ही पता है। आपकी नौकरी तो कुछ घंटों की होती है किन्तु हम चौबिस घंटों के नौकर मालिकों से दया और सहानुभूति की आशा रखते हैं किन्तु हम पर आप शायद भूलकर भी दया दिखना नहीं चाहते। आज मेरा जरा सा ध्यान चूक जाता तो पप्पी स्टोव से जल जाती और पता नहीं कितनी मुसीबतें उठानी पड़ती। इस को बचाने में सारी सब्जी जमीन पर गिर गई। मेरे कपड़े खराब हो गए और इस पर भी कई जगह गर्म छींटे पड़ गए। तब से यह लगातार रो रही है।"

महेन्द्रसिंह ने खेद और उत्सुकता मिली दृष्टि से पप्पी की ओर देखा। उसकी बांहों पर दो तीन जगह नीली दवा लगी हुई थी। महेन्द्रसिंह क्रोध से उबल पड़े और बोले, "मैंने तुमसे कई दफा कहा है कि नौकर रख लो लेकिन तुम हो कि मेरी बात सुनती ही नहीं।" सुरजीत बोली–"मुझे क्या नौकर से कोई चिढ़ है? अगर मैं यह खर्च। बचाना चाहती हूं तो क्या अपने लिए? कल अगर आपके पास दो चार पैसे न हुए तो आप के माता-पिता आपको नहीं, मुझे दोष देंगे कि इसने समय-कुसमय के लिए चार पैसे भी बचाकर नहीं रखे हैं।"

सुरजीत ने देखा पप्पी उसके कंधे पर सिर रखे सो गई। उसने उसे धीरे से पलंग पर लिटा दिया और अपना मुंह पोंछती हुई रसोईघर में

चली गई। महेन्द्रसिंह की दृष्टि तो पत्रिका के पृष्ठों पर लगी थी किन्तु विचारों का झंझा कहीं और चल रहा था। अपने तीन चार वर्ष के विवाहित जीवन में उन्होंने सुरजीत के नेत्रों में इस प्रकार के आंसू कभी नहीं देखे थे। आज की उसकी बातों ने उन्हें झकझोर दिया था और वह सोच रहे थे, "क्या कालेज के अलावा घर के लिए मेरी कोई ज़िम्मेदारी नहीं है? क्या सुरजीत ने ठीक नहीं कहा कि हम पुरुषों के काम के घण्टे तो सीमित होते हैं पर स्त्रियां चौबीस घण्टे की गुलाम होती हैं? हमें सप्ताह में एक दिन की छुट्टी मिलती है लेकिन उस दिन इन्हें और दिनों से ज़्यादा काम होता है।"

पता नहीं वह इसी प्रकार कितनी देर सोचती रही। उन की विचार श्रृंखला तब टूटी जब सुरजीत ने उन्हें खाने के लिए बुलाया।

उस दिन के बाद से महेन्द्रसिंह के व्यवहार में एक विचित्र-सा परिवर्तन दिखाई देने लगा। उन्होंने मन ही मन निश्चय कर लिया था कि अब वे अपने छोटे मोटे व्यक्तिगत कार्य स्वयं कर लिया करेंगे और जितना हो सकेगा घर के काम सुरजीत का हाथ बटायेंगे। सुबह उठते ही उन्होंने स्वयं घड़े से एक गिलास पानी लेकर पिया। स्नान करने गए तो वहीं से अपना बनियान और कच्छा धोते लाये। कालेज जाने से पहले जूतों पर उन्होंने स्वयं ही पालिश कर ली। सुरजीत उनके इस व्यवहार पर चकित अवश्य हुई किन्तु बोली कुछ नहीं।

दो चार दिन ऐसे ही बीत गए। अब महेन्द्रसिंह कालेज से आकर अपने कपड़े पलंग पर फेंकते नहीं बल्कि व्यवस्थित रूप से हैंगर पर टांग देते थे। शाम को सुरजीत जब खाना बनाने लगती तब वह पप्पी को लेकर छज्जे पर निकल जाते। एक दिन जब सुरजीत ने पूछा तब उन्होंने कहा, "मैंने सोच लिया है कि अब मैं अपने छोटे मोटे काम स्वयं करूंगा और घर के काम में भी तुम्हारी मदद करूंगा।"

सुरजीत ने हंसते हुए कहा, "हो चुका आप से।"

"देख लेना।"

"तब तो बड़ी अच्छी बात है।"

उस दिन इतवार था, छुट्टी का दिन इतवार को केश धोना महेन्द्रसिंह का नियम था। साधारणतः सुरजीत प्रातः उठते ही उनसे केश धोने के लिए कहना शुरू कर देती थी पर वे छुट्टी के मूड में अपने सभी काम खूब बेफिक्री के साथ करते रहते थे। शौचादि से निवृत्त होकर वह चाय पी लेते, अखबार पढ़ते रहते और पड़ोसियों से गप्पे लगाया करते। जब सुरजीत कहते-कहाते परेशान हो जाती और बिगड़ने लगती तब वह तौलिया, साबुन और दही आदि लेकर गुसलखने में जाते। आज भी उस क्रम में कुछ विशेष अन्तर नहीं पड़ा किन्तु जब वह केश धोकर बाहर आए और उन्हें सुखा चुके तब स्वयं ही तेल लगाने लगे। सुरजीत पप्पी को गुसलखाने में नहला रही थी। लौट कर आई तो उसने देखा कि वह केशों में तेल लगा, कंघा कर जूड़ा बांध रहे थे।

सुरजीत के हृदय को गहरी चोट लगी। जब से उसका महेन्द्रसिंह से विवाह हुआ था और वह जब भी वह उनके निकट रही थी रविवार को केश धोने के बाद उन पर तेल लगाने का कार्य वह स्वयं ही करती। थी। महेन्द्रसिंह के अन्य व्यक्तिगत कार्यों की अपेक्षा इस कार्य में शायद वह अधिक सजग रहती थी। आज उन्होंने स्वयं तेल लगा लिया है यह देख कर उसे बड़ी ठेस लगी। किन्तु वह बोली कुछ नहीं।

दूसरे दिन महेन्द्रसिंह स्नान करने जाने लगे तब वह बोली, "कच्छा बनियान धोने की जरूरत नहीं है, वहीं छोड़ दीजिएगा, मैं बाद में धो दूंगी।"

"क्या फर्क पड़ता है?" कहते हुए महेन्द्रसिंह गुसलखाने की ओर चले गए और जब वह लौट कर आए तब उनके हाथ में धुले हुए कच्छे बनियान के अतिरिक्त दो ठाठे भी थे।

जब से महेन्द्रसिंह अपने व्यक्तिगत कार्यों को करने में स्वयं रूचि दिखाने लगे थे सुरजीत को एक विचित्र प्रकार का असन्तोष सा रहने लगा था। वह स्वयं नहीं समझती थी कि यह कैसी उलझन है, उसे लगता था कि जैसे उसकी कोई मूल्यवान निधि प्रतिदिन लुटती जा रही

है। जब महेन्द्रसिंह अपने सारे काम उसी पर डाले रहते थे तब कई बार वह खीझ उठती थी किन्तु उसकी उस खीझ में भी उसे एक सुख की अनुभूति होती थी अब भी उसके कान इसी प्रतीक्षा में रहते कि महेन्द्रसिंह कब उसे किसी चीज के लिए पुकारेंगे। किन्तु अब वह उससे कुछ नहीं कहते थे। ठाठा, बनियान, कच्छा, टाई और रुमाल आप ही ढूंढ़ लेते थे। पप्पी को स्वयं ही लेकर छज्जे पर घूमने लगते थे। घर के वातावरण में एक विचित्र-सी मूकता आने लगी थी। अब न महेन्द्रसिंह की चिल्लाह्ट ही सुनाई देती थी न सुरजीत की खिझलाहट ही।

अगले इतवार को महेन्द्रसिंह केश धोकर छज्जे पर सुखाने लगे। थोड़ी देर में उन्हें पप्पी के रोने का स्वर सुनाई दिया और वह उसे घुमाने ले जाने के लिए अन्दर गए।

"रहने दीजिये, अभी इसे दूध पिलाना है।" सुरजीत ने कहा और महेन्द्रसिंह चुपचाप बाहर आकर फिर बाल सुखाने लगे। थोड़ी देर में उन्होंने हाथ लगाकर देखा केश सूख गये थे। वह कमरे में आए और अलमारी में से तेल की शीशी निकाल कर कुर्सी पर बैठ कर उसका ढक्कन खोलने लगे।

सुरजीत बैठी यह सब देख रही थी। वह धीरे से उठी और पास आकर तेल की शीशी पकड़ते हुए बोली, "लाइए मैं लगा दूं।"

"मैं लगा लूगां।"

"लाइए न लगा दूं।" सुरजीत न जरा आग्रह से कहा।

"नहीं, मैं स्वयं लगाऊंगा।"

कहकर महेन्द्रसिंह उसके हाथ से तेल की शीशी खींचने लगे। किन्तु उन्होंने अनुभव किया कि सुरजीत की पकड़ कुछ कड़ी हो गई थी उन्होंने उसकी ओर देखा। सुरजीत की स्थिर दृष्टि उन पर गड़ी हुई थी। उनकी भी दृष्टि स्थिर हो गई। देखते ही देखते सुरजीत के नेत्र डबडबा आए और आंसुओं की एक अविरल धार बह निकली।

"अरे? क्या हुआ?" महेन्द्रसिंह ने अचम्भे में पूछा।

"कुछ नहीं।" सुरजीत ने आंखें पोंछते हुए कहा, "तेल मैं लगाऊंगी।"

महेन्द्रसिंह हंस पड़े और बोले, "तुम स्त्रियों को समझना तो शायद भगवान के भी बस में नहीं।"

और यह कहते हुए उन्होंने तेल की शीशी सुरजीत के हाथ में देकर सिर आगे बढ़ा दिया।

लिफ्ट

वह बस से रेसकोर्स के पास उतरा। तपी हुई जमीन पर पैर रखते ही उसे अनुभव हुआ जैसे आग उसकी चप्पलों को भेद कर ऊपर चढ़ आएगी। उसने सूखे गले से थूक निगलते हुए सामने देखा। तारकोल की सड़क धूप की रोशनी में किसी नागिन की पीठ की तरह चमक रही थी। एक सड़क बायीं ओर गयी थी, जिस पर से अभी उसकी बस आगे चली गई थी। सड़क पर मोटे टायरों के निशान उभर आए थे, मानो नंगी पीठ पर कोड़ों के निशान पड़े हों। दाहिनी ओर चहारदीवारी के ऊपर रेसकोर्स का बोर्ड लगा हुआ था।

तेज लू के कई थपेड़े उसे लगे। मुंह झुलस गया। आंखों को जैसे किसी ने तेज शीशे से काट दिया। मुंह की लार सूखकर गाढ़ी झाग बन गई, वह हांफने लगा ठेले में जुते भैंसे की तरह।

सड़कें तप रही थीं। हवा तपी हुई थी और उससे अधिक उसका शरीर तप रहा था, तपा हुआ था।

पैरों को घसीटता वह एक पेड़ के नीचे आ खड़ा हुआ। जेब से एक कागज निकाल कर उसने पता देखा–

"जे ब्लाक, जोर बाग रोड, अलीगंज, नयी दिल्ली-3"

सामने की सड़क से थोड़ा आगे दो सड़कें दायें-बायें गयी थीं। वह आगे बढ़ा। बायीं ओर पेड़ के नीचे एक सायकिल वाला एक पहिए में हवा भर रहा था। एक पानी की बाल्टी। पानी! उसे लगा, वह उस बाल्टी को उठाकर मुंह से लगा ले उसने सायकिल वाले की ओर देखा। वह हवा भरे जा रहा था, मत्थे से पसीने की बहती हुई धार से उसके

होंठ तर हो रहे थे। कितना गम्भीर था उसका मुंह! कितनी गम्भीर थी उसकी आंखें! वह भयभीत सा उसकी ओर देखता रहा।

सायकिल वाला हवा भर चुका। पैसे लेकर उसने कमीज की आस्तीन से मुंह का पसीना पोंछ डाला और खुली हुई सायकिल के पास आ बैठा। उसने ट्यूब बाल्टी में डाल दी, सूखी ट्यूब तर हो गयी।

वह एक टक देखता रहा। उसका गला और सूख गया। सायकिल वाला घुमा-घुमा कर ट्यूब को पानी में डुबा रहा था उसका गला और सूखता जा रहा था।

हवा तेज चलने लगी, सर्र् सर्र्! सड़क के दोनों ओर धूल उड़ी और आंखों में घुसने लगी। धूल भी तप गयी थी। आंखों की ठंडी कोठरी में वह भी विश्राम चाहती थी। उसने सिर झुकाकर कर दाहिनी बांह से आंख को ढक लिया। सायकिल वाले ने ट्यूब के साथ ही अपना मुंह भी बाल्टी में छुपा लिया। पेड़ के नीचे खड़े ग्राहक ने नक सिर झुका कर हैट की आड़ कर ली। धूल सिर के ऊपर से निकल गयी।

हवा हल्की हो गयी। पत्तों की तेज खड़खड़ाहट भी हल्की हो गयी। सायकिल वाला ट्यूब को फिर पानी में डुबोने लगा। ट्यूब फिर तर होने लगी, उसका गला फिर सूखने लगा।

"थोडा पीने को पानी मिल सकता है?" उसने सायकिल वाले से पूछा। सायकिल वाले ने बिना नजर उठाये पीछे की ओर इशारा किया, "बंगले में नल लगा है।"

उसने बंगले में झांककर देखा। दरवाजे के बायीं ओर पेड़ की घनी छाया में पहाड़ी पड़ा सो रहा था। सामने सीमेन्ट का बंगला। दरवाजे चारों ओर से बंद। खिड़कियों के शीशों से झांकते हुए गहरे हरे रंग के पर्दे। चारों ओर शान्ति-गहरी निस्तब्धता। दायीं ओर पेड़ के नीचे था, पानी का नल।

उसने दरवाजा खोला। पहाड़ी ने करवट बदली। वह ठिठक गया। उसने घूम कर सायकिल वाले से पूछा, "अंदर चला जाऊं?"

"चले जाओ, चले जाओ।" सायकिल वाले ने उसी तरह ट्यूब पर नजर गड़ाए उत्तर दिया।

उसने धीरे से दरवाजा खोला। वह पहाड़ी को जगाना नहीं चाहता था। वह उसी की ओर देखता नल तक चला गया।

पानी की धार हाथ में पड़ते ही वह तिलमिला उठा, जैसे किसी भट्टी से उबल कर निकल रहा हो। उसका गला और सूख गया, उसने पानी की धार को बहने दिया।

"क्या करता है?" जैसे पीछे से किसी ने कचोट लिया। उसने देखा, पहाड़ी उसे जलती हुई आंखों से घूर रहा है।

"पानी पीऊंगा।" उसने समझाते हुए कहा।

"फिर पीता क्यों नहीं?" जैसे चाबुक चली।

"गरम बहुत है।" और पहाड़ी के कुछ कहने से पहिले ही उसने अपना हाथ पानी की धार के नीचे डाल दिया। पानी अब उतना गर्म नहीं था। उसने दो-चार चुल्लू मुंह में उड़ेलकर नल बंद कर दिया।

गला फिर भी सूखा था। पेट में गुड़गुड़ सी हो रही थी। जैसे उसने जुलाब लिया हो।

बाहर वही तपिश थी। लू के तेज झोंके थपेड़े से लग रहे थे। चारों ओर सांय-सांय हो रही थी इक्का-दुक्का सायकिल सवार किसी कपड़े से मुंह को ढके हुए निकल जाता था या फिर कोई मोटर बड़ी सी लम्बी सी, सर्र् करती हुई!

आगे बढ़कर उसने देखा, दाएं-बाएं दोनों ओर जाने वाली लम्बी-सीधी सड़क पर लिखा था : जोर बाग रोड,! उसने पता निकाला—

"जे ब्लाक, जोर बाग रोड, अलीगंज, नयी दिल्ली-3"

वह भ्रम में पड़ गया दाएं-बाएं दोनों ओर जाने वाली सीधी सड़क हैं : जोर बाग रोड! वह किस ओर जाए? किसी से पूछने के लिए उसने इधर उधर देखा। तेज लू के झोंकों से झर्र् झर्र् करती हुई पेड़ों की पत्तियां एक दूसरे से टकरा रही थीं। उसे कोई आता जाता न दिखायी दिया। उसकी दृष्टि सायकिल वाले पर जा पड़ी। वह एक पुरानी सी,

गन्दी सी सायकिल में हवा भर रहा था। पास ही एक गंदा सा आदमी खड़ा था। गंदे कपड़े, गंदा चेहरा और एक पैर से लंगड़ा। दाहिनी बगल के नीचे उसने बैसाखी दबा रखी थी।

वह सायकिल वाले के पास फिर आ गया, "अलीगंज किस तरफ है ?"

सायकिल वाले ने पम्प के हैंडल से बिना हाथ उठाये सामने दाहिनी ओर जाने वाली सड़क की ओर थोड़ा-सा मुंह उठाकर आंखों से इशारा किया, "सीधे चले जाओ।"

वह उस ओर बढ़ गया। गर्म हवा के तेज झोंके उसके मुंह पर लग रहे थे। उसने दोनों हाथों से अपने कानों को ढक लिया।

वह एक पेड़ के नीचे आकर खड़ा हो गया। बार-बार थूक निगल कर वह गले को तर कर रहा था। उसे हंफनी आ रही थी। लग रहा था, जैसे बुखार होता जा रहा है। किसी सवारी के लिए उसने इधर उधर देखा। इतने में एक मोटर निकल गई, सर्र् से। उसके मस्तिष्क में कौंध गया, लिफ्ट! उसे याद आया, उसने सुना था, दिल्ली में मोटर वाले लिफ्ट दे देते हैं।

उसे दूसरी मोटर आती दिखाई दी। पीछे की सीट पर कोई आदमी अधलेट सा था। वह गहरे ऊहापोह में पड़ गया और जैसे ही वह पास आई, वह पूरी ताकत लगाकर चिल्ला पड़ा, "लिफ्ट प्लीज।"

हवा के तेज झोंके उसकी आवाज को उड़ा ले गये। मोटर सर्र् करती हुई निकल गयी।

उसका गला और सूख गया। थूक निगलना कठिन हो रहा था उसे। एक अन्यमनस्कता उसके चेहरे पर छा गयी। वह खोया सा इधर उधर ताकने लगा।

"कहां जाना है ?"

उसने देखा वही गन्दा सा आदमी अपनी गन्दी सी सायकिल पर सवार एक पैर फुटपाथ पर टिकाये और हाथ में बैसाखी को जमीन पर टिकाता पूछ रहा है।

"अलीगंज...कितनी दूर है यहां से?"

"ज्यादा दूर नहीं है, काफी दूर भी है।" गंदे आदमी ने दार्शनिक सा उत्तर दिया।

"मतलब?"

"मतलब यही कि वैसे तो बहुत दूर नहीं है। पर इस धूप और लू में बहुत दूर है।"

उसने सामने देखा। सीधी, लम्बी, साफ सड़क चली गयी थी, अलीगंज की ओर। हवा का हर झोंका सड़क पर धूल की भांवर सी बनाता और फिर उसे उड़ा ले जाता। सड़क और साफ हो जाती, और चमकीली हो जाती।

"आइए।" उसने देखा वह आदमी बुला रहा है।

"क्या?" उसने कुछ समझा नहीं।

"अलीगंज जाइएगा न?"

"हां।"

"तो आइए न।"

वह फिर भी कुछ नहीं समझा और उजबुक सा उसके मुंह की ओर ताकता रहा—एकटक

"आइए, बैठ जाइए।" उसने सायकिल के पीछे लगे गंदे से कैरियर की ओर इशारा किया।

"नहीं-नहीं आप जाइए, मैं पैदल चला जाऊंगा।" उसके प्रस्ताव को सुन उसे घबराहट सी हुई, संकोच सा हुआ।

"अरे आइए भी! इस धूप में तो पैदल कबाड़ा हो जायगा।" गंदा आदमी अपनी पगड़ी के छोर से कैरियर की धूल झाड़ता हुआ बोला, "आइए बैठ जाइए, इस समय कोई सवारी थोड़े ही मिलेगी आपको।"

दो क्षण वह स्तम्भित खड़ा रहा, फिर आगे बढ़ आया। गंदे आदमी ने मुस्कराते हुए उसकी ओर देखा और सायकिल पर ठीक से बैठकर अपनी बैसाखी को हैंडल पर रखने लगा।

"ऐसा कीजिये।" वह बोला, "आप पीछे बैठ जाइए। मैं चला ले

चलूंगा।"

"नहीं-नहीं। आप बैठिए।"

"मगर...आप मुझे बैठाकर कैसे चला सकेंगे?" उसकी दृष्टि अनायास उसके कटे हुये पैर की ओर चली गयी। उस आदमी ने भी उस ओर देखा और मुस्कराया, "आप चिन्ता न कीजिये, मैं एक पैर से ही चला ले चलूंगा।"

"नहीं-नहीं, आप पीछे बैठिये... बैठिये तो...चला ले चलूंगा।" उसने सायकिल का हैंडल पकड़ लिया। वह आदमी अपनी बैसाखी को संभालता नीचे उतर आया और कैरियर पर बैठ गया। वह सायकिल बढ़ा ले चला।

तेज धूप से सड़क की तारकोल पिघल गयी थी। सायकिल के टायर उस पर चर्र्र् की आवाज करते हुए चले जा रहे थे। उसने बात चलाई–

"आपका यह पैर कैसे...?"

"पिछले दंगों में कट गया था?"

"आप करते क्या हैं?"

"लोधी रोड में सोडा-वाटर की दुकान है मेरी।"

वह सायकिल चलाता जा रहा था। वह हांफने लगा। उसे मिचली आने लगी। लग रहा था, उल्टी हो जायेगी। गर्म हवा के तेज झोंके फर्र्र् फर्र्र् उसके मुंह पर लग रहे थे। हैंडल पर उसके हाथ कांपने लगे, पैरों का बोझ मन भर का हो गया। उसने फुटपाथ से लगा कर एक पेड़ की छाया में सायकिल खड़ी कर दी।

"आप जाइए, मैं पैदल चला आऊंगा।"

"क्यों?" उस आदमी के चेहरे पर आश्चर्य झलकने लगा।

वह जोर जोर से सांस ले रहा था।

"और सायकिल नहीं चलेगी मुझसे।" उसने सूखे होंठों पर जीभ फेरी।

वह आदमी अपनी बैसाकी लेकर उसके पास आ गया–"आपको

बुखार सा हो रहा है।" उसने उसके मत्थे और बांह को छूकर कहा।

"आइए पीछे बैठ जाइये, मैं चला ले चलूंगा।" उसने हैंडल पकड़ लिया।

"आप कैसे चला चलायेंगे?"

"आप बैठिये भी। देखिए मैं कैसे चलाता हूं।"

वह पीछे बैठ गया। वह आदमी सायकिल चलाने लगा। एक पैर से वह कैसे सायकिल चला रहा था, यह उसने नहीं देखा। उसका शरीर तप रहा था और आंखें आप ही आप बन्द होती जा रही थीं।

"किस ब्लाक में।"

"जे ब्लाक में।"

"कौन है आपका वहां?"

"मेरे सम्बन्धी हैं।"

फिर निस्तब्धता छा गयी। पीछे बैठा वह सुन रहा था, टायरों की चर्र्र् चर्र्र्, पत्तों की खड़ खड़ और हवा की झर्र्र् झर्र्र्। कभी कभी सर्र्र् से कोई मोटर निकल जाती तो उसकी आंखें खुल जातीं और वह कुछ देर सड़क पर उसके टायरों के निशान को देखता रहता।

"क्यों जी, जे ब्लाक कौन सा है?" गन्दे आदमी ने किसी राहगीर से पूछा।

"वह सामने वाला।"

"..."

"लीजिए आपका जे ब्लाक आ गया।" गन्दे आदमी ने सायकिल रोक दी। वह उतर पड़ा। उस पर नशा सा चढ़ा हुआ था।

"पानी पीजिएगा।"

"नहीं-नहीं, अब घर जाकर ही पीऊंगा।"

"अच्छा..." गन्दा आदमी बैसाखी संभालने लगा।

"बड़ी मेहरबानी आपकी।"

वह गंदा आदमी हंस दिया, छोटी सी दाढ़ी के धूल से सने खिचड़ी बाल चेहरे की झुर्रियों के साथ इधर-उधर सिकुड़ गये।

"आप इस धूल में आए कैसे?" सम्बन्धी महोदय ने शर्बत का गिलास उसके सामने रखते हुए पूछा।

"रेसकोर्स तक तो बस से आया और आगे..."

"आग... ?"

"आगे लिफ्ट मिल गई।"

सम्बन्धी महोदय हंस दिये और प्रफुल्ल होकर बोले–"दिल्ली के मोटर वालों में यही अच्छाई है। वे लिफ्ट फौरन दे देते हैं।"

"जी।" उसने शर्बत से गले को तर करते हुए कहा।

काला बाप गोरा बाप

जमीला ने खत की चार पंक्तियां पढ़ी और उसके मुंह से अनायास निकल पड़ा, "ताज्जुब हैं।" फिर एक उपेक्षा और बेपरवाही भरी मुस्कुराहट उसके चेहर पर बिखर गई। वह पत्र पढ़ती गई। पढ़ चुकने के बाद कुछ देर बैठी वह कुछ सोचती रही। फिर कलम-दवात उठाकर उसका उत्तर लिखने बैठ गई। उसने लिखा–

"समझ में नहीं आता तुम्हें क्या कहकर पत्र लिखूं, तुमने मेरी जमीला लिखा है। एक जमाना था जब तुम 'मेरी जमीला' लिखते थे और मैं जवाब में 'मेरे सिरताज' लिखा करती थी। पर आज 'मेरी जमीला' लिखने का हक न तुम्हारे पास है, न 'मेरे सिरताज' लिखने का हक मेरे पास। खैर, बिना किसी संबोधन के यह खत तुम्हें लिख रही हूं।

"सचमुच तुम्हारा खत पाकर मैं हैरान रह गई। दस साल के बाद तुम्हें मेरी और अपने बच्चों की याद कैसे आ गई? लगता है सकीना बीबी से भी तुम्हारा दिल भर गया है। पर तुम्हें काहे की फिकर है। अब तीसरी बीबी ले आओ। आखिर मर्द हो न, बिना तीन-चार बीबियां रखे तुम्हारी मर्दानगी का सबूत कैसे मिलगा।

"तुमने लिखा है, तुम एक बार मुझसे मिलना चाहते हो। अपनी लड़कियों को देखना चाहते हो। वैसे मुझे इसमें कोई एतराज नहीं। पर मैं समझती हूं, हमसे मिलकर तुम्हें खुशी नहीं होगी। जिस हालत में तुम दस साल पहले हमें दिल्ली में बेसहारा छोड़कर सकीना के साथ

ऐश की जिन्दगी गुजारने ग्वालियर चले गए थे, हमारी हालत आज उससे बहुत अच्छी है। तुम्हारी शीरी अब सोलह साल की एक खूबसूरत लड़की है। वह फिल्मों में काम करती है, नाचती है, गाती है और परदा नाम को भी नहीं करती। मुझे यकीन है, तुम उसका यह रूप देखकर घबरा जाओगे। उससे मिलने के लिये घर पर न जाने कितने मर्द रोज आते हैं। अपनी फिल्म में उसे लेने के पहले तरह-तरह के प्रोड्यूसर तरह-तरह से उसके शरीर की गोलाइयां नापते हैं। अखबार-नवीस हर ढंग की उसकी फोटुएं उतारते हैं, क्योंकि एक फिल्म-स्टार की पब्लिसिटी के लिये यह सब जरूरी है। क्या तुम यह सब बर्दाशत कर पाओगे?

"और हां, उसका फिल्मी नाम है कामिनी बोस। यह तो तुम जानते ही होंगे कि यहां फिल्मों में हिन्दू नाम रखने का रिवाज है। और अब तो नाम के साथ-साथ हिन्दू जाति भी लगाई जाती है।

"और शहनाज, जिसे तुम दूधमुंही छोड़ गये थे, अब ग्यारह साल की हो गई है। स्कूल में पढ़ती है और सरयू महाराज से डांस सीखती है। बात करने में बड़ों-बड़ों के कान काटती है। दो-चार पिक्चरों में छोटे-मोटे रोल भी कर चुकी है। लोग कहते हैं, वह बहुत चमकता हुआ सितारा बनेगी।

"और रही मेरी बात। मुझे देखकर तो तुम पहचान भी नहीं पाओगे। तुम्हारी वह जमीला–जो पराये मर्द की छाया भी नहीं देखती थी, बुर्के के बगैर घर के बाहर पांव भी नहीं रखती थी, और उसके मुंह में ज़ुबान है, यह तो तुम भी नहीं जानते थे–आज ऐसा बनाव-सिंगार करती है कि उसकी ढलती हुई उमर भी धोखा खा जाती है। वह शीरी के साथ स्टूडियो जाती है। परदा उसके लिए गुजरे जमाने की बात बन चुकी है। तुम शायद जानते नहीं, फिल्म लाइन में बड़े-बड़े घाघ हैं। पर तुम्हारी बेज़ुबान जमीला अब बड़े-बड़े घाघ प्रोड्यूसरों के भी कान काट लेती है।

"और आखिर में तुम्हें अनवर की बात बताती हूं। मासूम जमीला

को जब तुम दुनिया की ठोकरें खाने के लिये छोड़ गए, तब यही अनवर उसका सहारा बना। वह एक गोरा नौजवान था, पर जिन्दगी से ना-उम्मीद। कई साल से वह बम्बई की फिल्म लाइन में अपनी किस्मत आजमा रहा था। लेकिन कामयाबी उससे कोसों दूर रही। उन दिनों वह किसी काम से दिल्ली आया। मेरी उससे मुलाकात हो गई। मेरा हाल जानकर उसने मुझसे शादी की पेशकश की। उस वक्त मुझे ताज्जुब हुआ था कि ऐसा खुबसूरत नौजवान भला मुझ जैसी बेसहारा दो बेटियों वाली औरत से निकाह करने को क्यों तैयार है। मगर आहिस्ता-आहिस्ता मैं सब समझ गई। हिन्दुस्तान में लोग लड़कियों को मुसीबत समझते हैं। खासतौर से बे-बाप की लड़कियां तो फुटी आंखों नहीं सुहातीं। लेकिन अनवर की तजुर्बेकार निगाहें जानती थी कि फिल्म लाइन में यही बदनसीब लड़कियां सोने के अण्डे देने वाली मुर्गियों में बदल जाती हैं। मुझसे शादी करने की शायद उसकी यही वजह हो। और वह अपने मकसद में कामयाब भी हुआ है। आज वह उन शीरी और शहनाज जैसी लड़कियों का बाप है, जो सैकड़ों कमाती हैं। कल हजारों-हजारों कमाएंगी और खुदा ने चाहा तो उनका पांव लाखों में भी पड़ेगा।

"लेकिन इतना मैं जरूर कहूंगी कि अनवर ने चाहे जिस खुदगरजी की वजह से मुझ से शादी की हो वह कभी निरा खुदगरज नहीं रहा। शीरी और शहनाज को वह अपनी बेटियों की तरह ही प्यार करता है। दोनों लड़कियां उसे ही अपना बाप समझती हैं। और मैं तो उसके एक बेटे की मां भी हूं। अनीस पांच साल का होने आया है।

"इतनी सब बातें जानकर भी तुम यहां आना चाहोगे? अगर आना चाहो तो मुझे कोई एतराज नहीं है। हां एक बात तुम्हें जरूर बता दूं, तुम्हारी लड़कियों पर मैं यह नहीं जाहिर होने दूंगी कि तुम उनके बाप हो। और क्या लिखूं?"

किसी जमाने में तुम्हारी।

"जमीला"

खत लिखकर जमीला बेफिकर हो गई। ऐसा खत पाकर भी यूनुस उसने या उसकी लड़कियों से मिलने आ सकता है, इसकी जरा भी उम्मीद नहीं थी। परन्तु उसके आश्चर्य का ठिकाना न रहा, जब उसने एक हफ्ते बाद देखा, दस साल पहले के यूनुस की हल्की-हल्की पहचान बताने वाला एक काला, बीमार और बूढ़ा सा आदमी दरवाजे पर खड़ा है। उस समय जमीला घर में अकेली ही थी। अनवर शीरी को लेकर शूटिंग पर गया था। शहनाज और अनीस स्कूल गये थे।

नहा-धोकर यूनुस बैठक में आ बैठा। उसकी निगाह ने एक-एक कर कमरे की हर चीज को नापा–सोफासेट, रेशमी, परदे, फूलदान और तरह-तरह की चीजें, जिन्हें उसने बड़े लोगों की दुनिया का अंग मानकर कभी अपनी कल्पना में भी प्रविष्ट नहीं होने दिया था। फिर उठकर वह दिवारों पर लगे चित्रों को देखने लगा। एक बड़ी खूबसूरत-सी लगने वाली लड़की की कई तस्वीरें वहां लगी हुई थीं। एक तस्वीर में उसके बाल काली घटा के रूप में बिखरे थे। उस लड़की का चेहरा सचमुच चांद-सा दिखायी दे रहा था। दूसरी तस्वीर में वह एक कसी हुई पैंट और आधी आस्तीन की कमीज पहने, हंसती हुई कोई अंग्रेजी डांस कर रही थी। तस्वीर में उसका अंग-अंग उभरा हुआ नजर आ रहा था। तीसरी तस्वीर में वह जमीला पर कुहनियां टिकाकर बैठी थी। बाल छितरे हुये थे और भीगी हुई आंखों से आंसू ढुलककर गाल पर आ टिके थे।

"पहचानते हो, ये किसकी तस्वीर हैं?" जमीला ने पीछे से मेज पर चाय रखते हुये पूछा। यूनुस ने उसकी ओर देखा और चुप रहा। शायद उसने अपनी चुप्पी से यह जताया कि ये तस्वीरें किसकी हैं, यह जानकर उसे अधिक आश्चर्य नहीं होगा।

"पहचान सकते हो अपनी शीरी को?" जमीला ने फिर पूछा और यूनुस फिर चुप रहा। जैसे उसने कहा, यह उसकी कल्पना के परे की चीज नहीं है। उसने एक निगाह से सभी तस्वीरों को फिर देखा और बैठकर चाय पीने लगा।

शाम को शहनाज स्कूल से आई तो यूनुस सोफे पर टांगे फैलाये बीड़ी पी रहा था। वह उसे घूरती हुई मां के कमरे में चली गई और बोली, "अम्मी कौन है यह बूढ़ा? बीड़ी की राख से फर्श खराब कर रहा है।"

जमीला ने शहनाज को एक नजर देखा। फिर बोली, "अपने मेहमान हैं, बेटा। हां, देख, ऐश ट्रे कहीं इधर उधर रखी होगी। उठकर उनके पास रख आओ।"

शहनाज ने ट्रे यूनुस के सामने रख दी और बिना कुछ बोले घुरती हुई वापस चली आई। यूनुस ललचाई आंखों से उसे देखता रहा। फिर शीरी आई और अनवर भी। यूनुस ने देखा यह वही लड़की है, जिसकी इतनी सारी तस्वीरें कमरे में लगी हुई हैं। उसकी आंखों में पांच-छः साल की वह शीरी दौड़ने लगी, जो गंदी सी फ्राक पहने 'अब्बा' कहकर उसके पैरो से लिपट जाया करती थी। क्या यह वही शीरी है? उसकी बेटी शीरी। वह उससे कुछ गज के फासले पर थी, परन्तु यूनुस को लग रहा था, जैसे यह फासला कुछ गजों का नहीं है। यह तो केवल फासला है। ऐसा फासला जिसे नापने के लिए गज-मील कुछ बने ही नहीं हैं। जमीला ने सबसे कह दिया, उसके दूर का रिश्तेदार है और ग्वालियर से मिलने आया है।

रात को खाना खाते समय खूब हंसी-ठठ्ठा हुआ। स्टूडियो की बातें, शूटिंग की बातें, प्रोड्यूसर की बातें, इतनी बातें कि सारा वातावरण बातों के जल से भर गया। उसमें जैसे अनवर और जमीला, शीरी और शहनाज, छोटी-छोटी डोंगियों की तरह उतरने लगे, हिलोरे लेने लगे। यूनुस जल में एक भारी पत्थर की तरह डूब गया। किसी को पता भी नहीं लगा कि इन थिरकती हुई किश्तियों के नीचे कोई पत्थर भी है।

रात को जमीला ने उसके सोने का प्रबन्ध बैठक में कर दिया। शीरी और शहनाज अपने कमरे में चली गई। अनवर, जमीला और अनीस अपने कमरे में सो गए। यूनुस बैठक में पड़ी चारपाई पर लेटा शीरी की तस्वीरें देखता रहा। वह सोचता रहा, कितनी खूबसूरत है शीरी।

कितनी प्यारी लगती है शहनाज। लेकिन ये तो उसकी बेटियां नहीं हैं। उसकी एक बेटी थी, गंदे फ्राक वाली सांवली सी जिसके बाल हमेशा मिट्टी से भरे रहते थे और जो उसे देखते ही 'अब्बा' कहकर लिपट जाती थी। उसकी शहनाज़ एक टूटे से पालने में पड़ी रहती थी। फूलों की तरह खिली हुई इन लड़कियों का बाप वह नहीं हो सकता। इनका बाप तो अनवर ही है–गोरा, तन्दुरुस्त और रईस मालूम होने वाला अनवर।

शीरी और शहनाज ने उससे एक बात भी नहीं की। यूनुस ने कई बार उनसे बोलना चाहा, कुछ बात करनी चाही। पर वे चिकनी मछलियों की तरह हाथ से फिसलती रहीं। और यूनुस उन्हें हाथ से छूटे गैस के गुब्बारे की तरह देखता रहा।

दस साल पहले उसके छोटे-से घर में भी यही शीरी और यही शहनाज थी। तब घर की एक-एक चीज, एक-एक बात, एक-एक सांस उसके साथ बंधी हुई थी। पर आज इस घर में वह, जमीला, शीरी और शहनाज तो है, किन्तु बन्धनों का एक धागा भी उसके चारों ओर नहीं है।

"अम्मी, वह बूढ़ा फिर फर्श खराब कर रहा है। शहनाज जमीला से बोली, "ऐश ट्रे पास रखी है, फिर भी उसकी बीड़ी की राख फर्श पर गिर रही है।"

जमीला को शहनाज की बात चुभी। बोली, "बेटी, किसी मेहमान के लिए ऐसा नहीं कहते। कोई बात नहीं, फर्श साफ हो जाएगा।"

शीरी स्टूडियो जाने के लिए तैयार हो चुकी थी। बैठक में अपनी अलमारी से उसने चूड़ियों का एक डिब्बा निकाला और अपनी साड़ी को मेल करने वाली चूड़ियां छांटने लगी। यूनुस बैठा उसे एकटक देखता रहा। उसकी इच्छा हुई, वह शीरी को बेटी कहकर बुलाये। उसको अपने पास बैठा ले। उससे कुछ बातचीत करे। लेकिन उसे लगा, यह काम बहुत मुश्किल है। उतना ही मुश्किल, जितना किसी अदना सिपाही का किसी शहजादी को बुलना। वह बैठा साहस बटोरता रहा। इतने में शीरी चूड़ियां पहनकर मुड़ी। यूनुस उसे एक-टक देख रहा था। शीरी

नजर उसकी नजर से मिली। यूनुस की आंखों में वात्सल्य की तरलता कुछ उमड़ आई। तरलता का कुछ आभास शीरी को भी हुआ। वह मुस्करा दी। शीरी की मुस्कराहट यूनुस की नस-नस में बिजली बनकर दौड़ गई। यह अप्रत्याशित सौगात पाकर उसका हृदय तेजी से धड़कने लगा। उसके झुर्रियों भरे चेहरे पर आनन्द की रेखा बिखर गई। उसके मुंह से निकल पड़ा, "सुबह-सुबह कहां जाने को तैयार हो गई, बेटी।" और फिर उसके चेहरे पर एक घबराहट फैल गई। उसे लगा उसने बहुत बड़ी बात कह दी है।

शीरी उसी तरह मुस्कराती हुई बोली, "शूटिंग पर जा रही हूं।" और वह कमरे के बाहर निकल गई। यूनुस को लगा, गहरी प्यास में ठंडे पानी की कुछ बूंदे उसके मुंह से गिर गई हैं। वह उठा और कमरे में इधर-उधर टहलने लगा। फिर शीरी की एक तस्वीर के सामने वह रुक गया और उसे देखने लगा। वहां से हटकर वह दूसरी तस्वीर के सामने जा खड़ा हुआ। बहुत देर वह तीसरी तस्वीर को देखता रहा। तीसरी तस्वीर देख चुका तो फिर पहली के सामने आ खड़ा हुआ। फिर दूसरी। फिर तीसरी। उसने तस्वीरों के कितने ही चक्कर लगा डाले। उसे लगा ठंडे पानी की बूंदों से उसका गला आर्द्र हो गया है।

वह आलमारी के पास जा खड़ा हुआ। आलमारी के ऊपर कुछ किताबें रखी थीं। वह उन्हें उठाकर देखने लगा। किताबों पर शहनाज का नाम लिखा हुआ था। वह सौफे पर बैठकर उनके पृष्ठ उलटने लगा।

"ऐ बुड्ढ़े, मेरी किताब क्यों उठाई?"

यूनुस ने चौंककर देखा। सामने गुस्से से लाल-पीली शहनाज खड़ी थी।

"अम्मी, देखो न, यह बुड्ढ़ा मेरी किताबें खराब कर रहा है।" शहनाज रुआंसी होकर मां के कमरे की ओर देखती हुई बोली।

"अरी क्या है?" कहती हुई जमीला उस कमरे में आ गई। यूनुस हक्का-बक्का सा देख रहा था। शहनाज रोनी आवाज में बोल पड़ी

"देखो न, यह बुड्ढ़ा...।

"चुप, बदतमीज," जमीला फट-सी पड़ी "अपने बाप को ऐसा कहते शर्म नहीं आती?"

'बाप' शब्द जैसे सारे कमरे में कड़कती हुई बिजली की तरह कौंध गया। जमीला की जैसे सुध-बुध ही मारी गई। यह उसके मुँह से क्या निकल गया। यूनुस को लगा, कहीं से उड़ता हुआ एक शब्द आया, उसके कानों से टकराया और उसे अनिश्चय के सागर में डुबोकर चला गया। और शहनाज हक्की-बक्की सी टुकुर-टुकुर देखती रही–कभी जमीला को, और कभी यूनुस को। उसने एक नजर भरकर यूनुस को फिर देखा और जमीला से बोली, "यह मेरा बाप है?"

जमीला संयत हो चुकी थी। एक नमी-सी उसकी आंखों में आ गई थी। बोली, "हां बेटी, यह तेरे बाप हैं।"

शहनाज ने एक बार फिर यूनुस की ओर देखा। और सहसा ही बोल पड़ी, "नहीं, नहीं, मैं ऐसा बाप नहीं लूंगी...हां।"

जमीला ने डांटा, "पागल हुई है।"

शहनाज और मचली, "यह बाप नहीं लूगी...हां...शीरी को गोरा बाप देती है...अनीस को गोरा बाप देती है, और मुझे काला बाप... मैं यह काला बाप नहीं लूंगी...नहीं लूगी।"

वह फफक-फफककर रोने लगी, जैसे भाई-बहन की तुलना में उसे एक बड़ा घटिया खिलौना दिया जा रहा है। उसके साथ बहुत बड़ा अन्याय किया जा रहा है। उसने यूनुस के हाथों से अपनी किताबें छीन ली और रोती हुई कमरे से बाहार निकल गई। कमरे की हवा का बोझ बढ़कर जमीला और यूनुस पर हावी हो गया। वे सुन्न-से हो गए। जमीला चुपचाप एक कुर्सी पर बैठ गई। दोनों में से कोई कुछ नहीं बोला। काफी देर वे इसी तरह बैठे रहे। अन्त में मौन यूनुस ने भंग किया। बोला, "ग्वालियर जाने के लिए गाड़ी कितने बजे मिलती है?"

"पंजाब मेल तो करीब तीन बजे जाती है और पठानकोट शायद रात के दस बजे।" जमीला ने छोटा-सा उतर दिया।

इसके साथ ही दोनों की नजरें एक साथ कमरे में लगी घड़ी की ओर उठ गईं। सवा दस बजे थे। फिर दोनों ने एक-दूसरे को देखा। यूनुस की नजर ने पूछा, "मुझे पंजाब मेल मिल सकती है?" जमीला की नजर ने कहा, "हां, तुम्हें पंजाब मेल मिल सकती है?"

ठंडक

जैसे ही उस विशाल भवन का कुछ भाग दिखाई दिया, जीवन ने कहा, "देखा, वह है...पूरा एयरकंडीशंड है।" फिर वह स्वयं ही संकुचित-सा हुआ, "सत्या एयरकंडीशंड का मतलब क्या समझेगी? वह समझाने लगा, "देखो, अभी कितनी गर्मी है। वहां पहुंचोगी, तो ऐसा लगेगा, जैसे किसी ठंडे पहाड़ पर आ गई हो" परन्तु वह फिर संकुचित हुआ, सत्या ठंडा पहाड़ भी क्या समझेगी? क्या वह कभी वहां गई है? और वह खुद भी कहा गया है! उसने भी तो केवल सुना ही है कि पहाड़ ठंडे होते हैं। अमीर लोग गर्मियों में पहाड़ पर चले जाते हैं।"

उसने फिर समझाया, "देखो, इसमें एसी मशीन लगी है, जिससे सारा मकान ठंडा हो जाता है।" फिर उसने एक नजर सत्या के कपड़ों की ओर डाली। पतली-सी सत्या के पतले-से शरीर पर पतली-सी साड़ी थी, पतला-सा ब्लाउज था। वह बोला, "तुमको हाल में ठंड लगने लगेगी, देखना।"

उसे लगा, यदि हाल में सत्या को सचमुच ठंड लगने लगे तो वह बड़ा खुश हो। इससे एयरकंडीशन के सम्बन्ध में बतायी हुई उसकी बात पुष्ट हो जायेगी।

सत्या उसके साथ बढ़ी चली जा रही थी। उसे लग रहा था, वह चल नहीं रही है, कोई हिलोर है जो उसे अपने-आप बढ़ाये लिये जा रही है। दो महीने हुए, अपने छोटे-से नगर से वह इस महानगरी में आ गई थी। ससुर के साथ घूंघट में कब वह गाड़ी से उतरी, कब टैक्सी में बैठी और कब अपनी खोली में पहुंच गई, उसे अच्छी तरह याद

नहीं। अपने कानों में पड़े कोलाहल से वह जान गई थी कि वह शहर में आ गई है। पर शहर ऐसा होता है! हां, शहर ऐसा ही होता है। सभी तो इसे शहर कहते हैं। तभी उसके कस्बे का हर आदमी वहां भाग आना चाहता है।

वे सिनेमा-हाल के निकट पहुंच गए। एयरकंडीशनिंग की भीनी-भीनी खुशबू उस तक पहुंचने लगी थी। जीवन के चेहरे पर गर्व की खुशी दौड़ गई। बोला "देखो, कैसी ठंडी-ठंडी खुशबू आ रही है।"

सिनेमा-हाल के बाहर बड़ी भीड़ थी। अभी पहला शो समाप्त नहीं हुआ था। रंग-बिरंगी साड़ियां, पैंटों और टाइयों की चहल-पहल सत्या को मेले जैसी लग रही थी। वह मेला ही याद कर सकती है। मेला उसने कई बार देखा है। वहां भी कुछ ऐसी ही चहल-पहल होती। पर कितना अन्तर है दोनों मेलों में! एक में वह हलकी-फुलकी डोंगी-सी उतरती चली जाती है, दूसरे में भारी पत्थर की तरह बैठती जा रही है।

जीवन ने नजर इधर-उधर दौड़ाई। पता नहीं शो समाप्त होने में अभी कितनी देर है, पर बाहर की यह रंगीन चहल-पहल भी तो किसी शो से कम नहीं। लोग गुटों में बंधे हुये हैं, बातें कर रहे हैं, कुछ खा-पी रहे हैं। इस वातावरण में वह भी अपने-आपको किसी चीज से वंचित नहीं पाता। सत्या सहित उसका भी अपना एक गुट है। लोगों को आपस में बातचीत करते देख वह भी सत्या से कुछ बातचीत करने लगता है। लोगों को हंसता देख वह हंस पड़ता है। वह और सत्या एक ही पैकेट से निकालकर वेफर खा रहे हैं। चारों ओर फैली हुई फिजा में वह अपने-आपको कितना हलका महसूस कर रहा है।

सिनेमा-हाल के बाहर रखे हुये हाउस-फुल के बोर्ड की ओर इशारा करते हुये जीवन ने सत्या से कहा, "भीड़ काफी है। देखो, अब एक भी टिकट नहीं बचा। कितने लोग बेचारे निराश लौटे जा रहे हैं।" फिर उसने अपनी पैंट की जेब में पड़े पर्स को अनुभव किया, उसमें पड़े दो टिकटों को अनुभव किया और एक गहरे संतोष की लहर उसके सारे शरीर में दौड़ गई।

"सुनो," सत्या बोली, "वह सामने एक लड़का खड़ा है...देख रहे हो न...?"

जीवन ने उधर देखा,"कौन लड़का...?"

"अरे वो, जो गंदी-सी बुश्शर्ट पहने है! लम्बा-सा!"

जीवन फिर भी कुछ नहीं समझा, क्योंकि उस ओर गंदी बुश्शर्टों की कमी न थी, न लम्बों की, परन्तु यदि वह उसे देख भी ले तो हुआ क्या? बोला, "आखिर बात क्या है?"

"वो अर्जुन है।"

"अर्जुन...? कौन अर्जुन...?"

"अर्जुन को नहीं जानते?" सत्या खीझती हुई बोली, "अपनी गली के मोड़ पर वो सिन्धी नहीं रहते, मनसुखानी, उनका लड़का।"

जीवन खीझ उठा। उसकी गली में बहुत से सिन्धी रहते हैं और उनके बहुत लड़के हैं–अर्जुन, भीम, नकुल, सहदेव। पर क्या वह सबकी खोज-खबर रखता है? बोला, "उसका लड़का? पर हमें इससे क्या?"

सत्या ने उसे ऐसे आश्चर्य ये देखा जैसे वह दिन को रात कह रहा हो, "तुम्हें मालूम नहीं, वह कई दिन से अपने घर से लापता है? इसकी मां बेचारी रो-रोकर अन्धी हुई जा रही है।"

जीवन ने फिर उस ओर देखा। गंदी बुश्शर्ट वाला चौदह-पन्द्रह साल का लंबा लड़का अब उसकी नजर में आ गया था।

"सुनो," सत्या बोली, "जरा बुलाओ तो उसे!"

जीवन को यह कहना कुछ अजीब-सा लगा, फिर भी उसने सी...सी करके उसे बुलाया। वह पास आ गया।

जीवन ने सत्या की ओर देखा और सत्या ने जीवन की ओर, फिर दोनों ने उस लड़के की ओर देखा। सत्या ने आंखों से ही इशारा किया, "पूछो।"

जीवन को कुढ़न हुई,"क्या पूछे भला...?"

सत्या ने जीवन की आकृति निरपेक्ष देखी, तो उस लड़के की ओर

उन्मुख हुई, "तुम्हारा क्या नाम है?...तुम्हारा नाम अर्जुन है न...?"

दोनों प्रश्न एक साथ सुनकर जैसे उस लड़के की सिट्टी मारी गई वह कुछ क्षण टुकर-टुकर दोनों को देखता रहा, फिर धीरे से बोला, "नहीं, मेरा नाम तो किशन है।"

उत्तर सुनकर सत्या को लगा, जैसे भरे बाजार में किसी ने उसका पल्लू खींच लिया है और जीवन को लगा, जैसे सचमुच सत्या का पल्लू ही खिंच गया है। दोनों हक्के-बक्के से खड़े कभी एक दूसरे को और कभी उस लड़के को देखते रहे। वह फिर उसकी ओर उन्मुख हुई, "तुम्हारा नाम अर्जुन नहीं है...? तुम कुर्ला में नहीं रहते हो?"

इस बार उस लड़के के मुंह से 'नहीं' नहीं निकला। वह चुपचाप खड़ा रहा। सत्या को बल मिला, "तुम तीन दिन से अपने घर से भागे नहीं हो?"

लड़का चुप रहा। पर जीवन के लिए यह सब असहज हो गया था। खीझकर बोला, "इससे तुम्हें क्या लेना-देना है, सत्या? खामख्वाह बेकार की झंझट ले बैठी हो। यह अर्जुन है या किशन, हमें इससे क्या मतलब है?"

"तुम्हें मालूम है, जब से यह लापता है, इसके घर की क्या हालत है?" सत्या के चेहरे पर अजीब-सी तमतमाहट आ गई थी।

जीवन घबरा सा गया। जैसे उसे कुछ सूझा नहीं कि वह क्या कहे। इतने में वह लड़का मुड़ा और चल पड़ा। पर सत्या ने झट से उसका हाथ पकड़ा लिया और बोली, "तुम्हें शर्म नहीं आती, बिना खबर दिये तीन दिन से घर से गायब हो! तुम्हारी मां रो-रोकर अन्धी हुई जा रही है। तुम्हारा बाप तुम्हें ढूंढ़ता हुआ मारा-मारा फिर रहा है और...और तुम सिनेमा देखने आए हो...! बेशरम...!"

जीवन खीझा और भौंचक्का-सा सत्या को देख रहा था। यह उसे क्या हो गया है! और सत्या की तमतमाहट ऊर्ध्वमुखी होकर अब विगलित हो रही थी। उसका गला रुंध गया था और नेत्र भर आए थे। उसके होंठ कांप रहे थे। उस लड़के की बांह पकड़ते हुए उसके हाथ

में अजीब-सी थरथराहट हो रही थी।

और लड़का सत्या के सम्मुख भेड़ बना खड़ा था–न उसके मुंह से कुछ निकल रहा था, न किसी प्रकार का प्रतिरोध करने की वह चेष्टा कर रहा था।

जीवन को बड़ी बेचैनी महसूस हुई जब उसने देखा चारों ओर खड़े लोगों का ध्यान भी उधर आकर्षित हो गया है। तमाशबीन उसके चारों ओर इकट्ठे होने लगे थे। वह धीरे से बोला, "अच्छा, इसे छोड़ो तो!"

सत्या ने हाथ ढीला कर दिया। लड़का मुड़कर बिना कुछ बोले चला गया था।

जीवन ने देखा, लोग सामने के दरवाजे से अन्दर जा रहे हैं। बोला, "चलो, पहला शो छूट गया।"

सत्या ने एक बार उधर देखा, जिस तरफ वह लड़का गया था, फिर वह चल दी।

अन्दर घुसते ही एयरकंडीशनिंग की ठंडक ने जीवन को अभिभूत कर दिया। उसने मुस्कुराकर सत्या की ओर देखा, परन्तु उसके चेहरे पर छाई तप्तता वैसी ही बनी हुई थी। जीवन को लगा, जैसे उसके समग्र आनंद को किसी चीज ने खंडित कर दिया है। कितनी साध थी उसे, सत्या को यह राजमहल-जैसा सिनेमा-हाल दिखाने की! पर बीच में यह कांटा कहां से चुभ गया? उसने फिर कोशिश की, "सत्या, बिलकुल राजमहल जैसा लगता है न? देखो, जमीन पर बिछे गलीचे कैसे मुलायम हैं। पैर धंसते चले जाते हैं।"

सत्या ने नीचे की ओर देखा, फिर जीवन की ओर। उसकी आंखों में उसकी बात का समर्थन तो था, पर वह उल्लास नहीं था, जो जीवन देखना चाहता था।

जीवन का उत्साह मन्द पड़ गया। वह पता नहीं कितनी चीजे दिखाना चाहता था–चारों ओर दीवारों पर लगे आदमकद शीशे, छत से लटकते फानूस, पर वह दिखाये किसे? सत्या तो वहां थी ही नहीं।

वे हाल के अन्दर अपनी सीटों पर जाकर बैठ गए। सामने लगा

कीमती मखमल का परदा धीरे-धीरे दोनों ओर खिसक गया। पीछे सफेद परदा दिखाई दिया। हाल में बत्तियां बुझ गयीं। सफेद परदे पर विज्ञापन दौड़ने लगें। फिर न्यूज रील शुरू हुई। जीवन को सत्या की धीमी आवाज सुनाई दी, "यह अर्जुन अपने घर से भाग क्यों गया?"

जीवन को लगा, जैसे किसी ने उसे कचोट लिया। तुनककर बोला, "वह मुझे बताकर तो भागा नहीं। मुझे क्या मालूम?"

"तुम तो बेकार नाराज हो रहे हो! मैं पूछती हूं, आखिर ये लड़के अपने घर से भाग क्यों जाते हैं?"

जीवन और तुनका, "अच्छा, पिक्चर देख लेने दो। घर चलकर मैं इसी विषय पर रिसर्च शुरू करूंगा।"

सत्या चुप हो गई।

पिक्चर शुरू हो गई। जीवन इस पिक्चर का पूरा आनन्द लेना चाहता था। वह सत्या को उस पिक्चर में काम करने वाले हर पात्र का नाम और गुण बताना चाहता था। वह दुःख के स्थलों पर संवेदना प्रकट करना चाहता था। वह हंसी के स्थानों पर जी भरकर हंसना चाहता था। परन्तु यह क्या हो गया है। जीवन के आनन्द की शीतल धारा जैसे किसी तप्त रेगिस्तान में खो गई।

जाने कितनी देर दोनों गुमसुम पिक्चर देखते रहे। उसे सत्या की धीमी आवाज फिर सुनाई दी, "सुनो, अर्जुन की मां ने तीन दिन से अन्न का दाना मुंह में नहीं डाला।"

जीवन ने उस अंधेरे में ही घूरकर सत्या की ओर देखा। उसने अन्न का दाना मुंह में नहीं डाला तो वह क्या करें? क्या उसने उसके लड़के को घर से भगा दिया है? और सत्या भी बस विचित्र है। इतनी देर से बस उसी का रोना लिए बैठी है।

वह कुछ नही बोला।

आधा घंटा गुजर गया। सत्या की बुदबुदाहट उसे फिर सुनाई दी, "सुनो, हम लोगों ने गलती की। उसे छोड़ना नहीं चाहिए था। उसके बाप ने तीन दिन से अपनी दुकान नहीं खोली। उसके छोटे भाई-बहन

स्कूल नहीं गए। मां तो हमेशा रोती रहती है। हम उसे पकड़कर घर ले जाते। पिक्चर का क्या काम है? पिक्चर फिर कभी देख लेते।"

जीवन को लगा, सत्या ने उसके सिर के बाल नोच लिए हैं। वह क्रोध में उबल पड़ा। दांत पिसता और आवाज दबाते हुआ बोला, "तुम बकबक किए ही जाओगी या चुप भी बैठोगी? उस लड़के के घर वालों के साथ इतनी हमदर्दी है, तो मेरे साथ इतनी दुश्मनी क्यों कर रही हो? सारी पिक्चर का मजा किरकिरा करके रख दिया। पगली कहीं की! अब ज्यादा बकबक की तो मैं हाल छोड़कर चला जाऊंगा।"

सत्या सुन्न हो गई। पिक्चर चलती रही, परन्तु वह स्थिर थी। इंटरवल हुआ। पिक्चर फिर शुरू हुई, परन्तु वह स्थिर ही रही, न हिली, न डुली, न कोई बात की।

दूसरे दिन सुबह जीवन उठा, तो सत्या चाय का प्याला सामने रखते हुई बोली, "सुनो, देखो सुबह-सुबह नाराज मत होना। अब इतना तो करो कि अर्जुन के पिता को बता आओ कि वह कल हमें सिनेमा में मिला था। बेचारों की कुछ चिन्ता तो दूर हो?"

परन्तु जीवन के मुंह में कल का कसैलापन पूरी तरह बाकी था। वह सख्ती से बोला, "मुझे क्या गरज पड़ी है। मैंने क्या दुनिया का ठेका ले रखा है? तुम्हें बड़ी हमदर्दी है तो जाओ रोकता कौन है?"

सत्या चुप होकर बिस्तर संभालने लगी।

इतने में दरवाजे पर खटखट हुई। सत्या ने दरवाजा खोला। जीवन ने अन्दर बैठे-बैठे ही सुना, कोई स्त्री कह रही थी, "बहन, तुम्हारी बड़ी मेहरबानी! अर्जुन रात को ही घर वापस आ गया था। तुम उसे सनीमा में मिली थी न। तुमने उसे खूब डांटा था न...। बस, वह सीधा घर आ गया। बहन, तुम्हारी बहुत मेहरबानी। तुमने मेरे बेटे को मिलाया, मेरा दिल ठंडा कर दिया।"

सत्या अन्दर आई तो जीवन ने देखा, उसके चेहरे पर वही ठंडक है, जो वह एयरकंडीशंड-हाल में देखना चाहता था।

पानी और पुल

गाड़ी ने लाहौर का स्टेशन छोड़ा तो एकबारगी मेरा मन कांप उठा। अब हम लोग उस ओर जा रहे थे जहां चौदह साल पहले ऐसी आग लगी थी जिसमें लाखों जल गए थे, और लाखों घर जलने के निशान आज तक बने थे। मुझे लगा, हमारी गाड़ी किसी गहरी, लम्बी अंधकारमय गुफा में घुस रही है। और हम अपना सब कुछ इस अंधकार को सौंपे दे रहे हैं।

हम सब लगभग तीन सौ यात्री थे। स्त्रियों और बच्चों की भी संख्या हम में काफी थी। लाहौर में हमने सभी गुरुद्वारों के दर्शन किए। वहां हमें जैसा स्वागत मिला उससे आगे अब पंजासाहब की यात्रा में किसी प्रकार का अनिष्ट घट सकता है ऐसी सम्भावना तो नहीं थीं, परन्तु मनुष्य के अन्दर का पशु कब जागकर सभी सम्भावनाओं को डकार जाएगा, कौन जानता है?

यही सब सोचते-सोचते मैंने मां की ओर देखा। देखा, हथेली पर मुंह टिकाए, कोहनी को खिड़की का सहारा दिए वे निरन्तर बाहर की ओर देख रही थी। मुझे लगा, मां की आंखों में से उतरकर यह सपाटता मन में पूरी तरह छा गई है। फिर मैंने अपने डिब्बे के यात्रियों की तरफ देखा। उन पर भी गहरी उदासी छाई हुई थी। समझ में नहीं आ रहा था कि एकाएक ऐसी उदासी सब पर क्यों छा गई है?

"तुम्हें तो यह रास्ता अच्छी तरह याद होगा?" मैंने मां का ध्यान तोड़ते हुए पूछा, "सैकड़ों बार आना हुआ होगा तुम्हारा?"

मां मेरी ओर देखकर मुसकराई। वह सब कुछ खोकर पाई हुई

मुसकराहट थी। बोली, "मुझे तो इस रास्ते का एक-एक स्टेशन याद है। पर आज यह इलाका कितना बेगाना-बेगाना सा लग रहा है। आज चौदह साल बाद इधर से जा रही हूं। पहले भी ऐसे ही जाती थी। लाहौर पार करते ही अजीब-सी उमंग नस-नस में दौड़ जाती थी। सराई (हमारा गांव) जैसे-जैसे निकट आता जाता वहां की एक-एक शक्ल मेरे सामने दौड़ जाती, स्टेशन पर कितने लोग आए होते..."

मां की आंखों में चौदह साल पहले की याद तरल हो आई थी। पिताजी ने अपना रोजगार उत्तर-प्रदेश में ही जमा लिया था। हम सब भाई-बहनों का जन्म पंजाब के बाहर ही हुआ था। मुझे याद है, पिताजी तो शायद साल में एकाध बार ही पंजाब आते हों, पर मां के दो-तीन चक्कर जरूर लग जाते थे। हम में जो छोटा होता वह मां के साथ जाता, और जब से मुझे याद है मेरी छोटी बहन ही उनके साथ जाया करती थी।

उन दिनों, जब पंजाब का विभाजन घोषित हो चुका था, पंजाब की पांचों नदियों का जल उन्माद की तीखी शराब बन चुका था, मां ने फिर पंजाब जाने का फैसला किया था। सभी ने ऐसे विरोध किया जैसे वे जलती आग में कूदने जा रही हो। और वह सचमुच आग में कूदने जैसा ही तो था! परन्तु पिताजी सहित हम सब जानते थे कि मां को अपने निश्चय से डिगाना कोई आसान बात नहीं। उन्होंने सबकी बातों को हंसकर टाल दिया। बीस-बाईस दिनों में वह वापस आ गई। गांव के घर का बहुत सा सामान बुक करा आई थीं। अपने साथ वे अपना पुराना चरखा और दही मथने की बड़ी मथनी ले आई थीं।

फिर सारे पंजाब में आग लग गई। घर के घर, गांव के गांव और शहर के शहर उस आग में जलने लगे। आग रुकी तो लगा इधर तक सपाट फैली हुई जमीन अमृतसर और लाहौर के बीच से फट गई है। और उस पार फटा हुआ हिस्सा बीच में गहरी खाई छोड़कर न जाने कितना उधर खिसक गया है। हम सब भूल से गए कि उस गहरी खाई

के उस पार हमारा अपना गांव था, पक्की सड़क के किनारे, पीछे की ओर एक नहर थी और पास ही झेलम नदी, अल्हड़ लड़की की तरह उछलती-कूदती बहती थी।

आज मैं मां के साथ उस खाई पर राजकीय औपचारिकता बांधे हुए पुल से गुजरकर उसी ओर जा रहा था जो कल कितना अपना था, आज कितना पराया है।

मैं एक पुस्तक के पन्ने उलट रहा था; मां ने पूछा, "यह गाड़ी सराई स्टेशन पर रुकेगी?"

मैंने कुछ सोचा फिर कहा, "हां, शायद रुके पर पहुंचेगी रात के एक-दो बजे। हम लोग गहरी नींद में सो रहे होंगे। स्टेशन कब आकर निकल जाएगा, पता भी नहीं लगेगा। और अब रखा ही क्या है वहां?"

मां के चेहरे पर खिसियाहट-सी दौड़ गई। बोली, "तुम्हारे लिए पहले भी वहां क्या रखा था?"

मेरी बात से मां को चोट पहुंची थी। बिना कुछ बोले मैं सिर झुकाकर अपनी पुस्तक के पन्नों में उलझ गया।

धीरे-धीरे अंधेरा छाने लगा। मां ने पोटली खोलकर खाने के लिए कुछ निकाला। मेरे एक दूर के मामाजी हमारे साथ थे। तीनों ने मिलकर कुछ खाया और सोने की तैयारी करने लगे। मामाजी तो दस मिनट में ही खर्राटे भरने लगे। मैं भी एक ओर लुढ़क गया। मां वैसे ही बैठी रही।

कुछ देर बाद एकाएक मेरी आंख खुली तो देखा, मां वैसे ही बाहर फैले हुए अंधेरे की ओर निष्पलक देखती हुई बैठी है। घड़ी देखी, साढ़े दस बज गए थे। मैंने कहा, "मां, तुम भी लेट जाओ न!"

'अच्छा।' उनके मुंह से निकला और वे अधलेटी-सी हो गईं।

उस अधनींदी अवस्था में मैंने कोई स्वप्न देखा, ऐसा तो मुझे याद नहीं आता, पर उस नींद में भी कुछ घबराहट अवश्य होती रही थी। शायद किसी अस्पष्ट स्वप्न की ही घबराहट हो। कोई लाल सी तरल चीज मुझे अपने चारों ओर फिरती अनुभव होती थी। और मुझे लग

रहा था, उस लाल-लाल गाढ़ी-सी चीज पर मेरे पैर फच-फच पड़ रहे हैं। फिर एकाएक मैं हड़बड़ाकर उठा। मां मुझे झकझोर रही थी। अजीब-सी घबराहट और उत्तेजना से उनके हाथ कांप रहे थे।

"क्या है?"

"देखो, यह बाहर शोर कैसा है?"

मैंने बाहर झांककर देखा। हमारी गाड़ी छोटे-से स्टेशन पर खड़ी थी। प्लेटफार्म पर लैम्प-पोस्टों की हलकी-हलकी अजीब रोशनी थी और अजीब-सा कोलाहल वहां छाया हुआ था। एकबारगी मेरा रोयां-रोयां कांप उठा। चौदह साल पहले अनेक सुनी-सुनाई घटनाएं बिजली बनकर कौंध गई, जब दंगाईयों ने कितनी गाड़ियों को जहां-तहां रोककर लोगों को गाजर-मूली की तरह काट डाला था। मामा जी भी जागकर मेरा कंधा हिला रहे थे–

"अरे क्या बात है?"

तभी मेरे कानों में आवाज पड़ी। उस भीड़ में कोई चिल्ला रहा था, "अरे इस गाड़ी में कोई सराई का है?"

"यह कौन-सा स्टेशन है?" मैंने मां से पूछा।

मां ने कहा, "सराई...अपने गांव का स्टेशन।"

बाहर से फिर आवाज आई, "अरे, इस गाड़ी में कोई सराई का है?"

मैंने मां की ओर देखा। उनके चेहरे पर आश्वस्तता थी।

"पूछो इनसे, क्या बात है?"

मैंने खिड़की से गर्दन निकाली। बहुत-से लोग घूमते हुए पुकार रहे थे, "अरे, कोई सराई का है?"

पास से जाते हुए एक आदमी को बुलाकर मैंने पूछा, "क्या बात है जी?"

"आपमें कोई इस गाव का है?"

"हां, हम हैं इस गाव के..." मां आगे आकर बोली।

"तुम सराई की हो?" उस आदमी ने जोर देकर पूछा।

"हां जी ?"

मां के इतना कहते ही स्टेशन पर चारों ओर शोर मच गया। इधर-उधर घूमते हुए बहुत-से आदमी हमारे डिब्बे के सामने जमा हो गए। फिर कई आवाजें एक साथ आई।

"तुम सराई की हो ?"

"हां जी, हम सराई के हैं..." मां ने जोर देकर कहा, "इसी गांव के।"

उपस्थित जन समुदाय में एक कोलाहल-सा हुआ। किसी की आवाज आई, "तुम किसके घर से हो ?"

मां ने मेरी ओर देखा। मैंने कहा, "मेरे पिताजी का नाम सरदार मूलासिंह है। ये मेरी मां है।"

"तुम मूलसिंह के बेटे हो ?" कई लोग एक साथ चिल्लाए, "तुम मूलासिंह की बीवी हो...रवेलसिंह की भाभी ? कैसे हैं सब लोग... ?" कहते-कहते कितने ही हाथ हमारी ओर बढ़ने लगे। लोग हमारे संबंधियों में सबकी कुशल-क्षेम पूछते हुए अपने हाथ की पोटलियां मुझे और मां को थमाते जा रहे थे। उनमें बादाम, अखरोट, किशमिश आदि सूखे मेवे बंधे हुए लग रहे थे। मैं और मां गुमसुम से उन्हें ले लेकर अपनी सीट पर रखते जा रहे थे। देखते-देखते हमारी बर्थ छोटी-छोटी कपड़ों की पोटलियों से भर गई।

मैं हक्का-बक्का-सा यह सब देख रहा था। मां अपने सिर का कपड़ा बार-बार संभालती हुई हाथ जोड़ रही थी। खुशी से उनके होठ फड़फड़ा रहे थे। मुंह से निकल कुछ भी न रहा था और लगता था आंखें अभी चू पड़ेगी

वहीं खड़े गार्ड ने हरी लालटेन ऊपर उठाई और कोट की जेब से सीटी निकाली। मैंने देखा, तीन-चार आदमियों ने उसे पकड़-सा लिया।

"अरे बाबू, दो-चार मिनट और खड़ी रहने दे न गाड़ी को ! देखता नहीं, यह बीवी इसी गांव की हैं... ।" और एक ने उसका लालटेन वाला हाथ पकड़कर नीचे कर दिया।

"भरजाई, सरदार जी कैसे हैं? उन्हें क्यों नहीं लाई, पंजेसाहब दरशन कराने?" एक बूढ़ा-सा मुसलमान पूछ रहा था।

मां ने दोनों हाथों से सिर का कपड़ा और और आगे कर लिया, उनके मुंह से धीरे से निकला, "सरदार जी नहीं रहे..."

"क्या...? मूलासिंह गुजर गए? क्या हुआ था उन्हें?

मां चुप रही, मैंने जवाब दिया, "उनके पेट में रसौली हो गई थी। एक दिन अचानक फट गई और दूसरे दिन पूरे हो गए।"

"ओह, बड़े ही नेक बन्दे थे। खुदा उन्हें अपनी दरगाह में जगह दें!" उनमें से एक ने अफसोस प्रकट करते हुए कहा। कुछ क्षण के लिए सब मे खामोशी छा गई।

"भरजाई, तेरे बच्चे कैसे हैं?"

"वाहेगुरु की किरपा हैं, सब अच्छे हैं।" मां ने धीरे से कहा।

"अल्लाह उनकी उम्र दराज करे!" कई आवाजें एक साथ आई।

"भरजाई, तुम अपने बच्चों को लेकर यहां आ जाओ।" किसी एक ने कहा, और कितनों ने दुहराया, 'भरजाई तुम लोग वापस आ जाओ ...वापस आ जाओ।' प्लेटफॉर्म पर कितनी आवाजें कह रही थीं।

'वापस आ जाओ।'

'वापस आ जाओ।'

मैंने सुना, मेरे पीछे खड़े मामाजी कुढ़ते हुए कह रहे थे, 'हुं... बदमाश कहीं के! पहले तो हमें मार-मारकर यहां से निकाल दिया, अब कहते हैं वापस आ जाओ...लुच्चे!'

पर प्लेटफॉर्म पर खड़े लोगो ने उनकी बात नहीं सुनी थी। वे कहे जा रहे थे, 'भरजाई, तुम अपने बच्चों को लेकर वापस आ जाओ। बोलो भरजाई, कब आओगी? अपना गांव तो तुम्हें याद आता है? भरजाई , वापस आ जाओ...।'

मां के मुंह से कुछ नहीं निकल रहा था। वे सिर का कपड़ा संभालते हुए हाथ जोड़े जा रही थीं।

दूर खड़ा गार्ड हरी लालटेन दिखाता हुआ सीटी बजा रहा था।

इंजन ने सीटी दी। गाडी फक-फक करती हुई चल दी। भीड़ हमारे डिब्बे के साथ चल दी।

'अच्छा, भरजाई, सलाम...अच्छा, बेटे सलाम... रवेलसिंह को मेरा सलाम देना... सबको हमारा सलाम देना'।

मां के हाथ जुड़े हुए थे और मुंह से गद्‌गद स्वर में धीरे-धीरे कुछ निकल रहा था। धीरे-धीरे गाड़ी कुछ तेज हो गई। हम दोनों खिड़की से सिर निकाले हाथ जोड़े रहे। भीड़ के लोग वहीं खड़े हाथ ऊपर उठाए चिल्लाते रहे।

गाड़ी स्टेशन के बाहर निकल आयी तो मैंने बर्थ से पोटलियां हटा कर एक ओर की और मां से कुछ कहने के लिए उनकी ओर देखा।

मां की आंखों से आंसुओं की अविरल धारा बह रही थी, बहे जा रही थी। वे बार-बार दुपट्टे से आंखें पोंछे जा रही थीं, पर टूटे हुए बांध का पानी बहता ही जा रहा था।

हमारी गाड़ी जेहलम के पुल पर आ गई थी। रात्रि के उस नीरवता में खडर...खडर की तेज आवाज आ रही थी। मैंने सुना था, जेहलम का पुल बहुत मजबूत है। पत्थर और लोहे के बने उस मजबूत पुल को अंधेरे में देख रहा था। मेरी दृष्टि नीचे की ओर भी जा रही थी, वहां घुप्प अंधेरा था, पर मैं जानता था वहां पानी है, जेहलम नदी का कल-कल करता हुआ स्वच्छ और निर्मल पानी, जो उस पत्थर और लोहे के बने हुए पुल के नीचे से बह रहा था।

ब्लाटिंग पेपर

वहां से आने पर प्रीती का पत्र मिला, "चलते समय आपसे मिल भी नहीं सकी। उस दिन बसों की हड़ताल थी। सोचा स्टेशन पर ही आपको, भाभी को और बच्चों को मिल लूंगी। सो मैं बोम्बे सेन्ट्रल पर पहुंच गई। पर आज जब आपका पता पूछने राम महल में आई तो मालूम हुआ, आप साढ़े नौ की गाड़ी से वी. टी. स्टेशन से गए थे। उस दिन अजीब हालत थी मेरी। चार बजे से साढ़े सात बजे तक बाम्बे सेन्ट्रल पर बैठी आपकी राह देखती रही कि आप आएंगे। आपकी कुछ किताबें मेरे पास हैं। अम्मा जल्दी ही आने वाली हैं। उनके हाथ भिजवा दूंगी। नहीं तो दिल्ली आने परे (यदि भाग्य में हुआ तो) दे दूंगी। समस्या सभी हल हो गई है। उस लड़के से अंजू की शादी हो गई है। सुरेन्द्र को पूना के इंजीनियरिंग-कालेज में एडमिशन मिल गया है। पैसे का प्रबन्ध भी हो गया है।

"मैं, पढ़ाई कर रही हूं।

"वैसे तो आप जानते हैं कि मेरी अपनी कोई समस्या नहीं है। गिरी हुई स्याही को सुखाने की समस्या साधारण कागजों की होती है। ... मैं तो ब्लाटिंग पेपर हूं।"

प्रीती अपने को ब्लाटिंग पेपर कहती है। यह बात उसने मुझसे एक बार पहले भी कही थी। मैंने जब बम्बई छोड़ने की बात बताई तो कितने आंखें नम हो आई थीं। परन्तु प्रीती पूरी तरह निर्लेप थी–

"आपका जाना बहुतों को बुरा लग रहा है न? पर मुझे ऐसा कुछ नहीं लगता। आपको सब कहते होंगे, मत जाइए, पर मैं ऐसा नहीं

कहूंगी। जाइए और जाकर सबको भूल जाइए,। मुझे क्या? मैं तो ब्लाटिंग पेपर हूं..."

प्रीती को मैं तीन-चार साल से जानता हूं। उस दिन कालेज की ड्रामेटिक सोसाइटी ने कालेज हाल में शाम को एक 'प्ले' किया था। प्रीती उसकी नायिका थी। वह उसी वर्ष उस कालेज में आई थी। उसके संवाद सुनकर मैं सोचता रहा, "ऐसी हिन्दी बोलने वाली लड़की कहां की है सलवार कमीज और कद में वह पंजाबी लगती थी। पर बोलने के लहजे से उर्दू झलक रही थी। फिर वह मुझे अपनी एक क्लास में दिखाई दी उसके मुंह से कुछ सुनने के लिए मैंने उससे एक सवाल पूछ लिया। बाद में मालूम हुआ, वह लखनऊ से आई है।

एक दिन मैंने पूछा, "तुम्हारा सर नेम मेहता है। तुम गुजराती हो क्या?"

वह बोली, "एक तरह से...मेरी मां उत्तर प्रदेश की है और पिताजी गुजराती। पर हमें गुजराती बोलना बिल्कुल नहीं आता।"

मैंने पूछा, "तुम्हारे पिताजी क्या काम करते हैं?"

वह बोली, "मां एक स्कूल में हैडमिस्ट्रेस है।"

वह जानती थी कि यह मेरे सवाल का जवाब नहीं है। कुछ रुककर बोली, "पिताजी लखनऊ में बिजनेस करते हैं, पर हम लोग उनके साथ नहीं रहते।"

इंटर की परीक्षा हो गई तो मैंने पूछा, "बी. ए. में कौन-से विषय लोगी?"

वह बोली, "मैं आगे शायद ही पढ़ूं...इन छुट्टियों में शायद मेरी शादी हो जाए।"

कालेज शुरू होने पर प्रीती ने बी. ए. ज्वाइन किया।

वह मेरे पास किताबें लेने आती थी और काफी देर बैठती थी। अपनी घरगिरस्ती की सब बातें वह मुझसे करने लगी थी। एक दिन बोली, "आपको उनसे मिलाना चाहती हूं।"

"किनसे?"

"एक हैं...।" उसके चेहरे पर वह लज्जा आ गई थी जिसके आगे और सवालों की जरूरत नहीं रहती।

मैंने कहा, "अच्छा, उन्हें किसी दिन लेकर आओ।"

"आप उन्हें जानते हैं।"

"मैं जानता हूं... ?" मुझे आश्चर्य हुआ, "मेरा ऐसा कौन परिचित है जिसके तुम इतना नजदीक पहुंच गई हो ?"

"याद कीजिए। कल आपका किसी नये व्यक्ति से परिचय हुआ था।"

मुझे याद आया। इस वर्ष कालेज के केमिस्ट्री विभाग में एक नया प्रोफेसर आया है...अरोड़ा। कल स्टाफ रूम में मेरा उससे परिचय हुआ था। फिर काफी देर बैठे हम लोग गप-शप करते रहे थे।

मैंने पूछा, "प्रोफेसर अरोड़ा ?"

प्रीती नीचे देखने लगी, "उनका नाम मनोहर है।"

"पर उसे इस कालेज में आए तो अभी एक महीना भी नहीं हुआ। तुम्हारा उससे परिचय कैसे हुआ ?"

"हम लोग एक-दूसरे को तीन-चार साल से जानते हैं। इस कालेज में आने से पहले मैं दो साल साइंस लेकर एम. सी. कालेज में पढ़ी थी। तब मनोहर वहां बी. एस-सी. में पढ़ते थे।"

मैं कुछ सोचने लगा।

"आपको कैसे लगे ?" प्रीती पूछ बैठी।

"आदमी मुझे अच्छा लगा।" मैंने कहा, "बातचीत, देखने-सुनने सब में बहुत प्लीजिंग है। पर अब तुम इस जान पहचान को ज्यादा लम्बा न करो...उससे शादी कर लो।"

वह बोली, "पहले इन छुट्टियों में करने का विचार था। फिर वे कहने लगे, मैं थोड़ा सेटल हो लूं।"

प्रीती आती और मनोहर की बातें करती। घूम फिर कर उसकी हर बात में मनोहर आता और फिर वह पूरी तरह डूब जाती। उसकी आंखों और होंठों में बस मनोहर झरता रहता।

प्रीती ने मनोहर को जितनी चिट्ठियां लिखी थी, उनकी नकल उसने अपनी डायरी में रखी थी। वह डायरी उसने मुझे पढ़ने के लिए दे दी।

प्रेम पत्रों को इतना निरपेक्ष होकर कैसे पढ़ा जा सकता है? और ऐसे पत्रों को जिनमें लिखने वाली का रोम-रोम डूबा हुआ हो। एक कंपकंपी सी मेरे शरीर में दौड़ गई थी।

मैंने झुंझलाकर पूछा, "यह डायरी तुमने मुझे क्यों पढ़ाई?"

"ऐसे ही?" वह ऐसे निरीह भाव से बोली, जैसे उसने क्लास में दिये हुए किसी प्रश्न का उत्तर मुझे दिखाया हो।

मैंने खीझकर कहा, "तुम बड़ी मूर्ख हो...महामूर्ख।"

सात-आठ महीने आज बीत गए। प्रो. अरोड़ा कालेज में बहुत पापुलर हो गया था। स्टाफ रूम में होटल में, लड़के लड़कियों में उसकी खूब चर्चा सुनाई देती थी।

मैं प्रीती से कहता, "इन गर्मियों में तुम मनोहर से जरूर शादी कर लो। वह कहता था न की सेटल हो जाऊं अब तो अच्छी-खासी नोकरी है उसके पास। अब ज्यादा की क्या जरूरत है?"

मनोहर के बारे में बहुत बातें करने वाली प्रीती, मेरी इस बात पर मौन साधे कुछ सोचती रहती।

एक दिन बोली, "आपने उनके बारे में कुछ सुना?"

मैं उसके बारे में बहुत कुछ सुन चुका था। मैंने पूछा, "यों, तुमने कोई खास बात सुनी है?"

"आपने लाज और कमला वाली बातें नहीं सुनी?"

मैंने कहा, "तुमने इस बारे में क्या सुना है, यह बताओ।"

"इन दोनों लड़कियों से उनके संबंध बहुत बढ़ गए हैं।"

"सम्बंध बढ़ जाने से कुछ गड़बड़ बात पैदा हो गई हो, यह जरूरी तो नहीं।"

"वह आजकल मुझसे बहुत कतराते हैं।"

"हो सकता है उसकी कुछ उलझनें हों, कुछ परेशानियां हो।" मैंने कहा, "ऐसा करो, एक दिन उससे मिलकर खुली-खुली बातें करो।"

प्रीती ने उसे एक पत्र लिखा। क्लास में जाने से पहले वह मुझे दे गई।

बोली, "पढ़ लीजिए और किसी चपरासी के हाथ उनके पास भिजवा दीजिए।"

प्रीती ने उस पत्र में मनोहर से शनिवार को मिलने के लिए कहा था। कहा नहीं, आग्रह किया था।

सोमवार को प्रीती एक पत्र मेरी मेज पर रखकर चली गई। मनोहर ने लिखा था, "मैं आजकल बहुत व्यस्त हूं, इसलिए इस शनिवार को नहीं मिल पाऊंगा।"

फिर एक दिन कालेज में धमाका हुआ... सुबह सुबह सुनने को मिला प्रो. अरोड़ा की नौकरी खत्म। प्रिंसिपल के पास किन्हीं लड़कों का एक गुमनाम पत्र पहुंचा था...प्रो. अरोड़ा ने कालेज की सात लड़कियों को फंसा रखा है। फिर तारीखवार विवरण था...किस तारीख को कितने बजे मनोहर लाज को लेकर किसी रेस्तरां की केबिन में दो घंटे बैठा रहा। किस तारीख को वह कमला को लेकर पवई के जंगल में सारा दिन गुम रहा। किस तारीख को उन दो लड़कियों को अपने दाएं बाएं बैठाकर एरोस के बाक्स में कौन सी अंग्रजी पिक्चर देखी।

प्रीती कई दिन मेरे घर नहीं आई। उसे मैंने कालेज में नहीं देखा। फिर आई तो उसने मनोहर की कोई बात नहीं की। अपनी पढ़ाई की बातें करती रही।

मैंने पूछा, "मनोहर से मिलना हुआ?"

"हां। परसों घर आये थे। मां से कुछ देर बातें करते रहे। जाते समय कहने लगे, बस स्टाप तक छोड़ आओ। मैंने कहा, मुझे अभी बहुत काम है।"

एक दिन वह मेरे कमरे में बैठी थी कि मेरा एक दोस्त आ गया। प्रीती कुछ देर बाद चली गई, तो वह बोला, "समर की प्रेमिका तुम्हारे पास बहुत आने लगी है।"

"समर की प्रेमिका...? कौन?"

"और कौन? यही प्रीती।"

समर को मैं जानता हूं। वह नाटक लिखता है और फिर उन्हें स्टेज कराने के लिए एड़ी चोटी एक किया करता है। पिछले कई साल से मैं उसे इसी तरह फटे-हाल देख रहा हूं। मुझे याद आया, पहली बार जब मैंने प्रीती को स्टेज पर देखा था, वह ड्रामा भी समर का ही लिखा हुआ था।

समर के बारे में मुझे प्रीती से कुछ पूछना नहीं पड़ा। उसने स्वयं बताया, "समर साहब ने मुझे बहुत सहारा दिया था। उन दिनों बहुत भटकी हुई थी, बहुत परेशान थी। चाहती थी किसी पुरुष की बांहों का सहारा मिल जाए। मनोहर से मेरी जान-पहचान बाद में हुई थी।"

"तुम समर से बहुत प्रभावित लगती हो।" मैंने पूछा।

"हां, मैं उनसे बहुत प्रभावित रही हूं।" वह बोली, "हम लोग घंटों एक-दूसरे का हाथ पकड़े जुहू बीच पर घूमते रहते थे।"

"तुमने उससे शादी क्यों नहीं कर ली?" मैंने कहा। मैं समझता हूं उसे शादी की बहुत जरूरत है।

वह बोली, "मैंने उनसे एक बार कहा था, समर साहब! आप मुझसे शादी कर लीजिए। वे बोले, शादी आर्टिस्ट के लिए बड़ी मुसीबत है। हम लोग बस मुहब्बत करें। शादी के चक्कर में न पड़े।"

"फिर... ?"

"फिर क्या... ? समर साहब आर्टिस्ट हैं। पर मैं तो एक साधारण लड़की हूं शादी करूं, घर बसाऊं, छोटे-छोटे बच्चे हों, उन्हें नहलाऊं धुलाऊं डांट फटकार कर स्कूल भेजूं। और जब वे स्कूल से आएं तो उन्हें अपनी गोद में बैठाकर जोर से दबा लूं।"

कभी-कभी मैं उसकी डायरी पढ़ता। एक पन्ने पर उसने लिखा था ...इच्छा होती है कि किसी अन्धे आदमी से शादी कर लूं। दूर नदी के किनारे एक गांव में अपनी झोंपड़ी डाल लूं। फिर उस अन्धे की इतनी सेवा करूं कि उसे लाठी की भी जरूरत न रहे। बात बात में वह मुझे

पुकारे... प्रीती... प्रीती। और मैं बार-बार अपने हाथ का काम छोड़कर उसके पास दौड़ी चली जाऊंगी। उसके लिए मैं सबसे जरूरी चीज बन जाऊं। पूरे विश्वास के साथ अपने को मुझे सौंप दे। एक बच्चे की तरह...निश्शंक होकर।

मैंने कहा, "प्रीती, तुम अपने भाई को यहीं बुला लो। वह तुम्हारे साथ रहे, तो तुम्हारी भटकन शायद कुछ कम हो जाए।"

"सुरेन्द्र को पूना में स्कालरशिप मिली हुई है। इस साल उसका हायर सेकेण्डरी हो जाएगा। तब शायद यहां आ जाए...पर हां," प्रीती ने अपनी नजरे मुझ पर गाड़ दीं, "मुझे भटकन हैं...? कैसी भटकन हैं ...? और वह उसके आने से कैसे दूर होगी?"

"दूर नहीं होगी...?" मैंने कहा, "कुछ कम हो सकती है।"

फिर उसके जीवन में यह अध्याय शुरू हुआ। वह फिर बावली बन गई, डूब गई। और उसकी आंखों में फिर वही रंग आ गया। वह निखरी सी लगने लगी। पिछले दिनों वह कुछ झुककर चलने लगी थी। अब उसकी चाल में सिधाई आ गई। पिछले दिनों वह हर क्लास में रेगूलर आने लगी थी। अब वह पहले पीरीयड में कभी नजर नहीं आती थी।

एक दिन मिली तो मैंने पूछा, "प्रीती, आजकल कहां खोई हुई हो?"

वह मुग्ध सी कुछ क्षण बैठकर मेरी किताबों की ओर देखती रही। ऐसा लग रहा था, उसने बहुत दिन बाद कोई बड़ी स्वादिष्ट चीज खाई है और स्वाद का मन ही मन आन्नद ले रही है।

"वह बहुत अच्छे हैं।"

"कौन हैं।"

"इंजीनियर हैं। नाम है जगदीश।"

"तुम्हें कहां मिले।"

"बस मिल गए।" प्रीती ने बड़े उल्लास से कहा जैसे और कुछ बताने से उस अलभ्य वस्तु की महता कम हो जायेगी।

पिछले साल भर प्रीती बहुत खुश रही है। अपने 'ईश' के बारे में वह जब मुझे बताती रही है। और मैं पूछता रहा हूं। इस बीच वह मुझसे मिली भी बहुत कम। कभी कभी कालेज में नजर आई तो प्लेट फार्म की ओर दौड़ते हुए मुसाफिर सी लगी। अगस्त में उसने मुझसे कहा, हम लोग अक्तूबर में शादी कर रहे हैं। अक्तूबर की छुट्टियों के बाद जब मैंने उसे देखा तो उसकी बाहों में मुझे एकाध पुरानी चूड़ी ही दिखाई दी।

जनवरी-फरवरी के महीने में वह क्लास में एक दिन भी नहीं आई।

मैंने उसे संदेश भिजवाया, इस तरह अबसेन्ट रहोगी तो अटेण्डेन्स शार्ट हो जाएगी।

तब वह बडी व्यस्त-सी आई। बोली, "मैं अप्रैल में इम्तहान नहीं दे रही हूं।"

मैंने पूछा, "क्यों?"

बोली, "मई में शादी करनी है। ईश के सभी रिश्तेदार तो दिल्ली में हैं। वे लोग इस शादी से ज्यादा खुश भी नहीं हैं। इसलिए दोनों ओर से शादी की तैयारी तो मुझे ही करनी होगी।"

मैंने दबी ज़ुबान में कहा, "परीक्षा दे डालती तो अच्छा रहता। एक बार गिरस्ती के चक्कर में फंस गई तो फिर पढ़ना बहुत मुश्किल हो जाएगा।"

परन्तु प्रीती बड़ी लापरवाही से बोली, "हो सकेगा तो अक्तूबर में एपियर हो जाऊंगी। नहीं तो मैं बी. ए. न भी हुई तो क्या हुआ? गिरस्ती चलाने के लिए बी. ए. की डिग्री तो जरूरी नहीं।"

मई-जून निकल गए। बहुत से लोग प्रीती की जिंदगी से डंका बजाते हुए निकल गए थे। बहुत से महीने भी निकल गए। मुझे मालूम है प्रीती ने दोनों बांहें फैला कर, हा हा खाकर, इन्हें रोका होगा। बड़े-बड़े वास्ते दिये होंगे। पर जब उससे आदमी नहीं रुके तो भला ये महीने क्यों रुकते।

मैं बम्बई से जाने वाला हूं, यह सुनकर वह आई। वही दिशा भ्रमित खोई हुई प्रीती। एक-एक कर और कुछ ढूंढ़-ढूंढ़कर चलने वाली प्रीती। समस्याओं में कितनी परतों के नीचे वह दबी हुई थी। उसकी छोटी बहन अन्जू किसी रिश्तेदार के लड़के से गर्भवती हो गई थी। सुरेन्द्र को पूना इंजीनियरिंग कालेज में एडमीशन मिल गया था, पर पैसों का कोई प्रबन्ध नहीं हो पाया। अम्मा बहुत परेशान थी।

मैंने पछा, "तुम कैसी हो?"

मुझे कोई परेशानी नहीं।"

ईश कहां है?"

"उनकी नौकरी दिल्ली में लग गई है। कभी-कभी उनका पत्र आता है।"

मैंने कहा, "मैं दिल्ली जा रहा हूं। उनका पता मुझे दे दो तो वहां उनसे मिलूं। वैसे अब उनका इरादा क्या है?"

"मैं नहीं जानती, क्या है इरादा उनका।" लिखा है, मैं यहां अपने घर वालों को और मना रहा हूं। जैसे ही वे मान गए हम लोग शादी कर लेंगे।"

फिर वह मुझे नहीं मिली।

पत्र आया, वह उस दिन बाम्बे सेण्ट्रल पर हम लोगों की राह देखती रही।

मैंने उत्तर दिया, अंजू की उस लड़के से शादी हो गयी और सुरेन्द्र के लिए पैसों का प्रबन्ध हो गया यह जानकर खुशी हुई। पर असली खुशी तब होगी ज़ब तुम्हारी भी समस्या हल हो जाय। ईश का पता लिखो तो कभी उनसे मिलने की कोशिश करूं।

इस पत्र का उत्तर भी आ गया है...

"अपने इस का पता नहीं दूंगी। कारण बौद्धिक नहीं है, बस मन ही मन की बात है। उनसे मिलने का प्रयत्न भी मत कीजिएगा। वे पसन्द नहीं करेंगे। डर है, गलत अर्थ न ले लें। मुझे उन पर विश्वास रखना चाहिए...रखती भी हूं।

"पर चूंकि एक बहुत बड़ी आशा है मुझे उनसे, बहुत महत्वपूर्ण अपेक्षा है, इसलिए अपने को देखकर कभी-कभी सहम भी जाती हूं। कभी-कभी ख्याल आ जाता है, पता नहीं मैं अपनी मंजिल पर पहुंच पाऊंगी या नहीं। यदि मेरी यह इच्छा पूर्ण हुई तो मैं इस धरती पर सबसे अधिक खुश प्राणी रहूंगी। मुझे ऐसी आशा है। परन्तु...

"परन्तु मैंने अपने को मुड़ने के लिए भी तैयार कर लिया है। आपने एक बार मेरी डायरी में पढ़ा था... मेरी इच्छा है कि मैं किसी अन्धे से शादी कर लूं। जिन्दगी में कोई अच्छा काम कर जाऊंगी। मुझे प्यार चाहिए। वह दे भी सकेगा, सब, पूरा का पूरा। एक चित...यह बात मैं अभी तक भूली नहीं हूं। भूल भी नहीं पाती। रह रहकर वह बात ताजी हो जाती है। घर के नीचे इस तरफ बहुत अन्धे दिखते रहते हैं। टुक-टुक करते, अकेले-अकेले डगमगाते धीरे-धीरे जाते देखती हूं ...यहां से वहां तक।

"ईश से शादी हुई तो भी उनके लिए कुछ करूंगी। नहीं होती तो बस किसी एक में ही समा जाऊंगी। ढूंढ़िएगा तो भी नहीं मिल पाऊंगी ...सच।

"या शायद नर्स बन जाऊं। और प्रार्थना करूंगी कि मुझे नेफा या लद्दख के किसी अस्पताल में पोस्ट कर दो। अम्मा पर और भार बने रहना ठीक नहीं समझती। कभी कभार प्यासी होऊंगी...अभी भी होती हूं, तो उनसे कहूंगी साल में एक बार जब छुट्टी मिलेगी, एक महीना दे दो मुझे, बस थोड़ा ही दिन संतृप्ति के दे दो, दे दो मुझे।

"पर कैसे देंगे वे? जिससे वे शादी करेंगे, वर्ष के 365 दिन उसी के होंगे।"

"पढ़ रही हूं। सच बहुत पढ़ती हूं। ऐसी मनः स्थिति में ही इंटर की तैयारी की थी। बी. ए. की भी ऐसे में तैयारी कर रही हूं। पर आखिरी बार। यूं बार-बार नहीं हो पाएगा। बहुत जब्त करती रही हूं। पता नहीं कब बांध टूट जाए।"

उजाले के उल्लू

कुलदीप ने अपना लेटर-बक्स खोला तो दो-तीन पोस्ट कार्डों के अलावा उसे वही लिफाफा दिखाई दिया–पोस्ट आफिस वाला 15 नये पैसे का चौकोर लिफाफा। बड़े-बड़े टेढ़े-मेढ़े कैपिटल अक्षरों में उसका नाम और पता सारे लिफाफे पर छितरा हुआ था। वह मुसकराया। उसे मालूम था तोष का यह लिफाफा आज उसके लेटर बक्स में जरूर पड़ा होगा। पिछले छः दिन से वह तोष से नहीं मिला था। दफ्तर में उसके कितने टेलीफोन आ चुके थे पर वहां तो उसकी कम्पनी के एकांउट्स का आडिट हो रहा था और वह आडिटरों के पास एक फाइल से दूसरी और एक लेजर से दूसरे की चैकिंग कराने में बुरी तरह व्यस्त था।

"बाबूजी, तोष बीबीजी का फोन आया था उन्होंने कहा है, फोन जरूर करें।" यह उसे शायद सातवीं बार चपरासी ने याद कराया था।

और वह फाइलों को लिए भागा चला जा रहा था। उसके मुंह से निकला हुआ 'अच्छा' शब्द चपरासी से दूर, नीचे उतरने वाली सीढ़ियां में कहीं गिर पड़ा था।

वह जानता था तोष छटपटा रही होगी। उस छटपटाहट में वह कितनी बार फोन करती है और जब वह वहां शांत नहीं होती तो उसे कागजों पर उड़ेल कर, लपेट, कर, और लिफाफे में बन्द करके कुलदीप को भेज देती है।

लंबे पत्र की उम्मीद में कुलदीप ने लिफाफा खोला पर आज शायद तोष की छटपटाहट अन्दर की बहुत गहराई में उतर गयी थी। लिफाफे में एक छोटा-सा कागज था और उस कागज पर केवल एक

शब्द लिखा था–

दीप?

कुलदीप उस शब्द को कितनी देर देखता रहा।

दूसरे दिन कुलदीप सफाई दे रहा था, "मैं कम्पनी के आडिट में बहुत बिजी था।"

आंखों के सागर में कितना सा प्यार तैरा कर तोष कह रही थी, "सात दिन से तुम्हारी कोई खबर नहीं मिली। मैंने सोचा कहीं तुम्हारी तबियत ही न खराब हो गई हो।"

पाम ब्यू होटल की चहारदीवारी से लगे दोनों रेत पर बैठे हुए थे। दूर समुद्र की लहरों का घरघराता हुआ शोर सुनाई दे रहा था। वह चांदनी रात नहीं थी। आकाश में कुछ तारे इधर-उधर टिमटिमा रहे थे। सामने समुद्र पर घुप अंधेरा उतर हुआ था और तारों की हल्की-हल्की रोशनी में दोनों खूब सटे हुये थे।

तोष बोली, "अच्छा बोलो, तुम्हें चांदनी रात अच्छी लगती है या अंधेरा?"

कुलदीप उसकी गोद में अधलेटा सा हो गया। फिर अपनी बांहों को उसकी कमर के चारों ओर लपेट कर उसके आंचल में मुंह छिपा लिया, "चांदनी रात। उस समय ऐसा लगता है जैसे चांदनी सिमिट कर मेरी बांहों में आ गई है। तुम तरल होकर सारी चांदनी में बिखर जाती हो।"

"पर मुझे अंधेरी रात अच्छी लगती है।" तोष उसके होंठों पर अपनी उंगलियां फिरा रही थी, "तारों से टिमटिमाती हुई अंधेरी रात, जैसी आज है। समुद्र की लहरें दिख नहीं रही हैं पर उनका अहसास मुझे है। चांदनी में चीजें बहुत साफ नजर आती हैं। बहुत साफ नजर आने वाली चीजें मुझे अच्छी नहीं लगती हैं। चाहती हूं दिखाई कम दे, पर पास होने का अहसास बहुत सा हो।"

उस अंधेरे में वे इतने पास हो गए कि उनका पास होना सिर्फ अहसास की बात नहीं रह गई।

कई बार लगता है जैसे इन्सानी जिंदगी में कहीं कोई अपरिचय, कोई दूरी, कोई दुराव है ही नहीं। कुलदीप और तोष–कुल तीन महीने पहले रेसकार्स में पहली बार मिले थे। रेसकोर्स में मिलना भी भला कोई मिलना है जहां दस-बीस हजार लोग दस-बीस घोड़ों के पीछे भाग-भाग कर खुद भी घोड़े बन जाते हैं। पर शायद इसीलिए रेसकोर्स का मिलना ही असली मिलना हो, क्योंकि वहां की भाग दौड़ में सुसंस्कृत मनुष्य की सारी औपचारिकताएं घोड़ों की टापों के नीचे रौंदी जाती हैं और सब, सब से उसी तरह मिलते हैं जैसे (शायद) सब घोड़े सब घोड़ों से मिलते हों।

कुलदीप के साथ उस दिन भल्ला और रिशमां थे। रिशमां रेस की दीवानी थी और भल्ला रिशमां का। उन दोनों की दीवानगी में उस दिन कुलदीप भी आ फंसा। उसकी 'गर्लफ्रेंड' उस दिन अचानक ही दिल्ली उड़ गई थी इसलिए जब वह इतवार की सुनहरी हवा में कटी पतंग की तरह मंडरा रहा था, भल्ला ने कहा चल आज तू हमारे कबाब में हड्डी बन जा।

रेसकोर्स के मैदान में वह हजार हजार पागलों को देख रहा था जो घोड़ों की दौड़ के साथ अपनी उम्र और लिंग के फर्क को ताक में रख चीख रहे थे।

बकअप...स्टार आफ इंडिया, आ आ आ बक आप अ अ प शब्बास...गुल...मोहर...शब्ब आ आ स।

अबे...अबे...साले... डेविड...भाग...भगा बास्सा को।...धात् तेरे की ई ई ई।

एक बात उसने वहां बड़े ध्यान से देखी। कुछ लोग 'टिप्स' दे रहे हैं और हजारों आंखें 'टिप्स' की याचना करती हुई मारी-मारी फिर रही हैं। ऐसी पांच-सात जगहों को सूंघ कर वह भी लाल बुझक्कड बन गया। एक कागज उसने चौपतिया मोडकर अपनी बायीं हथेली में दबा लिया।

दूसरे क्षण वह भी टिप्स दे रहा था।

पहला टिप्स उसने उस घोड़े का दिया जिस घोड़े की बुकिंग-विंडो के सामने की लाइन सबसे छोटी थी।

टिप्स लेने वालों में तोष भी थी।

वह घोड़ा हार गया तो वह सनसनाती हुई उसके पास आई, "वाह साहब, खूब 'टिप्स' दिया आपने। मैं तो पहले ही जानती थी वह घोड़ा हारेगा। तभी तो उसके टिकट सबसे कम बिक रहे थे।"

"देखिए, वह 'टिप' एक बड़े खास 'बुक्की' की दी हुई थी। वह बोला, "आपने देखा नहीं, वह घोड़ा जीतने वाले घोड़े से बस जरा सा पीछे रह गया था। हिसाब-किताब में थोड़ी बहुत गलती तो हो ही जाती है।"

"खैर, अब कोई अच्छी सी टिप दीजिए।"

कुलदीप ने कनखियों से बुकिंग-विंडोज की ओर देखा और जिसके आगे सबसे लम्बी लाइन लगी थी उसका नाम बता दिया।

उसकी 'थैंक्यु के बाद कुलदीप ने देखा, वह अपने पीछे खड़े एक उजबक से आदमी को बांह से घसीटती हुई उस ओर बढ़ गई है और घसीटते-घसीटते वह आदमी अपनी हिप-पाकिट से पर्स निकाल रहा है।

हालांकि उसका बताया हुआ वह घोड़ा भी हार गया था, और उसने उसका उलाहना भी दिया था, परन्तु जान-पहचान के सिर्फ घोड़ों की जरूरत थी न कि घोड़ों की हार जीत की।

उसके बाद फ्लोरा फाउंटेन पर सड़क पार करते समय, चर्चगेट पर फास्टट्रेन को पकड़ने के लिए दौड़ते समय उनकी एक दो मुलाकातें और हुई और तीसरी मुलाकात में वे 'टी सेंटर' के एयर कंडीशंड हाल में बैठे नीलगिरी की चाय पी रहे थे।

वे चाय भी पीते थे और काफी भी। कभी-कभी पिक्चर देखते और कभी दूर-दूर फैले हुए समुद्र तटों पर डूबते हुए सूरज के पीले से क्षितिज के नीचे अपनी शामों को रंगीन बनाते रहते। और फिर एक दिन कुलदीप को पता नहीं क्या सूझा कि वह पूछ बैठा, "तोष, उस

दिन तुम्हारे साथ वह आदमी कौन था...वह रेस-कोर्स में?"

"वो ओ ओ ओ," अपनी कूकती-सी आवाज में वह ओ को डेढ गज खींच कर हंसी,"वो तो गिल्लू था...मेरा कजिन है। पर साला रेस का दीवाना है।"

वह बात खत्म हो गई। ऐसी बात को जल्दी ही खत्म हो जाना चाहिए। ऐसी बातों का क्या पूछना और क्या सुनना। बस पूछने के लिए पूछ लो और सुनने के लिए सुन लो।

क्योंकि तोष ने भी कुलदीप से एक दिन ऐसी ही बात पूछ ली थी, "दीपे, तुम बड़े झूठे हो?"

"इस अपमान के लिए धन्यवाद। आगे कहिए।"

"यू स्काउंड्रल, मुझसे तो उस दिन कहा कि आज दफ्तर में बहुत काम है–शाम को मिल नहीं सकूंगा और जनाब किसी की गदराई बांह को थामे जल्दी-जल्दी मेट्रो में घुसे चले जा रहे थे...कौन थी वह लड़की?"

"धत् तेरे को ई ई ई... "कुलदीप ने ई ई ई को दो गज खींचा और ठहाका लगा कर बोला, "वो तो निन्नी थी, मेरी कजिन। उसी दिन वह दिल्ली से आई थी। अंग्रेजी पिक्चरों की तो वह बस दीवानी है। आते ही मुझे दफ्तर फोन किया कि मैं आज मेट्रो में पिक्चर ज़रूर देखूंगी, टिकट मंगवा कर रखना...बडी मिन्नत खुशामंद करने पर उस दिन बास ने छट्टी दी।"

दोनों ने एक दूसरे की बात पर यकीन कर लिया था, क्योंकि दोनों यह समझते थे कि उनकी बात पर यकीन तभी किया जाएगा जब वे दूसरे की बात पर यकीन करना दरशायेंगे।

अपने 'कजिनों' की बात वे एक दूसरे को फिर भी सुनाते रहे। एक दूसरे से मिलने से पहले इन्होंने अपनी ज़िंदगी के पूरे 27 और 26 वर्ष गुजारे थे वह भी घर की चहारदीवारी में नहीं, स्कूल-कालेजों में पढ़कर और दफ्तरों-स्कूलों में काम कर करके। इसलिए दोनों के चचेरे-ममेरे भाई-बहन तो होने ही थे।

और उस दिन पता नहीं कुलदीप को क्या हो गया? बाहर ही बाहर भागने वाला वह कुलदीप पता नहीं किस छेद से जरा सा अन्दर झांक गया और एक उदासी अंदर से उसी छेद को फोड़ कर बाहर निकल आई। उसके चारों ओर धुआं सा बिखर गया, कोहरा सा छा गया। ऐसा कोहरा जहां से बाहर की सभी चीज़ें बहुत धुंधली पड़ गयीं। उसकी आंखें उस धुंध के उस पार नहीं देख पा रही थीं। उसकी सूझ को खुद वही सुझाई दे रहा था।

ऐसा उदासी भरा दिन तो उसे कभी महसूस नहीं हुआ था। उसे इतनी फुर्सत ही कहां थी कि वह उस मनहूस उदासी से जाकर जान-पहचान करता। देर से सोया हुआ आदमी जल्दी उठता नहीं। और फिर उठ कर शेव करना, नहाना-धोना, और नौ बीस की डबल फास्ट ट्रेन पकड़कर दफ्तर पहुंचना। दफ्तर में होता था फाइलों का अंबार, कलकुलेटिंग मशीनों की टक टक, बास की घंटियां चपरासियों के संदेश और उन सभी से आगे बढ़कर उसके लिए बजती हुई टेली-फोन की किर्र-किर्र और उस पर फिक्स होता हुआ शाम का प्रोग्राम, कभी सुनीता के साथ, तो कभी अनीता के साथ। कभी उसकी वह लैडलेडी मिसेज पिंटो उसे फोन पर ही फटकारती, "यू रास्कल, हमारा मकान छोड़कर अउर हमकू अहसा बलू गिआ। तुमकू साला इदर अपना सकल तक भी दिकाना नहीं मांगता था?"

वह क्षमा याचना के स्वर में कहता, "रियली वेरी सारी मिसेज पिंटो। हम दफ्तर के काम में बहुत बिजी था। किसी दिन जरूर आऊंगा।"

"किसी दिन नहीं, आज आना मांगता है।" और वह टेलीफोन पर ही अपना स्वर दबा लेती, "आज पिंटो साब बाहर गएला है।"

पर से सभी उसकी जिंदगी की लोकल गाड़ियां थीं, स्टापिंग एट आल स्टेशंस और तोष थी फास्ट ट्रेन...नाट स्टापिंग एट माहिमा माटुंगा, दादर, लोअर परेल, एलफिन्स्टन रोड...

इस फास्ट ट्रेन के कारण सभी लोकल ट्रेनें उससे नाराज हो रही

थीं और वे बिलकुल नाराज न हो जाएं इसलिए वह कभी-कभी इधर की मुसाफिरी भी कर लेता था।

ट्रेनों की इस भाग दौड़ में उदासी थी जैसे कालबादेवी और गिरगांव में घूमने वाली एक पुरानी घोड़ा-गाड़ी।

और उस उदासी ने न जाने आज कहां से उसके गले में बांहें डाली थीं। सुबह से ही अजीब शिथिलता वह अनुभव कर रहा था। लाज के नौकर ने आकर चाय रख दी तो वह रखी ही रही, घड़ी टिक-टिक पर बढ़ती गई तो वह बढ़ते हुए समय को बड़ी निरपेक्षता से देखता रहा। आठ बजे तक वह नहाकर वापस आ जाता था। साढ़े आठ बजे तक शीशे के सामने खड़ा होकर अपने बाल काटता रहता था। नौ बजे तक वह नाश्ता कर लेता था। नौ बजकर दस मिनट पर वह कपड़े पहने हुए हाथ में बैग को हिलाता हुआ, हलो...हलो पुकारता हुआ लाज की सीढ़ियां उतर रहा होता था और नौ बीस की फास्ट ट्रेन उसे उड़ाय लिए जा रही होती थी।

आज साढ़े आठ बज गए थे और वह चारपाई से नीचे नहीं उतरा था। चादर अभी तो उसकी कमर तक थी और उस चादर के ऊपर आज का अखबार औंधे मुंह पड़ा था, बेड टी सिसकियां ले लेकर ठंडी हो चुकी थी।

वह उसी तरह पड़ा रहा। नौ बीस की चीखती ट्रेन मानो उसे आवाजें देती हुई निकल गई। उसके चारों तरफ रोज की तरह सब कुछ दौड़ रहा था। आज तक इस दौड़ में वह खुद भी दौड़ता था, आज इस दौड़ को वह एक दार्शनिक की तरह देख रहा था।

कल तोष के साथ वह कौन था टैक्सी में? वह बस की दाहिनी ओर पर बैठा बाहर देख रहा है। तभी सामने से आती एक टैक्सी उसे नजर आती है। उस टैक्सी की पिछली सीट पर एक चेहरा चमकता है... अरे यह तो तोष है सि...सि...तो ओ आ...और वह चुप हो जाता है। उसी सीट पर एक आदमी बैठा है। बीच सड़क पर कोई ट्रक अड़ गया है। ट्रेफिक जाम सा हो जाता है। इधर से उसकी बस रेंग सी रही

है उधर से टेक्सी भौं भौं करती हुई खिसक सी रही है... तोष के साथ बैठे आदमी की बांह ने उसकी कमर का घेरा डाला हुआ है और तोष का चेहरा उसी तरफ मुसकरा रहा है, जिस तरह... जब वह उसके साथ होती है, तब होता है। और वह बस की खिड़की के पीछे अपने को छिपा कर उस और देखता रहता है। ट्रेफिक चलने लगता है। वह मुड़कर देखता रहता है, जहां तक गरदन मुड सकती है, वहां तक टैक्सी के पीछे के शीशे से तोष और उसके साथ बैठे हुए आदमी के भिड़े हुए कंधे उसे दिखाई देते रहते हैं।

तोष दरवाजे पर खड़ी थी, "कमाल है, आज आफिस नहीं गए? हालत क्या बना रखी है तबीयत तो ठीक है ना?"

"बस ऐसे ही..." वह मुसकाराया, "आज आफिस जाने का कुछ मूड नहीं हुआ... पर तुम इस समय यहां कैसे?

"आज हमारे स्कूल में एनुअल इन्सपेक्शन था। और उसके बाद छुट्टी हो गई। सोचा, शाम कोई पिक्चर देखी जाय। तुम्हारे आफिस पहुंची तो पता लगा, हुजूर आज तशरीफ नहीं लाए।"

कुलदीप ने देखा एक बज गया है। वह उठा, मुंह-हाथ धोकर उसने खाने का आर्डर दिया।

खाना खाकर उन्होंने कॉफी पीकर उसने सिगरेट पी, पर उसकी उदासी अभी भी बिन पिये थी।

"तोष... सुनो... एक बात पूछूं तुमसे?"

तोष ने नजरें उठा लीं। भला उससे नई बात क्या पूछी जा सकती है? और हर पुरानी बात का जवाब उसके पास हाजिर है।

"तोष... अच्छा, हम लोगों का आपस में क्या संबंध है... मतलब यह कि हम दोनों आपस में क्या हैं?"

क्या अजीब सवाल है? तोष ने चेहरे पर आश्चर्य झलकाया, मुस्कराहट फैलाई, "क्या अभी हम लोगों को यह जानना बाकी है कि हमारा आपस में क्या संबंध है... हम आपस में क्या हैं?"

कुलदीप को लगा जैसे तोष ने एक मास्टरनी की तरह उसके कान उमेठ दिए हैं।

वह थोड़ा संभल कर बोला, "तोष, मेरी बात समझने की कोशिश करो। मैं पूछ रहा हूं कि क्या हमारे बीच अभी बहुत से पर्दे नहीं हैं? बहुत सी दीवारें नहीं? बहुत सी अनकही अनबताई बातें नहीं? हम दोनों एक दूसरे से प्रेम करने का दम तो भरते हैं, पर हम दो अच्छे मित्र भी हैं? और दो अच्छे मित्र एक दूसरे के सामने अपना समूचापन लेकर नंगे नहीं हो जाते?"

कुलदीप की बात से तोष थोड़ा गुमसुम हो गई थी। बोली, "तो तुम समझते हो, हम में कुछ दुराव-छिपाव है?

"दुराव-छिपाव वाली बात नहीं, तोष!" कुलदीप बोला, "सवाल यह है कि हम एक दूसरे के सम्मुख अपने को पेश कैसे करते हैं? देखो, जब तुम मेरे सामने आती हो, क्या तुम इस बात से कांशस नहीं होतीं कि तुम्हें अपने आपको मेरे सामने कुछ बना-संवार कर पेश करना है? और कुछ नहीं तो तुम अपने चेहरे पर हलका सा पाउडर लगा लेती हो, अपने ओंठों को हलकी सी लिपस्टिक से रंग लेती हो, झट से अपने बालों पर कंघी घुमा लेती हो, साड़ी की सलवटें दूर कर लेती हो।... और मैं भी यही करता हूं। आज तुम अचानक यहां आ गई। उस समय मैं न नहाया-धोया था, शेव की थी। इसलिए कुछ बेचैनी सी महसूस हुई, मतलब यह कि..."

"मैं तुम्हारा मतलब समझ गई।" तोष जैसे डूब सी गई हो, "यही न कि तुम्हारा मुझ पर विश्वास नहीं है!"

उसकी पलकें बोझिल हो गईं।" उसका गोल चेहरा लम्बूतरा हो गया। पाउडर के नीचे छिपे उसके कसे गालों में कुछ ढलान सी आ गई और गहरी लिपस्टिक में से उसके होंठों की सिकुड़न झांकने लगी।

वह जाने लगी तो कुलदीप ने उसका हाथ पकड़कर हारी हुई मुसकराहट से कहा, "तोष...?"

लेकिन तोष का हाथ बर्फ की तरह ठंडा था, उसे छुड़ाकर वह

धीरे-धीरे कमरे से निकल गई।

कितने दिन बीत गये, तोष का काई फोन नहीं आया। दौड़ती हुई जिंदगी में अंदर से झांक आई उदासी का क्षणिक गतिरोध जो कुलदीप से आ टकराया था, न जाने कहां विलीन हो गया था। जिंदगी फिर उसी रफ्तार पर थी। सुनीता और अनीता के फोन आते जा रहे थे, पिंटो साहब बाहर जा रहे थे। मिसेज पिंटो के उलहानों के साथ यह सूचना उसको बराबर मिल रही थी।

पर तोष का कुछ पता नहीं था। और तोष का इस तरह चुप हो जाना कुलदीप को खल रहा था। आखिर तो उसे कभी-कभी बहुत अच्छी कम्पनी देती थी।

एक दिन उसने उसे फोन पर पकड़ ही लिया, "हलो...तोष...भई कमाल है...इतने दिन से तुम्हारी कोई खबर नहीं...और यहां हम हैं कि अपने कानों को टेलीफोन के रिसीवर से बांधे घूम रहे हैं कि कब तुम्हारी प्यारी आवाज सुनाई दे...क्या कहा...मैं तुम पर विश्वास नहीं करता...अच्छा जी...तो मैडम उस दिन की बात का बुरा माने बैठी है ... अरे छोड़ो भी ... उस दिन मैं जरा दार्शनिक मूड़ में आ गया था ... आई एम वेरी सॉरी तोष ... प्लीज फारगेट दैट ... सच तोष ... इतने दिन सक तुम मिली नहीं ... मेरा बुरा हाल है ... कब मिल रही हो... अरे भई अब माफ भी कर दो न ... कल ... ?... नहीं आज... आज शाम को ... कल का इंतजार कौन करे ... दादर स्टेशन पर... ? ठीक है ... बुक स्टाल के पास ... 6 बजे ... ठीक 6 बजे ... अच्छी बात है ... मैं पहुंच जाऊंगा ..."

पाम व्यू होटल की दीवार से सटे वे दोनों एक दूसरे में खोए हुए थे। आज रेत कुछ ज्यादा ठंडी थी और सामने समुद्र की लहरें भी ज्यादा मचल रही थीं। आसमान पर नवमी का अधूरा चांद खिला हुआ था और चांदनी में कुलदीप ने अपना मुंह तोष की गोद में छिपा लिया था।

तोष ने उसका सिर ऊपर उठाया और उसके गालों को अपनी

हथेलियों में थाम लिया, पर कुलदीप की आंखें बंद थीं।

"दीप आंखें खोलो।"

दीप की आंखें बंद थीं, "नहीं तोष ... आंखें तो बन्द ही रहने दो। आंखें खोलने से रोशनी दिखाई देती है और यह रोशनी न मुझे अच्छी लगती है न तुम्हें।"

उसने अपना सिर फिर उसकी गोद में डाल दिया, "तोष, हम लोग उल्लू हैं ... उजाले के उल्लू। हम कहते उजाले की बात हैं, पर रहना चाहते हैं अंधरे में। तोष, हमारी जिंस जली हुई है ... झुलसी हुई है। वह हम किसी को दिखा नहीं सकते, इसलिए हम सब आंखें बंद किए रहते हैं ... न तुम्हरा झुलसा हुआ चेहरा मुझे दिखाई दे, न मेरा तुम्हें।"

फिर वह ठहाका लगा कर हंस पड़ा। उस वीराने में वह आवाज समुद्र की घरघराहट का दबाव लेकर कुछ दूर तक गई और इधर-उधर बैठे दो-एक जोड़े कसमसाने से लगे।

लकीरों वाला मकान

मैंने बहुत से मकान देखें हैं–मिट्टी वाले मकान, ईंटों वाले मकान, लकड़ी वाले मकान और पत्थरों वाले मकान भी। परन्तु जिस मकान की बात मैं अभी करने जा रहा हूं उसका दूसरे मकानों से अंतर इस तरह साफ नहीं होगा। मुझे यूं कहना चाहिए कि मैंने बहुत से मकान देखे हैं–वे मकान जिनके दरवाजों पर हाथ में डंडा लिए पहरेदारों की मूर्तियां खड़ी रहती हैं, वे मकान जिनके मेहराब से फूल पत्तियों की नक्काशी शुरू होती है और फिर मकान के अंदर-बाहर सभी तरफ नक्काशी नजर आती है। वे मकान जिनकी दीवारों पर सीनरियों की तस्वीरें उभरी होती; और ज्यादातर वे मकान ही जिन पर बाहर-अन्दर की दीवारों पर कुछ भी नहीं होता, सिर्फ दीवारें होती हैं, लम्बी-ऊंची सपाट दीवारें और उन दीवारों के पीछे से उनमें रहने वालों की सीधी-सरल सपाटता झांकती रहती है।

मैं भी एक ऐसे ही मकान में रहता हूं। पर एक दिन मैं एक लकीरों वाले मकान में पहुंच जाता हूं।

राजा साहब से मैंने वक्त ले रखा है। बाराखम्बा रोड पर कोठियों का नम्बर देखता-देखता जब मैं उनकी कोठी के दरवाजे पर खड़ा होता हूं तो शरीर में एक झुरझरी सी छूट जाती है। वैभव देख कर मैं घबराता नहीं हूं। दूर खड़े होकर या अंदर खड़े होकर मैंने बड़े से बड़ा वैभव देखा है, परन्तु इस प्रकार के राजसी वैभव से मुझे जरूर कुछ डर लगता है। मेरी एक लाटरी खुल जाय तो अमीरी ढंग का वैभव मुझे भी क्षण

भर में मिल सकता। पर राजाओं वाला वैभव पैसे से नहीं, एक खास तरह की ठसक से बनता है और यह ठसक मुझ में तब तक नहीं आ सकती, जब तक कोई राजा मुझे गोद न ले ले। और भला आज के जमाने में कोई राजा मुझे गोद क्यों लेने लगा, जबकि आज वे खुद ही बेगोद हो रहे हैं।

कोठी के बाहर के लान के बीचों-बीच की सड़क पर लाल बजरी पड़ी हुई है। बायीं ओर के खुले हिस्से में तीन-चार बड़ी-बड़ी चमकदार गाड़ियां खड़ी हैं और लकालक सफेद वर्दियों वाले शोफर सिगरेट की धुआं उड़ते हुआ आपस में गप्पे हांक रहे हैं। लान के किनारे-किनारे फूलों की क्यारियां हैं और उसके आगे की जमीन गुड़ी हुई है। मिट्टी की सोंधी गंध चारों ओर फैल रही है।

मैं देखता हूं, सामने पोर्टिको के दाहिने सिरे पर मेज पर टेलीफोन रखा हुआ है और वहीं कुर्सी पर एक कर्मचारी बैठा हुआ रजिस्टर में कुछ लिख रहा है।

"मुझे राजा साहब से मिलना है।"

वह मेरी ओर देखता है तो अनायास मेरा हाथ अपनी टाई की नाट पर चला जाता है। मैं कोट की कालरों पर फेरता हूं और उसे नीचे से खींचता हूं।

"आप उधर बैठिए। मैं अभी पता लगाता हूं।" वह कहता है।

मैं दीवार के साथ लगे एक सोफे पर बैठता हूं और फिर उठ खड़ा होता हूं। एक बावर्दी चोबदार मेरे सामने खड़ा है और बहुत झुककर कह रहा है, "हजूर आप अन्दर बैठिए।"

मैं उसके पीछे हो लेता हूं। थोड़ी देर के लिए ऐसा लगता है जैसे मैं किसी छोटे से राज्य का दूत हूं और मुझे बकिंघम पैलेस में महारानी एलिजाबेथ के सामने पेश किया जा रहा है।

गैलरी में, कालीन पर लातों की नसों को निचोड़ कर मैं अपने जूते छू-आता हूं और जब एक दरबान जालीदार दरवाजे को खोलकर बड़ी इज्जत से एक ओर वह खड़ा हो जाता है तो मैं अचकचाकर उसकी

ओर देखता हूं।

मुझे अन्दर प्रवेश करना है।

मै महरूम रंग के मखमली पर्दे को हटा कर अन्दर घुसता हूं। अन्दर एक सज्जन बैठे हैं। मुझे बड़ी राहत मिलती है। दो लोग बैठकर प्रतीक्षा करेंगे कुछ आपस में बातचीत करेंगे तो उस ड्राइंग हाल के वैभव से अभिभूत होने के बजाय हम उसे झुठलाएंगे, आजकल राजाओं की जो गति हो रही है उस पर टीका टिप्पणी करेंगे और अन्त में इस निर्णय पर पहुंचेंगे कि राजाओं के जमाने अब निकल गये हैं। अब तो ये लोग खाली अपना नाम लिए पीट रहे हैं।

मैं उनके पास ही लम्बे सोफे पर बैठ जाता हूं। वे मुस्कराकर मेरी ओर देखते हैं, "आप राजा साहब से मिलने आए हैं?"

"जी।" मैं कहता हूं।

"अंदर एक मीटिंग चल रही है।"

मैं अन्यमनस्क होकर ड्राइंग हाल की चीजें देखने लगता हूं। चारों ओर दीवारों से लगे सोफे, उनकी मखमली झालरें, उन पर रखी रंग-बिरंगी चौकोर और गोल गद्दियां।

वे पूछते हैं, "आप क्या काम करते हैं?"

वैसे यह सवाल बड़ी परेशानी में डालने वाला है। परन्तु अपने यहां इसे बड़ी सहजता से पूछ लिया जाता है, वैसे ही जैसे, "आपकी घड़ी में इस समय क्या बजा है?"

मैं बता देता हूं।

मैं जानता हूं कि वे नाम भी पूछेंगे और राजा साहब से मैं क्यों मिलने आया हूं, यह भी पूछेंगे।

यह सब कुछ बताने के बाद मेरा फर्ज हो जाता है कि उनसे भी कुछ इसी ढंग की बातें पूछूं।

उनका नाम है जत्थेदार सुलतान सिंह और वे राजा साहब से नहीं बल्कि राजा साहब की मीटिंग में बैठे किन्हीं सरकार बहादुर सरदार प्रीतमसिंह से मिलने आए हैं। पर चूंकि यह नाम सुनकर मेरे चेहरे पर

कोई खास बात वे नहीं देख पाए हैं, इसलिए उनका अगला सवाल बहुत वाजिब है, "आप सरकार बहादुर सरदार प्रीतम सिंह को नहीं जानते?... बहुत बड़े ठेकेदार हैं। आधी नई दिल्ली उन्हीं की बनाई हुई है।"

उनकी बातें सुनते हुए मैं उनकी तरफ देख रहा हूं। उनकी काली दाढ़ी और मूछों की जड़ों से सफेदी निकली हुई है। सांवले माथे पर लम्बी-लम्बी लकीरें गहरी हो गई हैं। खद्दर की नीली पगड़ी, बादामी रंग का खद्दर का कुरता और उस पर चारखाने वाली खद्दर की सदरी उनके स्थूल हो रहे शरीर को ढके हुए है।

मुझे इस तरह अपनी ओर देखकर वे मुस्करा देते हैं। मूछों से ढके सूखे होंठों पर थिरकन होती है और बोझिल पलकों से ढकी छोटी-छोटी आंखें चमकने लगती है।

मैं देखता हूं यह चेहरा मेरा कितना पहचाना हुआ है। इस तरह की मुस्कराहट हमारे यहां की सभी राजनीतिक सामाजिक संस्थाएं बेचती हैं और हर गली कूचे में ऐसे संजीदा चेहरे नजर आते रहते हैं।

सारे ड्राइंग हाल में एक ही कालीन बिछा है। लाल रंग के उस कालीन पर बीचों-बीच दो लम्बी हरी लकीरें खिंची हुई हैं। एक के बाद दूसरे का रंग भी बदलता गया है।

बगल के दरवाजे से नौकर आकर हमारे सामने दो बड़ी प्लेटें एक मेज पर सजा देता है। दो फ्राई किये हुए अंडे, दो सिके और मक्खन लगे हुये टोस्ट, कटलेट, फिंगर चिप्स, थोड़ा सा सलाद, एक छोटी सी कटोरी में टमेटो सास।

मैं कहता हूं, "मैं नाश्ता करके आया हूं। मैं कुछ नहीं खाऊंगा। मुझे एक गिलास पानी पिलाओ।"

नौकर प्लेटों के बराबर छुरी-कांटों को सजाता हुआ मुस्कराता है, और मुझे उससे एक रश्क होता है–हद हो गई। इस घर के तो नौकर भी इतनी सजी हुई मुस्कान मुस्कराते हैं।

वह कहता है, "साथ में चाय लेंगे या कॉफी?"

जत्थेदार जी तपाक से कहते हैं, "मेरे लिए तो एक गिलास दूध ले आना।"

नौकर फिर मुस्कराता है। और इस बार मुझे उसकी मुस्कराहट पर थोड़ी खीझ होती है।

वह मेरी ओर देख रहा है।

मैं कहता हूं, "मुझे एक प्याली चाय पिला दो, और नाश्ता ले जाओ।"

जत्थेदार जी जोर से कहते हैं, "जाओ जी जाओ, तुम अपना काम कर लो।"

फिर मेरी ओर मुड़ते हैं, "खाओ जी खाओ। थोड़ा सा तो नाश्ता है और आप लड़कियों की तरह नखरे कर रहे हैं।"

नौकर मुस्काराता हुआ चला जाता है।

"आप भी अजीब हैं।" जत्थेदार जी मुझ पर नाराज हो रहे हैं, "खाने-पीने की चीजों से इनकार करते हैं? फिर इन लोगों के घर का तो कभी छोड़ना ही नहीं चाहिए।"

"पर जत्थेदार जी, मैं तो नाश्ता करके आया हूं।"

"इससे क्या होता है जी, अच्छा बताओ कितने अण्डे खाये हैं तुमने अपने नाश्ते में।"

"मैं कहता हूं, बस ...। मैं चार अण्डों की भुर्जी खा कर आ आया हूं।... और क्या खाया है तुमने?"

"दो टोस्ट ...।"

"और मैं खा के आया हूं दो इतने बड़े-बडे परांठे ... छटांक-छटांक भर घी वाले। अच्छा चाय के कितने प्याले पिए हैं तुमने सुबह से?"

"दो प्याले।"

"और मैं सुबह से छः पी चुका हूं ...पर जब कभी मैं किसी ऐसे घर में पहुंचता हूं तो वहां चाय नहीं पीता।"

बातचीत करते-करते जत्थेदार जी आधी से ज्यादा प्लेट साफ कर चुके हैं और मैं अभी वह कोना ही पकड़ रहा हूं जिधर से मुझे शुरू

करना है।

थोड़ी देर में मेरे लिए चाय और जत्थेदार जी के लिए दूध आ गया है।

प्लेट साफ करके वह सुड़-सुड़ करके दूध पीना शुरू करते हैं। एकाएक उनकी नजर मेरी प्लेट की ओर जाती है तो वह हंस पड़ते हैं।

मैंने टोस्ट का बीच-बीच का भाग खा लिया है और लकड़ी की तरह के सख्त किनारे छोड़ दिए हैं।

"क्या कागजी नौजवान हैं आज के लोग। तुम्हारी उमर में तो मैं कच्चे चने चबा जाया करता था।"

एकाएक हमारे दाहिने ओर की गैलरी में कुछ हलचल सी होती है और जत्थेदार जी झटपट उधर लपक लेते हैं।

मैं भी अपनी पगड़ी को एक बार दबाता हूं। टाई की नाट पर हाथ फेरता हूं, गरदन इधर-उधर हिलाता हूं और जेब से सलाई निकाल कर इधर-उधर निकले हुए दाढ़ी के बालों को जाली के अन्दर करता हूं।

नौकर प्लेटें उठा रहा है।

मैं पूछता हूं, "मीटिंग खत्म हो गई?"

वह कहता हैं, "एक-दो साहब लोग ही अभी गये हैं। बाकी तो उसी कमरे में बैठे हैं। उनके लिये लंच लग रहा है।"

"ओह ...।"

वह प्लेटें लेकर जा रहा है। मेरा मन करता है कि उसे वापस बुलाऊं और कहूं, "मुझे एक प्याली गर्म-गर्म कॉफी पिलाओ।"

मैं अपनी टांगे थोड़ा और फैला लेता हूं और सिर पीछे टिका लेता हूं। यह छत भी कैसी है? पहले एक छत, बीच में एक बड़ा सा होल, उसके ऊपर एक और छत और उसी छत से रोशनी छन-छन कर उस होल के बाहर बिखर रही है। दीवारों से भी रोशनी छन-छन कर निकल रही है और उसकी छोटी-बड़ी लकीरें दीवारों पे छितरी पड़ी हैं।

मैं उन लकीरों को गिनना शुरू कर देता हूं। पहले दाएं से बाएं

गिनता हूं, फिर बाएं से दाएं। एक-एक करके सभी दीवारों की उन लकीरों को मैं गिन डालता हूं।

चारों ओर लकीरें बिखरी हैं।

एक नौकर गैलरी से निकल रहा है। मैं इशारे से उसे बुलाता हूं, "राजा साहब क्या कर रहे हैं?"

"कुछ बड़ा-बड़ा मेहमान लोग आया है। उनके साथ अभी खाने पर बैठे हैं साब।"

मैं घड़ी देखता हूं। साढ़े ग्यारह बज चुके थे। राजा साहब ने मुझे दस बजे का समय दिया है। आज उनके यहां बड़े-बड़े लोग आये थे। बड़ी कैडलिक गाड़ियों वाले, बड़े-मूंड और पूछदार नामों वाले।

मैं डेढ़ घंटे से बैठा उनके राजसी ड्राइंग हाल की लकीरें गिन रहा हूं।

मेरी नजर दीवारों और छतों पर दौड़ रही है। और मैं देखता हूं, जहां पर अपने घर में मैं बैठता हूं वहां सुबह दस बजते ही धूप की एक लम्बी सी लकीर रोशन दान से निकल कर खिंच जाती है। मैं बैठा हूं वहां रोशनी की एक बहुत ही छोटी लकीर खिंची है।

एक नौकर से मैं अखबार लाने को कहता हूं। मैं पढ़ी-पढ़ाई खबरों को फिर से पढ़ने लगता हूं।

तभी एक आवाज सुनाई देती है, "जी मैं अन्दर आऊं?"

दरवाजे के बाहर खाकी पैंट, खाकी कमीज पहने और मैली सी टोपी लगाये वह खड़ा है।

अखबार एक ओर हटाकर मैं उसकी ओर देखता हूं, "क्या है?"

"जी हुजूर आपने वो मशीन देखने के लिये बुलाया था न।" वह मेरे पीछे की ओर इशारा करता है।

मै मुड़कर देखता हूं। यहां एयर कंडीशन लगा हुआ है।

"इसे देखना है?"

"जी हजूर...।"

"देखो।"

वह जूते बाहर उतार देता है। अपने पैरों को वहीं दो-तीन बार रगड़ता है और एक थैली में से पेचकस निकालता हुआ अन्दर आता है।

एयर कंडीशन के आगे सोफा बिछा हुआ है। मैं थोड़ा दायीं ओर खिसक जाता हूं।

लगता है मेरी उपस्थिति से वह घबराया हुआ है। वह सोफे के ऊपर से झुककर उस मशीन को देखने की कोशिश कर रहा है।

वह फिर बड़ी दीनता से मेरी ओर देखता है, "हजूर .... बेअदबी माफ हो तो ... जरा मैं इस सोफे के ऊपर से मशीन देख लूं।"

मैं बड़े रोब से गरदन को जरा सा हिला देता हूं, "देख लो।"

वह घुटनों के बल सोफे पर खड़ा होकर मशीन के पेंच खोलने लगता है।

मैं जरा ओर तन कर बैठ जाता हूं। दोनों हाथों से अखबार थाम कर उसे पढ़ने लगता हूं... जैसे मैं अखबार पढ़ने के लिए ही वहां बैठा हुआ हूं।

और अब उस छोटी लकीर के पास मैं नहीं हूं ... उस लकीर के पास अब वह है।

स्वराघात

लाला दुनीचंद की जवान बेटी को फिर दिल का दौरा पड़ गया है। शाम ढल रही थी कमरे में बाहर से कुछ ज्यादा ही ढल आयी थी। लालाजी, मास्टर सुन्दर दास और सरदार सुच्चासिंह 'रमी' में डूबे हुए थे। 'स्टैक' कुछ ज्यादा नहीं थी–एक नया पैसा प्वांइट। फिर भी स्थिति की गंभीरता का अहसास उस कमरे के इन तीन बूढ़ों के अलावा अन्य सभी चीजों पर होता हुआ लगता था, क्योंकि मास्टर जी ने साढ़े चार सौ प्वाइंट लालाजी और सवा चार सौ प्वाइंट सरदार जी पर चढ़ा दिये थे। नये पैसे का अस्तित्व किसी को याद नहीं था। दोनों को ही लग रहा था कि मास्टर जी ने उन पर चार सौ और सवा चार सौ का कर्ज लाद दिया है। तभी विमला के दौरे की बात वे सुनते हैं। खेल की गर्मी सौ मील की रफ्तारों से भागती हुई गाड़ी की तरह तेज थी। सब कुछ जैसे एकाएक उमठ कर जाता है।

विमला मर गयी है। उसे बचाने की पूरी दौड़-धूप भी नहीं हो सकी। उसके दो बड़े भाई। अपने दफ्तरों को गये हुए थे। उसका पति हजार मील दूर कलकत्ते में था। और उनसठ वर्ष के लाला दुनीचंद बड़ी मुश्किल से नई कालोनी के उस डाक्टर की दुकान पर पहुंच पाए थे जो उनके घर से तीन फर्लांग दूर थी।

सारे घर और मुहल्ले में कोहराम मचा हुआ है। विमला की मां छाती पीट कर रो रही है। लाला दुनीचंद गहरी सांसें ले रहे हैं और सूनी-सूनी नजरों से शून्य में ताक से रहे हैं। विमला की भाभियां चीख-चीख कर रो रही हैं। विमला के भतीजे-भतीजियों की भीड़ सब

को रोता हुआ देख कर रोये जा रही है।

विमला का दाह-संस्कार हो चुका है। उसका पति हवाई जहाज से आ गया था। वह वापस चला गया है। बैठक से सोफासेट और पलंग निकाल कर एक बड़ी दरी बिछा दी गयी है। लोग मातमपुर्सी के लिए आ रहे हैं।

"लालाजी, विमला का सुन कर बहुत अफसोस हुआ।" पिंडीदास जी ने बाहर जूते उतारे और हाथ जोड़े अन्दर आ कर बैठ गये।

लालाजी ने बैठे-बैठे हाथ जोड़े, सूनी नजरों से उन्हें ताका और बुदबुदाए, "भगवान की मर्जी।"

श्यामलाल जी पिंडीदास जी से दो मिनट पहले ही आए थे और अफसोस प्रकट कर चुके थे। बोले, "पर लालाजी, यह सब एकाएक हो कैसे गया? अभी उस दिन विमला को देखा था, भली चंगी थी।"

लालाजी उदास आवाज में बोले, "वह दिल की मरीज थी। क्या पता लगता है दिल के मरीज का।"

किसी ने कहा, "हां जी क्या पता लगता है दिल के मरीज का।"

दूसरी आवाज थी, "बड़ी नामुराद होती है यह बीमसरी।"

बात चल पड़ी है दिल की बीमारी पर

"पता नहीं क्या बात है। दुनिया के बड़े-बड़े लोग दिल की बीमारी से ही क्यों मरते हैं?"

"पहले यह बीमारी बड़ी उमर के लोगों को ही लगती थी पर अब तो छोटे-छोटे बच्चे भी इसके शिकार होने लगे हैं।"

"हां जी, इस जमाने में तो हम सब वो चीजें देख रहे हैं जो पहले कभी देखने में नहीं आई थी। मेरे एक दोस्त हैं। उनका लड़का अभी कुल आठ साल का है पर दिल की बीमारी से परेशान है बिचारा। अभी पहाड़ सी जिन्दगी है उसके सामने।"

"पर अब तो सुना है, अमरीका में दिल की बीमारी का बहुत अच्छा इलाज होने लगा है। वहां खराब दिल निकालकर बनावटी दिल लगा दिया जाता है और वह दिल बिलकुल ठीक काम करता है।"

"नहीं जी, इस इलाज में तो रूसवाले बहुत माहिर हैं।"

लाला दुनीचंद ने ये आखिरी बातें नहीं सुनी है। उनके दिमाग में पंडित साधुराम की वह बात कहीं अटक-सी गयी है–मेरे दोस्त का लड़का आठ साल का है, दिल की बीमारी है उस...पहाड़ सी जिन्दगी है उसके सामने।...विमला को भी कितनी छोटी उमर में दिल की बीमारी लग गयी थी। जब उसे दौरा पड़ता था, सारा घर परेशान हो उठता था। कितनी बार उन्हें दफ्तर छोड़कर भागना पड़ा था। विमला बड़ी होती गई, बीमारी भी बढ़ती गई। वह हायर सेकेंड्री की परीक्षा में तीन बार फेल हो गई थी। एक बार हिसाब के पर्चे के दिन उसे दौरा पड़ गया था। दूसरे साल अंग्रेजी के पर्चे के समय और तीसरी बार तो वह बस एक ही पर्चे में बैठ पाई थी।

फिर विमला की पढ़ाई छूट गयी ऐसी नामुराद बीमारी वाला कैसे पढ़ पाएगा? विमला की उम्र बीस साल की हो गयी। उसके विवाह का सवाल सारे घर के लिए सवालिया निशान बन गया। यह किसे नहीं मालूम था कि विमला दिल की बीमारी की शिकार है। बात चलती और टूट जाती। हर बार बात का शुरू होना सिर पर रखे बोझ का हलका-सा हिलना था। हर बात का टूट जाना सिर पर धचके से बोझ का पटक दिया जाना था। लालाजी की गरदन जैसे उस बोझ से टूटने सी लगी थी।

विमला का विवाह कलकत्ते में हो गया। वह मुश्किल से वहां तीन महीने रही और अब उसे मायके आए छह महीने गुजर चुके थे। कुछ पता नहीं था कि विमला का घर कौन-सा है। लालाजी रिटायर हो चुके थे। बाहर के कमरे में अखबार पढ़ते या रमी खेलते हुए लालाजी हर क्षण महसूस करते, विमला पलंग पर बेहोश पड़ी है ... कोई बच्चा दौड़ता हुआ आने वाला है... कुछ खबर लेकर।

घर के अंदर से किसी बच्चे के उनकी तरफ आने की आहट आती तो वे चौंक जाते। उनकी पत्नी या बहूओं की चुड़ियों की आवाज कहीं

पास में सुनाई देती तो उनके कान खड़े हो जाते। और फिर उन्हें पता लगता विमला को दौरा पड़ गया है।

वे बुझे कदमों से उठते। धीरे-धीरे अंदर जाते, विमला को देखते, फिर डाक्टर को बुलाने चल देते।

यही कितनी बार हो चुका था। और उन्हें बार-बार लगता था–एक बार उन्हें ऐसी खबर मिलेगी कि वे डाक्टर को भी बुलाने नहीं जा पाएंगे। फिर वे आगे कुछ नहीं सोच पाते। एक धुंध-सी उनके दिमाग में भर जाती।

विमला मर गयी तो उन्हें लगा...कुछ वैसा ही लगा...कुछ कुछ वैसा ही...जैसे...जैसे...प्लेटफार्म पर घंटों से बैठे प्रतीक्षा करने वाले मुसाफिर की गाड़ी आ गई हो।

शाम के छह बज चुके हैं, पर बाहर धूप ऐसी है जैसे अभी चार भी नहीं बजे हों। पं. दीनदयाल के चेहरे पर दफ्तर की दिन भर की थकान की परत खासी गहरी है। उस पर चार मील की साइकिल की खिचाई की परत और चढ़ गयी है। एक कोने में साइकिल रखकर उन्होंने पसीना पोछा और झट से विमला की मौत की एक परत और चढ़ा ली।

"लालाजी...बहुत अफसोस हुआ।"

कमरे में मातम करने आए सात आठ लोग बैठे हैं। दो कोनों में लालाजी के दोनों बेटों के सिर झुके हुए हैं। सुबह के दोनों अखबार अलग-अलग पन्नों में सारे कमरे में बंट गये हैं और सिर झुकाए लोग उन्हें बड़े निर्लिप्त भाव से पढ़ रहे हैं। उनके पढ़ने के ढंग से लग रहा है कि वे अखबार पढ़ नहीं रहे हैं सिर्फ उस पर नजरें फिरा रहे हैं, वैसे ही जैसे बैठे कुछ लोग दरी पर अपनी उंगलियां फिरा रहे हैं या इधर-उधर निकले हुए दरी के धागों को बंट रहे हैं, खोल रहे हैं।

लालाजी की नजर भी अखबार के एक पन्ने पर उसी तरह फिसल रही थी। पं. दीनदयाल की आवाज़ सुनकर उनकी नजर उठी। उन्होंने

हाथ जोड़े और फुसफुसाए, "परमात्मा के आगे किसका जोर है...।"

पं. दीनदयाल एक कोने में बैठे गये। लाला जी की नजर फिर अखबार पर झुक गयी है। वे किसी डाके की खबर पढ़ रहे हैं। डकैतों ने कहीं हमला किया था। घर के मर्द तो डर से दुबक गये पर घर की एक स्त्री ने एक डाकू की बांह कसकर पकड़ ली थी।

आगे क्या हुआ।

लालाजी अखबार के उस टूटे सूत्र को ढूंढ़ रहे हैं।

पं. दीनदयाल महसूस कर रहे हैं कि उन्हें मातमपुर्सी के लिए पहले ही आना चाहिए था। विमला को गुजरे आज तीन दिन हो रहे हैं। वे बात चलाते हैं, "दिल्ली में बसों का सिस्टम तो बहुत ही खराब है। घंटे-घंटे भर रहो बस ही नहीं मिलती। मै कल दफ्तर साइकिल नहीं ले गया था। छुट्टी होने पर सोचा कि यहां आऊं-आऊं पर डेढ़ घंटे तक धकमधक्का करने पर भी इधर की बस नहीं मिली।"

"बस, बसों की कुछ न पूछिये। बस वाले सिर्फ किराया बढ़ाना ही जानते हैं। जनता के सुख-दुख का उन्हें रत्ती भर ख्याल नहीं।"

"बस सिस्टम तो बम्बई का है। हर आदमी चुपचाप आकर लाइन में खड़ा हो जाता है, चाहे लाइन तीन मील भर लम्बी क्यों न हो। बस वक्त से आ जाती है और बड़े मोज से सबको जगह मिल जाती है। न धक्का न मुक्का।

बात को बस मिल गयी है और वह आगे बढ़ रही है। बस के स्टाप से महंगाई तक के स्टाप तक, महंगाई से देश में फैले हुए भ्रष्टाचार से राजनीति की दलबन्दी, वहां से पूंजीपतियों और समाजवादियों तक और धीरे से निकलकर वह विदेशी राजनीति की दुनिया तक पहुंच गयी।

जब से विमला मरी है लाला जी ने अच्छी तरह अखबार नहीं पढ़ा है। सुबह होते ही मातमपुर्सी करने वाले लोग आ जाते हैं। और फिर यह तांता लगा ही रहता है। लड़के दफ्तर चले जाते हैं। औरतें अन्दर मातम करने के लिये आयी औरतों के गले लग कर रोती हैं। लालाजी

हर आने वाले के शोक-प्रदर्शन का उत्तर देते हैं...भगवान की मर्जी, परमात्मा की इच्छा या फिर वे एक ठंडी सांस लेकर, अपने हाथ हिलाकर कुछ बुदबदा देते हैं।

आजकल एक चीज उन्हें बहुत सता रही है, "अखबार।" घर में दो अखबार आते हैं एक अंग्रेजी और एक उर्दू का। उनके लड़के उन्हें दो-दो मिनट देखकर दफ्तर की तैयारी करने लगते हैं। और लालाजी पहले उर्दू अखबार हाथ मे लेते। उसके खुरदरे कागज को उनकी उंगलियां छूतीं तो आत्मिक तृप्ति से उनका शरीर भर जाता। उर्दू अखबारों जैसा खबरों का चटपटापन और कहां? फिर व्यक्तिगत नाम से लिखा हुआ संपादकीय, टिप्पणियां, व्यंग्य का कालम और इन सबके जरिये से देशी-विदेशी मामलों पर डाली हुई रोशनी में से वे धीरे-धीरे गजरते।

फिर वे अंग्रेजी का अखबार उठाते। उसके कागज का गदराया-गदराया सा स्पर्श उन्हें ऐसा लगता जैसे वे किसी मेम के शरीर का स्पर्श सुख पा रहे हों।

यह अखबारी मुताला उनको दो-तीन बैठकों में पूरा होता था। और दोपहर के बाद का समय कटता था "रमी" में मास्टर सुन्दर दास और सरदार सुच्चा सिंह के साथ।

लोग बात-चीत कर रहे और अखबारों के पन्ने इधर-उधर बिखरे पड़े हैं। लालाजी का मन बारबार कर रहा है कि वह सब पन्ने समेट लें, उन्हें क्रम से लगा दें और फिर सभी के सामने मसनद पर उढ़क कर पढ़ने लग जाएं।

परन्तु वे ऐसा नहीं कर सकते। सामने बैठे हुए लोग उनकी बेटी की मौत पर मातमपुर्सी करने के लिए आए हुए हैं।

विमला के फूल जमना में प्रवाहित किये जा चुके हैं। मातम के लिए आने वालों का सिलसिला कुछ कम हो गया है। चार दिन से बराबर रोते-रोते विमला की मां की आंखें सूज गयी हैं। सुबह-सुबह ही

उसने लालाजी को याद कराया है, देखो जी, दिन भर तो बात करने का जरा भी मौका नहीं मिलता। अफसोस के लिए आने जाने वालों का तांता लगा रहता है। विमला की किरिया के कार्ड तो आज लिख दीजिये। आज कल में न भेजेंगे तो लोग वक्त से कैसे पहुंचेंगे। दूर से आने वालों को तो सौ इन्तजाम करने पड़ते हैं।

"किरिया कब करनी है?" लालाजी पूछते हैं।

"तेरहवां तो अगले मंगलवार को पड़ेगा।" विमला की मां दिन गिन कर हिसाब लगाती है।

लालाजी सोचते हैं–आज इतवार से लेकर इतवार फिर सोमवार और मंगलवार। किरिया को अभी बहुत दिन बाकी हैं।

"सुनो," लालाजी पूछते हैं, "किरिया ग्यारहवें दिन भी तो हो जाती है?"

विमला की मां कुछ सोचती है, "हां ... लोग ग्यारहवें दिन भी कर लेते हैं। पर करनी तो तेरहवें दिन ही चाहिए।"

"तुम मेरा मतलब नहीं समझी।" लालाजी समझाते हैं, "मगलवार कामकाज का दिन है। सारे मिलने-जुलने वाले ठीक तरह से आ भी नहीं सकेंगे और लड़कों को भी नाहक दफ्तर से छुट्टी लेनी पड़ेगी। ग्यारहवां पड़ता है इतवार को। छुट्टी के दिन अच्छी तरह से सब काम हो जायेगा। लोगों को आना भी आसान रहेगा।"

बात विमला की मां की समझ में आ गई, "जैसी आप की मर्जी ... पर कार्ड आज लिख दीजिये।"

लालाजी बाहर के कमरे में पहुंचकर देखते हैं, सुच्चा सिंह आये हुये हैं। उनके मुंह से झट से निकल पड़ता है, "विमला की किरिया अगले इतवार को ही कर रहे हैं। वैसे तेरह दिन मंगल को पूरे होंगे। पर सोचा किरिया ग्यारहवें दिन ही कर दें। छुट्टी के दिन सारे बिरादरी वाले आसानी से आ जाएंगे।"

उन्हें लगता है कि यह कितनी अच्छी बात हुई है कि ग्यारहवां दिन इतवार को पड़ गया है। नहीं तो किरिया तेरहवें दिन होती।

फिर उन्हें लगता है कि सुच्चासिंह से जो बात उन्होंने कही है उसमें उनका उत्साह कुछ ज्यादा ही फूट पड़ रहा था।

वे मुंह लटका लेते हैं, तब ठंडी सांस लेते हैं और गमगीन होकर सुच्चासिंह के पास बैठ जाते हैं।

लोग

मैं फिर बम्बई जा रहा हूं। बम्बई जाने की बात मन में आती है तो नीला बहुत सजग होकर मेरे चारों ओर घिर सी जाती है। वहां मुझे बहुत से काम होते हैं। बड़ी मुश्किल से मैं वहां चार दिन रहता हूं। इन दिनों में अपने बहुत से पुराने सम्बन्धों पर पड़ी हुई राख को झाड़ना होता। कुछ सम्बन्धों पर बहुत सी राख पड़ गयी है। उन्हें मैं उसी के नीचे दबा रहने देता हूं। फिर भी इतने बड़े बिखरे शहर के लिए चार-पांच दिन होते ही क्या हैं? मैं जानता हूं कि वहां मैं नीला को भी अधिक समय नहीं दे पाऊंगा। फिर भी बम्बई तक की सारी यात्रा, बम्बई के अन्दर की सारी दौड़धूप से नीला विलग नहीं होती।

पिछली बार भी मुझे फ्रंटियर मेल थर्ड क्लास स्लीपर की सबसे ऊपर की बर्थ मिली थी, इस बार भी वही मिली है। बिस्तर बिछाकर और ऊपर अपनी अटैची रखकर मैं नीचे वाली बर्थ पर बैठ गया हूं। मेरे दोनों साथी में से एक अधेड़ आयु के सज्जन हैं। उनके हाथ में जासूस नावेल है। दूसरा अनगढ़ नैन-नक्श का एक बलिष्ठ पंजाबी युवक है। वह खिड़की के पास बैठा लगातार सिगरेट पी रहा है और अंग्रेजी की एक सेक्स-पत्रिका में छपे कार्टून देख रहा है।

मैं इस बार पढ़ने के लिए सामरसेट माम की "समिंग अप" ले आया हूं। इस पुस्तक को खरीदे कई साल हो चुके हैं। बीच-बीच में कुछेक पृष्ठ तो उसी समय पढ़ डाले थे, पर अभी तक पूरी नहीं पढ़ी गयी थी। सोचा दिन के सफर में इसका काफी हिस्सा खत्म कर लूंगा।

मैं वहीं पढ़ने में लग गया हूं।

मन अभी स्थिर नहीं हुआ है। लगभग चौबीस घंटे की यात्रा है। चौबीस घंटे के लिए अपने आप को इस दौड़ते हुए डिब्बे में सीमित कर देना है। सदैव शुरू के दो-एक घंटों में बड़ी घुटन सी मालूम होती है। उस समय आंखें इधर-उधर दौड़ती रहती हैं। पैसेज में आने वाले को देखती रहती हैं। सामने की सीट पर बैठे हुए लोगों को परखती हैं और बैठे ही बैठे जहां तक हो सके वहां तक बैठे मुसाफिरों को देख लेना चाहती हैं। मेरे सामने की बर्थ पर बैठे तीनों के तीनों व्यापारी लगते हैं। बायीं ओर की नीचे की बर्थ पर एक साधारण सा आदमी बैठा है। उसके ऊपर की बर्थ पर एक आदमी लेटा हुआ उर्दू अखबार पढ़ रहा है। अपने चारों बैठे हुए लोगों में मुझे कोई खास बात नजर नहीं आ रही है। सब साधारण हैं, बहुत साधरण। उनके कपड़े, उनकी शक्ल-सूरत, उनकी बातचीत सभी कुछ साधारण है।

मेरे बायीं ओर की बर्थ के साथ लगी जो सामने की बर्थ है, उस पर दो स्त्रियां बैठी हैं। एक स्थूल वृद्धा है। वह एक अंग्रेजी पाकेट बुक पढ़ रही है। यह बात कुछ असाधरण सी लगती है, क्योंकि वह बहुत पढ़ी लिखी नहीं लगती। मैं अपनी ही सीट पर बैठे-बैठे उसकी पुस्तक का नाम पढ़ने की कोशिश करता हूं। टाइटिल पहचाना सा है, इसलिए पढ़ लेता हूं..."सिक्स शार्ट नावल्स।" उसके साथ जो स्त्री बैठी है वह युवती है, परन्तु बहुत साधारण युवती है। वह गेहुंए रंग की है। सादी सी रंगीन सूती साड़ी और ब्लाउज पहने है। गले में एक सोने की जंजीर है। उसके चेहरे पर हल्के-हल्के से छिद्र हैं। सब मिलाकर बहुत साधारण सी लग रही है।

वह चुपचाप बैठी है।

मैं "माम" की पढ़ रहा हूं...साधारण लोग लेखक का समृद्ध क्षेत्र होते हैं। इनका अनपेक्षित व्यवहार, इनकी विलक्षणता, इनकी विशाल विविधता कभी न समाप्त होने वाली सामग्री प्रदान करती है। मैं सोचता हूं कि मेरे चारों ओर सब साधारण लोग बैठे हैं। पता नहीं किसके पीछे कौन सी विलक्षणता छिपी है।

मुझे नीला की बात याद आती है। तीन साल से उसके पति का कुछ भी पता नहीं है। पर उसके चहरे से, बातचीत से, रंगढंग से यह बिल्कुल पता नहीं लगता कि उसे कोई अभाव है। वह उसी सज-धज से दफ्तर जाती है। शनिवार को पिक्चर देखती है। और यदि रेस का मौसम हो तो इतवार का सारा दिन रेसकोर्स में गुजार देती है। फिर भी एक दिन कह रही थी..."मैं साधारण स्त्री हूं। मदन का तीन साल से कुछ पता नहीं है। और जब उसका पता था भी, तो भी वह अपना पता कहां देता था। हफ्तों-हफ्तों घर से गायब हो जाना उसके लिए बड़ी बात नहीं थी। तुम्हीं बताओ यदि मेरे पास यह नौकरी न होती, यह बिल्लू न होता तो मैं कहां की रहती? कहां-कहां से ख्वार न होना पड़ता। एक कोआपरेटिव सोसाइटी में एक फ्लैट मैंने बुक कर लिया है। कल नौकरी छूट भी जाए तो अपने फ्लैट में से एक कमरा "सबलेट" करके दो रोटी तो खाती रहुंगी। बिल्लू का भी क्या भरोसा है? कहीं बड़ा होकर यह भी बाप जैसा निकला तो...?

मेरे कान में एक अधूरा अंग्रेजी वाक्य पड़ता है...आई डोन्ट वान्ट टू...। मैं सामने देखती हूं। उस सामने वाली बर्थ पर युवती बीच में बैठी है। उसके उस ओर बुढ़िया है। इस ओर एक पुरुष है। युवती की पीठ बुढ़िया की ओर है। वह उस वाक्य का हिन्दी अनुवाद बोल रही थी... "मैं उन्हें मजबूर नहीं करना चाहती...।"

देसी-सी लगने वाली स्त्री के मुंह से अंग्रेजी वाक्य कुछ असाधारण सा लगता है।

पुरुष लम्बा, स्वस्थ और गोरा है। अपने नाक-नक्श की बनावट से वह सिंधी लगता है। युवती की बात का वह बहुत धीमी आवाज में उत्तर देता है, मुझे सुनाई नहीं देता।

युवती कह रही है..."आप उनके दोस्त हैं...उन्हें समझा सकते हैं।"

बुढ़िया आंखें किताब पर टिकाये है, पर कान आगे बढ़ाकर युवती की बात सुनने की कोशिश कर रही है।..."उन्हें उससे प्यार था तो

मुझसे शादी क्यों की...।"

युवती की एक लट उसके दाएं कपोल पर आ गई है। उसकी साड़ी नीचे खिसक गई है। लाकेट के साथ का सारा भाग स्वर्णिम सा झलक रहा है। पुरुष कुछ कह रहा है। वह मुस्करा रही है...उदास मुस्कराहट। पर वह मुस्कराहट बहुत आकर्षक है। मुस्कारती है तो उसके सारे दांत खुल जाते हैं। उसके दांत बहुत साफ हैं। एक-एक दांत अलग गिना जा सकता है।

बुढ़िया बर्थ के नीचे से अपनी टोकरी निकाल रही है। मुझे लगता है वह टोकरी निकालने का मात्र बहाना कर रही है। उसके कान पुरुष की ओर लगे हुए हैं।

नीला ने भी एक बार मुझसे यही कहा था..."तुम मदन के दोस्त हो। तुमने भी उसे नहीं समझाया। उसमें गिरस्ती का बोझ उठाने की ताकत नहीं थी तो शादी क्यों की?"

फिर उसने बड़ी शरारती आंखों से जिनमें ऊपरी शरारत के नीचे अतल गहराई झांक रही थी, मुझसे पूछा था, "सच बताओ, मदन का पता तुम्हें मालूम है न? मैं मान नहीं सकती कि वह तुम्हें पत्र न लिखता हो...।"

पुरुष ने अपनी टांगें बर्थ पर रख ली हैं। युवती का चेहरा छिप गया है। उसकी आंखें सिर्फ नजर आ रही हैं। उन आंखों से उसके चेहरे की सारी बात पढ़ी जा सकती है।

युवती कह रही है..."मेरे हृदय में उनके लिए कोई दुर्भाव नहीं है। दुनिया जानती है मैं उन्हें कितना प्रेम करती थी...पर उन्होंने मेरे साथ क्या किया?"

पुरुष पालथी मारकर बैठ गया है। अब युवती का चेहरा मुझे साफ दिखाई दे रहा है। वह उन्हीं आंखों और दांतों से मुस्करा रही है।

मैं सोचता हूं...युवती बहुत आकर्षक है। उसका सारा आकर्षण उसके दोनों होंठों की परिधि में गुंथा हुआ है। होंठ बन्द रहते हैं तो थिरकन करते रहते हैं। खुल जाते हैं तो लगता है मोतियों से भरे संदूक

का दरवाजा खुल गया है।

पुरुष की बात बिल्कुल मेरी समझ में नहीं आती। उसकी पीठ मेरी ओर है। वह बोलता भी बहुत धीरे है। युवती की बात मैं कभी-कभी तो पूरी सुन लेता हूं कभी ट्रेन की खड़खड़ाहट में उसके कुछ शब्द डूब जाते हैं। वह कह रही है..."हर एक को सहारे की जरूरत होती है...एवरी बड़ी नीट्स इट...।" बीच के शब्द मैं सुन नहीं पाता। "क्या मेरा कोई हक नहीं है...आई बिलीव इन गॉड... उन्होंने मुझे समझने की कभी कोशिश नहीं की। उन्हें मुझमें सिर्फ दोष नजर आते हैं...अच्छाई एक भी नहीं... मुझमें अच्छाई नजर कहां से आए...उनका ध्यान तो दूसरी तरफ है।"

नीला और मदन में एक बार बहुत झगड़ा हुआ था। दोनों तलाक के लिए राजी हो गए थे। पर बिल्लू को लेकर समझौता नहीं हो पा रहा था। मदन कहता था..."बिल्लू को मैं अपने पास रखूंगा।" नीला कहती थी..."मर्दों का क्या है...? सहारे की जरूरत तो औरतों को पड़ती है। बिल्लू को मैं किसी हालत में नहीं दूंगी।"

आज तक उनके तलाक की समस्या इस बिल्लू को लेकर ही हल नहीं हुई।

युवती कह रही है..."मुझे चिन्ता नहीं है, वे कुछ भी करें। मैं नहीं कहती कि वे उस लड़की की भावना को ठोस पहुंचाएं...पर उन्हें मेरी भावनाओं का भी ख्याल रखना चाहिए। उन्हें तो सदा मेरी फीलिंग्स को हर्ट करने में ही मजा आता है..."

इस बार उसकी आंखें झुकी हुई हैं। शायद उनमें कुछ तरलता आ गयी है। उसका ओष्ठ प्रदेश बिल्कुल सिकुड़ गया है। वह धीरे-धीरे गर्दन हिला रही है। उसके चेहरे से बिल्कुल बच्चों जैसी मासूमियत टपक रही है।

मैं "माम" की मां के बारे में पढ़ रहा हूं। माम की मां बहुत सुन्दर थी परन्तु उसका पिता उतना ही बदसूरत था। उसके मां-बाप के जोड़े को उन दिनों पेरिस में "सौन्दर्य और पशुत्व का जोड़ा" कहा

जाता था। माम ने लिखा..."एक बार मेरी मां से उसकी सहेली ने पूछा ...'तुम इतनी सुन्दर हो, और कितने ही लोग तुमसे प्रेम करते हैं फिर भी तुम उस बदसूरत और छोटे आदमी के प्रति इतनी वफादार क्यों हो?' माम का उत्तर था..."वह मेरी भावनाओं को कभी ठेस नहीं पंहुचाता।"

मुझे याद आया, एक बार मैंने मदन से पूछा था, "आखिर तुम अपने परिवार से इतने उखड़े-उखड़े से क्यों रहते हो? बहुत लड़-झगड़ चुके। शादी हुए भी आठ दस साल होने को आए। अब स्थिर हो जाओ न।"

वह बहुत गम्भीर हो गया था। हम लोग एक ईरानी रेस्तरां बैठे हुए थे। उस समय की उसकी प्रत्येक भाव-भंगिमा मुझे अच्छी तरह याद है। उसने चाय का प्याला सिर्फ एक बार सिप किया था। फिर वह चाय वैसी की वैसी ही पड़ी रही थी। उसने कहा था..."नीला से मेरी बहुत अच्छी तरह निभ सकती है... यदि वह बस थोड़ा सा मेरी भावनाओं की कदर कर लिया करे। पर पता नहीं क्या बात है कि मुझे हर्ट करने में उसे बड़ा स्वाद आता है। बात-बात में वह मुझे खिझाती है, टीज करती है। घर में रहता हूं तो एक दहशत सी हमेशा छाई रहती। अपनी बात वह जबरदस्ती मनवा लेती है। लेकिन मुझे इतना भी भरोसा नहीं रहता कि मेरे मांगने पर वह एक गिलास पानी भी मुझे पिला देगी। हर बात में उसका जवाब दो टूक रहता है...मैं क्या तुम्हारी नौकरानी हूं। तुम्हीं बताओ, यह कोई घर है? क्या घर शादी से, बच्चे से या धन-दौलत से बन जाता है? घर जिस चीज से बनता है, वह मुझमें और नीला में है कहां?"

दोपहर का खाना खाकर सब सोने की तैयारी में लग गये हैं। मैं भी अपनी ऊपर की सीट पर चढ़ गया हूं। लेटे-लेटे मैं कुछ देर पढ़ता रहा, फिर सो गया। नींद खुली तो शाम का अहसास होने लगा।

उस युवती की बर्थ की ओर ध्यान जाता है। बर्थ खाली है। उसके ऊपर की बर्थ पर बुढ़िया खर्राटें भर रही है। मैं नीचे उतर कर

बैठ जाता हूं। कुछ देर में युवती को बाथरूम की ओर से आते देखता हूं। उसने मुंह-हाथ धोया है, कंघी की है। साड़ी और ब्लाउज भी बदल लिया है। वह बहुत ताजा-ताजा सी लग रही है। अपनी सीट के पास आते ही उसकी मुस्कराहट खिल उठती है। उसके होंठ खुलते हैं, दांत चमकते हैं और सारे चेहरे पर लुभावनापन बिखर जाता है। मेरा ख्याल है कि वह उस पुरुष की ओर देखकर मुस्कराई है। वह आदमी मुझे दिखाई नहीं दे रहा है।

मैं अपनी अटैची खोलता हूं। उसमें से तौलिया और साबुन निकालता हूं और बाथरूम की ओर चला जाता हूं।

शाम को उनकी बातचीत का सिलसिला फिर शुरू हो जाता है। उनके बैठने की स्थिति सुबह की तरह ही है...उस कोने में "सिक्स शार्ट नावल्स" पकड़े हुए बुढ़िया, बीच में युवती, इस तरफ वह पुरुष।

"आई केन स्पेण्ड माई लाइफ...मैं अपनी जिन्दगी गुजार सकती हूं। युवती ने अपनी बात अंग्रेजी और हिन्दी दोनों भाषाओं में कही है। बुढ़िया कान लगाए उसकी अगली बात का इंतजार कर रही है। कुछ देर सभी चुप रहते हैं। मैं भी अपनी किताब की पंक्तियों से गुजरता हुआ, उसके कुछ और कहने की प्रतीक्षा कर रहा हूं। यह सब साधारण लोगों की साधारण-साधारण सी बातें हैं। विशेष लोगों की बातें शायद इनसे अलग होती हों।

युवती कह रही है..."मुझे अपने लिए ज्यादा चाहिए ही क्या ? इस छोटी सी नौकरी से गुजारा हो ही जाता है। स्कूल के बच्चों में मन लग जाता है। जैसे-तैसे दिन कट ही जाएंगे। अब मैं उनके पैरों पड़ने से तो रही।"

उत्तर में शायद पुरुष ने कुछ नहीं कहा है। सब चुपचाप बैठे हैं।

मैं सोचता हूं...मदन के बगैर नील भी अपनी जिन्दगी मजे से गुजार ही रही है। पिछली बार कह रही थी, आज नौकरी छोड़ दूं तो दफ्तर से बीस-पच्चीस हजार मिल जाएंगे। जो फ्लैट बुक किया था, उसकी पूरी किस्तें भी भर दी हैं। उस पर मेरे दसेक हजार खर्च हुए

हैं। आज बेचूं तो पच्चीस हजार कहीं नहीं गये। इतने से अपनी जिन्दगी तो आराम से गुजार सकती हूं। बस एक बिल्लू का ही तो भार है मुझ पर। वह मैं उठा लूंगी।

सारा दिन इस गाड़ी की खरड़-खरड़ सुनते ऊब गया हूं। माम की किताब के भी बड़ी मुश्किल से पचास पेज पढ़े गये हैं। अब कुछ भी करने को मन नहीं कर रहा है। डिब्बे में बत्तियां जल गई हैं। सब ओर शाम की उदासी छाई हुई है।

घड़ी देखता हूं। साढ़े-सात बज रहे हैं। बस कोटा नौ बजे आ जाएगा। खाना-वाना खाकर ऊपर चढ़ जाऊंगा। फिर रात कटने में कोई मुश्किल नहीं। सुबह नींद खुलेगी तो गाड़ी पालघर के आस-पास होगी। पर मैं बौरीवली से पहले नीचे नहीं उतरूंगा। फिर मुंह-हाथ धोते, सामान संभालते दादर आ जाएगा। नीला शायद स्टेशन पर लेने आयी हो, पर नीला के साथ ठहरूंगा नहीं। उसके साथ ठहरने से बहुत बंध जाना पड़ेगा। हां, एक पूरी शाम उसे दूंगा...उसके साथ पिक्चर देखूंगा और रात के ग्यारह बजे तक वैंड स्टेण्ड के पथरीले समुद्री तट पर उसके साथ बैठूंगा।

वह स्थान मुझे और नीला, दोनों को ही बहुत ही प्रिय है।

सन्नाटा

सब मिलाकर शायद छत्तीस बिल्डिंगें थीं और जिस बिल्डिंग में उसे जाना था उसका नम्बर था उनतीस। उनतीस बटा चौबीस का मतलब है उनतीस नम्बर बिल्डिंग में चौबीस नम्बर फ्लैट। चूंकि हर फ्लोर पर चार फ्लैट बने हुए हैं, इस हिसाब से चौबीस नम्बर फ्लैट को छठे फ्लोर पर होना चाहिए।

इतना हिसाब तो सीधा-साधा था और किसी के भी समझाने से समझ में आ सकता था। पर उसकी मुश्किल कुछ और थी। बाम्बे सेन्ट्रल पर गाड़ी आ गयी थी पांच बजे। वह कालोनी स्टेशन के बिल्कुल पास है, इसलिए टैक्सी से जब सामान उतारकर पैसे दिये तो अभी साढ़े पांच बजने में तीन चार मिनट बाकी थे...बावजूद इसके कि टैक्सी वाला इस बिल्डिंग को ढूंढ़ने के लिए कालोनी के दो-तीन चक्कर लगा चुका था। अटैची को लिफ्ट पर रखकर छठे माले पर ले जाने में ज्यादा से ज्यादा पांच मिनट लगेंगे। पर क्या पांच पैंतीस पर किसी के फ्लैट की बेल बजाना ठीक रहेगा। इस समय तो वह गहरी नींद में सो रही होगी।

फिर ?

छः बजे से पहले उसे फ्लैट की काल बेल नहीं बजानी चाहिए। पर आधा घंटा इस तरह खड़ा भी तो नहीं रहा जा सकता। लोगों का आना जाना जारी था। सैर के लिए जाते हुए, दूध की बोतलें लेकर आते हुए लोग उसे देख रहे थे और आंखों ही आंखों में पूछ रहे

थे–किसके पास जाना है।

उसे मिसेज वर्मा के पास जाना है। मिसेज वर्मा...कैसा लगता है। पर उसे वह क्या कहकर सोचे? उसका ध्यान आते ही उसके सामने एक व्यक्तित्व उभरता है...एक औरत उभरती है, जिसे आज तक वह कितने नाम दे चुका है, पर सचमुच वह कोई नाम नहीं दे सका है। उसने उसके साथ कभी 'भाभी' जैसा सम्बन्ध सूचक नाम भी बनाया था पर यह कुछ ज्यादा देर नहीं चला। वह उसे इस सम्बन्ध सूचक नाम से नहीं याद कर पाता। उसका अपना घरेलू नाम फूलमती, चमेली या गुलाबी तर्ज का है जिसे वह कभी स्वीकार नहीं कर सका। उसका पति उसे राधा कहता था। पर यह नाम भी उसे उसके लिए बहुत नाकाफी लगा था। तब एक बार उसने उसे बिना बताए एक नाम दे दिया था–दिवा। और फिर वह जब भी उसके बारे में सोचता, वह दिवा के बारे में सोचता।

पर दिवा को यह कहां मालूम था कि दिवा है। यह तो किसी को भी नहीं मालूम। लोग जानते हैं कि वह मिसेज वर्मा है। वह भी जानती है कि वह मिसेज वर्मा है। साल छमाही शायद ही कहीं कोई व्यक्ति, कोई स्मृति, कोई सम्बन्ध उससे टकराता हो जो उसे उसके असली नाम से बुलाता हो।

अब वह उसके फ्लैट के सामने खड़ा था। बाहर नेम प्लेट लगी थी...मिसेज सी. वर्मा...चमेली वर्मा, चंचल वर्मा, चांदनी वर्मा। उसने घड़ी देखी। छः बजने में अभी कुछ मिनट बाकी थे। वह कुछ समय और काटने के लिए छठी मंजिल से नीचे सीढ़ियों पर झांकने लगा। घुमवदार सीढ़ियां एक गहरे कुएं की तरफ नीचे तक चली गयी थीं। साथ की लिफ्ट बार-बार ऊपर नीचे आ जा रही थी और उनमें से निकलने वाले उसे घूर-घूरकर देख रहे थे।

अब छः बज चुके थे। एक-एक पल उसे भारी लग रहा था। उसने काल बेल पर अपनी उंगली रख दी...ड़िंग...ड़िंग...ड़िंग।

घंटी बड़ी मधुर आवाज में बज उठी थी। वह कुछ क्षण प्रतीक्षा

करता रहा। उधर से कोई हलचल नहीं सुनाई दी। उसने सोचा, वह सो रही होगी। वह कुछ देर वैसे ही खड़ा रहा। फिर...ड़िंग...ड़िंग...ड़िंग।

दरवाजे पर हैंडल की कुछ खटपट हुई। वह सामने खड़ी थी... हाउसकोट पहने, बिखरे बाल, अलसाया चेहरा, बोझिल पलकें और सूखे होंठ।

"ओह !..वेलकम...वेलकम...आज यह सूरज किधर से निकला... श्यामा भी साथ में है ना ?"

"नहीं...अकेला आया हूं।"

"उसे क्यों नहीं लाए... ? मैंने तुम्हें लिखा था श्यामा को भी साथ लेकर आना...यू स्काउन्ड्रल...बीवी को भी साथ लेकर निकलने में शर्म लगती है।"

"अन्दर आने दोगी !"

वह वहीं खिलखिलाकर हंस पड़ी, "कम इन...कम इन।"

वह दाएं मुड़कर मुझे ड्राइंगरूम में ले गयी। ड्राइंगरूम बहुत बढ़िया सजा हुआ था। पूरे कमरे में गलीचा बिछा हुआ था। डाइनिंग टेबिल, मोटे शीशे वाली सेन्टर टेबिल, बायीं तरफ रखा हुआ रेडियोग्राम, सामने रखा हुआ टेलीविजन तथा डनलप पिलो वाला चमचमाता नया सोफा सेट। वह आतंकित और डरा हुआ-सा महसूस करने लगा।

वह सोफे पर बैठता हुआ बोला, "बहुत अच्छा फ्लैट है तुम्हारा। और तुमने इसे सजाया भी खूब है।"

वह मुस्कराई-एक परितुष्ट-सी मुस्कराहट। झटका देकर उसने आगे आई लट को पीछे कर लिया।

"चाय लाऊं ?"

"किटी कहां है ?"

"अपने कमरे में सो रही होगी।"

वह उठकर किचन की ओर चली गयी। वह सुबह स्टेशन पर खरीदे गये अखबार को हाथ में लेकर देखने लगा। अखबार देखते-देखते उसकी नजर ड्राइंगरूम की चीजों पर फिसल जाती थी और वह सोचने

लगा था...दिवा अब बहुत आराम की जिन्दगी जी रही है...दिवा अपने पूर्व जीवन की सारी कड़वाहटें, सारे कष्ट, सारे लांछन समेट चुकी है और अब वह बहुत थमा-थमा सा, बहुत सन्तुष्ट-सा, बहुत शान्त-सा जीवन बिता रही है।

"तुमने श्यामा का हाल-चाल तो बताया ही नहीं।" वह कप में चाय डालती हुई बोली।

"तुम जानती ही हो कि उसकी जिन्दगी में हाल-चाल नहीं सिर्फ हल्की-सी चाल भर है जिसे वह सधे कदमों से लगातार चलती चली जा रही है।"

वह बड़ी फीकी-सी मुस्कान मुस्कराने लगी।

"तो तुम अपने ही हाल-चाल बताओ।"

"तुम यह भी जानती हो कि मेरी ज़िन्दगी हाल-चाल की नहीं, भाग-दौड़ की जिन्दगी है," वह बोला, "और भागते हुए आदमी को कदम गिनने की फ़ुरसत नहीं होती।" दोनों कुछ देर तक चुप रहे।

"तुम्हारा क्या हाल-चाल है?" उसने पूछा।

"बस...जी रहे हैं।" वह बड़ी थकी हुई मुस्कराहट मुस्कराई और फिर आंखें बन्द करके होंठ कुछ इस तरह सिकोड़ लिए जैसे कोई लम्बी यात्रा पूरी करने के बाद अपने घर की छत के नीचे सुस्ता रही हो।

"किटी कहां है?" उसे याद नहीं रहा कि वह बात पहले भी पूछ चुका है। फिर खुद ही बोला, "शायद अभी सो रही है।"

इतने में उसने देखा मैक्सी पहने एक लम्बी-सी लड़की उसके सामने खड़ी है। वह बिस्तरे से उठ कर आयी लगती थी और उसे देखकर थोड़ा अचकचा गयी थी।

वह किटी थी। उसे वह कई साल बाद देख रहा था। वह बहुत लम्बी हो गयी थी।

"हलो किटी...मुझे पहचाना?"

तब दिवा भी मुड़कर उसकी तरफ देखने लगी, "अरे अपने जॉली अंकल को भूल गयी क्या?"

वह मुस्कराई, "हलो अंकल। आप कब आए?"

"अभी।"

"आंटी कैसी हैं?"

"ठीक है...पर तुमने दिल्ली न आने की कसम खा रखी है क्या?"

"ममा मुझे ले ही नहीं जातीं। बस खुद ही चली जाती हैं।"

"मैं तुझे नहीं ले जाती?" दिवा बोली, "तेरा खुद ही कहीं जाने को मन नहीं करता है।"

"क्या कर रही हो आजकल?" वह बीच में ही बोल पड़ा।

"गेडेज ट्रेवल्ज में काम कर रही हूं।"

"पढ़ाई पूरी कर ली?"

उसे लगा यह बात कहीं बीच में ही अटक गयी है। किटी एका-एक अखबार पलटने लगी और दिवा उठती हुई बोली, "अच्छा नहा-धो लो। मैं नाश्ता बनाती हूं।"

नौ बजने वाले हुए तो उसने देखा दिवा भी तैयार है, किटी भी तैयार है। दोनों के हाथों में पर्स है, दोनों के हाथों में चाबियों के गुच्छे झूल रहे हैं, दोनों ही बार-बार अपनी साड़ी की सलवटों पर हाथ फेर रही हैं, दोनों अपने होंठों की लिपस्टिक को एक सुर कर रही हैं।

"हमारे पास अपनी-अपनी चाबी है।" दिवा बोली, "यह तीसरी चाबी तुम संभालो। ठीक से बंद करके जाना।"

रात को जब वह वापस आया तो दिवा घर आ चुकी थी। दरवाजा खोलकर वह पीछे हटी तो उसे एक भभका-सा पीछे हटता महसूस हुआ। फ्लैट के अंदर आने पर लगा, सिगरेट का धुआं इधर-उधर तिर रहा है और सारे फ्लेट में एकदम खामोशी छाई है।

"कहां घमूते रहे सारा दिन?"

"आज का सारा दिन तो चंदर को ढूंढ़ने में ही निकल गया।" वह बोला–अब वह कल्याण कैम्प में रहता है। तेज और चिलचिलाती धूप में, ऊबड़-खाबड़ और छितरे-बिखरे कल्याण कैम्प में जो मीलों में फैला हुआ है। उसका घर ढूंढ़ने के बाद लगा जैसे कोलम्बस की तरह

मैंने किसी नयी दुनिया का पता लगाया है।"

"खाना... ?"

"खा आया हूं। चंदर की बीवी परांठे बहुत अच्छे बनाती है।"

ऊपर की ओर उठी हुई खामोशी फिर धीरे-धीरे नीचे सरकने लगी।

वह उठकर अपने बेडरूम की ओर गयी और वापस आयी तो उसके हाथ में सिगरेट की डिब्बी और दियासलाई थी। पास के सोफे पर बैठकर उसने सिगरेट जलाई और पीने लगी।

तभी एकाएक उसे लगा, उसे किटी के बारे में पूछना चाहिए।

"किटी भी अभी तक नहीं आयी?"

"शायद अपनी सहेली के चली गयी हो।" वह उबासी लेते हुए बोली।

वह उसे एकटक देखने लगा। उसे लगा दिवा किटी के बारे में बहुत उदासीन है या बहुत निरपेक्ष है।

"किटी अब काफी सयानी हो गयी है।" वह बोला

"हां...।" वह बोली, जैसे यह तो होना ही था।

"उसकी शादी-वादी के बारे में तुमने क्या सोचा है?"

"अपनी शादी के बारे में वह खुद सोचेगी।" दिवा ने बची हुई सिगरेट को राखदानी में दबाते हुए कहा, "जब, जहां, जिससे चाहेगी शादी कर लेगी।"

वह सोचने लगा। उसे लगा किटी अपने किसी ब्वाय फ्रेंड के साथ मूवी देखने गयी होगी। फिर उसे लगा किटी बहुत सीधी है, बहुत मासूम। क्या वह 'जब, जहां, जिससे', की स्थिति का सामना कर सकेगी?

इतने में बेल हुई। दिवा बड़ी अलासाई-सी उठी। दरवाजे खुलने, किसी के अंदर आने और फिर दरवाजा बंद होने की आवाज आई।

दिवा आकर फिर अपनी जगह बैठ गयी।

"किटी आ गयी?" उसने पूछा।

"हां...।"

उसने सोचा किटी सीधी अपने कमरे में चली गयी होगी। फिर उसने सोचा किटी कपड़े बदलकर इस कमरे में आएगी और कुछ देर बैठकर बातें करेगी।

दिवा दो-तीन सिगरेटें और फूंक चुकी थी। उसे लगा इस बीच काफी समय गुजर गया है। वह उठा। उसने अपनी अटैची से कुर्ता-पाजामा निकाला और बाथ-रूम की ओर कपड़े बदलने चल दिया। बाथरूम को जाते हुए वह किटी के कमरे के सामने से गुजरा। दरवाजे पर परदा था, पर उसे उसकी झलक दिखायी दी। वह अपने बेड पर लेटी कुछ पढ़ रही थी।

कपड़े बदल कर वह आया तो उसने देखा दिवा ने ड्राइंगरूम का दीवान उसके सोने के लिए ठीक कर दिया है।

"पीने के लिए पानी रख देती हूं।" कहती हुई दिवा पानी लेने चली गयी।

वह बेड पर बैठकर कमरे की एक-एक चीज को घूरने लगा। टेलीविजन, रेडियोग्राम, डाइनिंग टेबल, सोफासेट सब निर्जीव चीजें अपनी-अपनी जगह पर रखी हुई थीं। किसी को एक-दूसरे से कोई मतलब नहीं था। वह सोचने लगा, क्या इस कमरे में इन चीजों की पोजीशन को बदला जा सकता है। डाइनिंग टेबल वहां न रखकर उस दीवार के साथ रख दिया जाए तो कैसा रहे? सोफा-सेट उधर रखा जा सकता है। दीवान उधर खिसकाया जा सकता है। टेलीविजन...? वह कमरे में इधर-उधर देखने लगा। फिर उसे लगा वहां जहां रखा है, वहीं ठीक है। फिर उसे लगा जो चीज जहां रखी है, वहीं ठीक है।

दिवा की लरजती हुई आवाज सुनाई दी, "गुड मार्निंग! नींद आई?"

"नींद मुझे हर जगह आ जाती है। शी इज वेरी काइन्ड टू मी।"

वह खिलखिलाकर हंस पड़ी।

नाश्ते की टेबल पर उसने कहा, "आज नाइट शो के तीन टिकट मैं ले आऊंगा।" वह किटी की तरफ मुड़ा, "तुम्हें आफिस के बाद कहीं जाना तो नहीं?"

किटी अपने टोस्ट पर बटर लगा रही थी।

"कहीं खास नहीं अंकल।"

उसने दिवा की ओर देखा, "घर से जरा जल्दी निकल चलेंगे। कुछ देर चौपाटी की सैर करेंगे।"

फिर वे बातचीत करने लगे...कहां कौन सी फिल्म लगी हुई है। अधिकतर फिल्में देखी हुई थी...कुछ दिवा की...कुछ किटी की।

"तुम लोगों ने साथ-साथ कौन-सी फिल्म देखी है?"

एकाएक उसे लगा, उसने बड़ी गलत बात पूछ ली है। दिवा के चेहरे पर एक बड़ी रुखी-सी मुस्कराहट फैल गयी है जो कुछ भयावह सी नजर आ रही थी। किटी का चेहरा भी हल्की-सी उलझन से भर गया लगता था।

"तुम्हारे हाथ के आलू के परांठे मुझे नहीं भूलते। इतने स्वादिष्ट आलू के परांठे मैंने और कहीं नहीं खाए। सच कहता हूं कि कुकिंग का कोई 'नोबेल प्राइज' हो तो वह तुम्हें सिर्फ तुम्हारे आलू के परांठे के लिए मिल सकता है।" वह बोला।

दिवा और किटी दोनों हंसने लगीं।

"अंकल आप बड़े चालाक हैं।" किटी बोली, "ममा को मक्खन लगा रहे हैं ना...। पर ममा कितना अर्सा हो गया तुमने आलू के परांठे नहीं बनाए। रोज सुबह वही ब्रेड, बटर, अंडा खा खाकर मैं तो बोर हो गयी हूं।"

"कल नाश्ते में आलू के परांठे बनाऊंगी।" दिवा का चेहरा खिल उठा था। किसी कोने में छिपा हुआ मातृत्व उसके चेहरे पर इधर-उधर से ताक-झांक करने लगा था। उसने एक सलाइस पर मक्खन की खासी मोटी परत लगा कर किटी की प्लेट में रख दी।

"ओ...नो ममा...मैं नहीं खाऊंगी।"

"डोन्ट बी सिली...।" कहकर वह दूसरी स्लाइस पर मक्खन लगाने लगी।

वह फिर अखबार पलटने लगा और फिल्मों की बातें करने लगा। दो-तीन फिल्में अभी अनदेखी थीं, पर उन्हें रिलीज हुए दो-एक दिन ही हुए थे इसलिए उनके टिकट मिलने की उम्मीद कम थी।

उसने कहा, "इनमें जिसके भी टिकट मिले मैं लेता आऊंगा।"

शाम को वे चौपाटी की रेत पर बैठे हुए थे।

एकाएक दिवा बोली, "साल-छमाही कहीं एक ऐसा दिन आता है।"

उसने दिवा की ओर देखा। वह सामने समुद्र में खड़ी एक किश्ती की ओर देख रही थी। फिर वह उसकी तरफ देखने लगी, "तब कहीं हल्का-सा महसूस होता है, मेरा भी कोई परिवार है...मैं और किटी मां-बेटी हैं...।"

वह हंसी और किटी की ओर देखने लगी। किटी मुट्ठी में रेत भर रही थी और उसे अपनी उंगलियों के बीच से निकाल रही थी।

"कैसी अजीब बात है। हमारे बीच जब तक कोई तीसरा व्यक्ति न आए हमें यह अहसास ही नहीं होता कि हम मां-बेटी हैं। हमें आपस में कोई बात किये हफ्तों गुजर जाते हैं। फ्लैट में एक-दूसरे की छाया देखकर हमें बस एक-दूसरे के होने का अहसास होता है। अलग-अलग बाथरूम, यहां तक कि टूथपेस्ट भी अलग-अलग।

किटी बड़े सूने-सूने, बड़े गुमसुम ढंग से उसकी बात सुन रही थी।

"आओ भेल-पूड़ी खाएं।" उसने कहा। सब उठकर भेल-पूड़ी वाले की तरफ बढ़ लिये।

फिर सब धीरे-धीरे चलकर लेमिंगटल रोड पर आकर फिल्में देखने लगे। वह किनारे बैठना चाहता था पर दिवा और किटी ने ऐसी स्थिति बना दी कि वह उनके बीच में बैठा।

फिल्म देखकर निकले तो किटी बोली, "अंकल, आइए थोड़ी देर के लिए फिर चौपाटी पर चलें। रात को वहां बैठने में बड़ा मजा आता

है।"

उसने दिवा की ओर देखा।

"चलो ना ममा...।" किटी दिवा से लिपट सी गयी।

वह हंसी, "कल दफ्तर नहीं जाना है?"

"कल की कैजुअल ले लेंगे...।" वह बहुत उमंग से बाली, "और कल सारा दिन अंकल के साथ पिकनिक मनाएंगे। और अंकल कल के आप के सारे प्रोग्राम कैंसल।"

दिवा ने उसकी ओर देखा–बड़ी गहरी, बड़ी डूबी, बड़ी मोहक नजर से। जैसे वह 'वह' नहीं है। वह 'वह' है...वह...वह...किटी का अंकल...किटी का पिता...।

गाड़ी सुबह सुबह सात-पैंतीस पर छूटती थी–वी. टी. से। दिवा ने दिन के लिए आलू के परांठे बना दिये थे। साथ में कई किस्म का अचार और सलाद काट दिया था। किटी बीच-बीच में उसे याद कराती थी और कहती थी, "मद्रास से आप मेरे लिए कुछ शंख खरीद लीजिए। एक तो चौड़े पंजे वाले पर ख्याल रखिएगा कोई कहीं से जरा-सा भी टूटा हुआ न हो। और दूसरे-बड़े वाले शंख जो मंदिरों में बजाये जाते हैं। और आप तो मद्रास से सीधे दिल्ली चले जाएंगे तो उन्हें दे दीजिएगा।"

"तुम दिल्ली नहीं आओगी...।" उसने दांतों से टोस्ट काटते हुए पूछा।

"इस बार मैं भी ममा के साथ आऊंगी...नहीं ममा के साथ नहीं अकेली आऊंगी। आप मुझे दिल्ली की खूब सैर कराएंगे ना। सब जगह घुमानी पड़ेगी।"

दिवा ने चाय की केतली टेबल पर रखते हुए कहा, "किटी बेटा, अंकल की गाड़ी का वक्त हो रहा है। तुम जरा सड़क से टैक्सी तो बुला आओ।"

किटी टैक्सी लेने चली गयी।

दिवा उसी के साथ कुर्सी पर बैठ गयी

सामान बंध चुका था।

वह कपड़े पहन कर तैयार था।

उसने चाय का आखिरी घूंट पी और दिवा की ओर देखने लगा। वह सूनी आंखों से मुस्काने की कोशिश कर रही थी।

उसके दोनों हाथ अपने हाथों में ले लिये।

दिवा की आंखें और सूनी हो गयीं।

टैक्सी चली तो दोनों हाथ हिलाते हैं। और उसने देखा दोनों लिफ्ट की तरफ मुड़ गयी हैं।

दो एक मोड़ लेकर टैक्सी सड़क पर आ गयी। सड़कें अभी सूनी थीं। सन्नाटा अभी पूरी तरह टूटा नहीं था। बड़ी मस्त हवा चल रही थी। पीछे छोड़े हुए फ्लैट के कुछ बिम्ब उसके सामने आने लगे–

लिफ्ट में दिवा और किटी खामोश हैं...लिफ्ट से निकल कर दिवा फ्लैट का दरवाजा खोलती है...किटी सीधे अपने कमरे में चली जाती है...दिवा बरतन साफ करने वाली बाई को डाइनिंग टेबल साफ करने के लिए कहती है। किटी अपने बिस्तरे पर लेटकर किसी पत्रिका के पन्ने पलटने लगती है...फिर उठकर नहाने चली जाती है...दिवा अपने कमरे में आकर सिगरेट सुलगाती है, और अखबार की सुर्खियां देखने लगती है...फिर वह भी नहाने चली जाती है...बाई टेबल पर नाश्ता लगा देती है...ब्रेड, बटर, उबले अंडे, दूध...

फिर नौ बजते हैं। दोनों अपने-अपने पर्स संभालती हैं...अपने चाबियों के गुच्छे संभालती हैं...अपनी साड़ियों की चुन्नटों पर हाथ फैरती हैं,...लिपस्टिक लगे होंठों को शीशे में देखती हैं और फ्लैट से निकल पड़ती हैं...।

उसे सामने वी. टी. स्टेशन का भव्य भवन दिखाई देने लगा था।

दिल्ली कहां है?

लाहौर की सड़कों पर घूमना भी एक अजीब अनुभव है। व्यक्ति अकेला हो तो यह अनुभव और भी मज़ेदार हो जाता है। अपने होटल से निकलकर मैं माल रोड की फुटपाथ पर पैदल ही चल पड़ा था। दिल्ली वापस आने की फ्लाइट शाम को पांच बजे की थी। बीच में तीन-चार घंटे का समय गुजारना था। पीछे से आवाज़ आई, "सरदार जी, सस्सीकाल।"

मैंने देखा, दो साइकिलों पर चार लड़के मेरे पास से गुजर रहे थे और हाथ मिलाते हुए बड़े खुश दिखाई दे रहे थे। मैंने मुस्कराकर जबाब में अपना हाथ हिलाया। उन्होंने साइकिलों की गति धीमी कर दी। उनमें से एक बोला, पाकिस्तान के हो जेहा लग्गा? (पाकिस्तान कैसा लगा।)

मैंने कहा, "बड़ा चंगा, बड़ा सोहणा से निग्धा।" बहुत अच्छा, बहुत सुन्दर और बहुत स्नेहपूर्ण।

मेरी बात सुनकर उनके चेहरे खिल गए। यह पाकिस्तान की वह पीढ़ी थी, जिसने भारत के नाम पर जंग, नफरत और खिंचाव ही सुना था, जिसने हिन्दी फिल्मों और उनमें काम करने वाले कलाकारों का नाम ही सुना था।

मैं चलते-चलते असेंबली के भवन तक पहुंच गया। इसी बीच रास्ते में मुझे बहुत लोग मिल चुके थे। प्रौढ़ आयु के मर्दों ने मुझे बहुत

संकोच से देखा था। औरतों ने अपने दुपट्टों की कनखियों से झांका था, मुस्कराई थीं और फिर आपस में बातें करने लगे थे और किशोर जवान लड़कों ने मुझे घेर लिया था, और बारी-बारी से मुझ से हाथ मिलाया था। पाकिस्तान की अपनी यात्रा में मुझे लगा था, वहां हर नौजवान लड़के और लड़की के दिल में दिल्ली और बम्बई देखने की बड़ी लालसा है, वैसे ही जैसे हमारे नौजवानों में लंदन, पेरिस या न्यूयार्क देखने की है। कल जब मैं अनारकली से अपने होटल वापस आया तो स्कूटर वाला मुझसे भाड़ा नहीं ले रहा था और मैं भाड़ा देने की लगातार जिद कर रहा था।

वह बोला, "देखिए साहब, मैं आपसे पैसे तो नहीं लूंगा, पर इसके बदले में आप मेरा काम कर दीजिए।"

मैनें कहा, "बोलो, मैं आपका क्या काम कर सकता हूं?"

उसकी आंखों में बेहिसाब अनुनय भर आया था, "देखिए साहब, आपके घर में किसी बच्चे की शादी हो तो दावतनामें का एक कार्ड मुझे भी भेज दीजिएगा।"

मैं उसका मनोरथ नहीं समझ सका था।

वह बोला, "हजूर, मैं जबरदस्ती आपका मेहमान नहीं बनूंगा। मैं आपके दावतनामें के बिना पर इंडियन हाई कमीशन से वीजा ले लूंगा। दिल्ली बंबई देखने की मेरी बड़ी तमन्ना है। यकीन कीजिए, मैं आपको किसी तरह तकलीफ नहीं दूंगा।"

मैंने उसका हाथ दबाया था। अपना पता उसे दिया था और उसका पता ले लिया था। उसे यह भरोसा भी दिलाया था कि मेरे घर में जब भी कोई शादी होगी, मैं उसे ज़रुर दावतनामा भेजूंगा।

असेंबली भवन के पास पहुंचकर मैंने सोचा, "अब क्या करूं। दोपहर का एक बजा था। होटल मुझे चार बजे तक लौटना था। मैं दुकानों में घुसकर चीजें देखने लगा। खरीदारी मुझे करनी नहीं थीं, क्योंकि पिछली रात अनारकली बाजार में से बहुत कुछ खरीद चुका था। दुकानदार बड़ी रुचि से मुझे चीजें दिखा रहे थे, पर अनारकली से

यहां का बाजार काफी महंगा दिख रहा था, वैसे ही जैसे दिल्ली में करोल बाग कनाट प्लेस के भवनों का अंतर साफ दिखाई देता है।

फुटबाथ पर ही 'कोल्ड ड्रिंक' बेचने वालों की अनेक रेहड़ियां लगी हुई थीं। उनके पास से निकला तो लगभग सभी ने आवाज़ दी, "भ्राजी, आओ कुछ ठंडा-वंडा पीलओ।"

जब से लाहौर आया था, मैं लगातार 'पेप्सी कोला' पी रहा था। मैं सोच रहा था कि उनका शुक्रिया अदा करते हुए मैं उनके पास से निकल जाऊंगा। सभी एक अधेड़-से व्यक्ति ने मेरा रास्ता रोक दिया, "भ्राजी, हमारे पास से कुछ पी लो और हमारा दिन ठंडा कर दो।"

उसने अपने हाथों से मेरा दाहिना हाथ धाम लिया। उसके हाथों में कुछ ऐसी जकड़ थी कि मुझे लगा कि मुझ पर वशीकरण हो गया है, मुझे लगा कि जैसे गहरे पानी के बीच उसने मुझे अपने बलिष्ठ हाथों में उठा लिया है, मैं अपना सारा भार खो बैठा हूं।

उसने पेप्सी कोला की दो बोतले खोलकर एक जग में उड़ेल दीं। फिर उसने सोडे की दो बोतल खोलकर उसमें डाल दीं। फिर उसने एक बड़ा-सा नींबू काटकर उसमें निचौड़ा और नमक मिलाया। मैंने कहा, "इतना कौन पिएगा?"

उसने मुझे इस तरह देखा, जैसे सारे आकाश को उसने अपनी आंखों मे समेट लिया हो, "मैं भी तो पिऊंगा...बिछुड़े हुए भाई के साथ दो घूंट ठंडा पानी पीने का सुख अल्लाह पता नहीं फिर कब देगा।"

कितने ही लोग हमारे आस-पास जमा हो गए थे। बड़े गिलासों में हम दो लोग ठंडा पी रहे थे, बाकी लोग हमें देख रहे थे।

दो बजने वाले थे। मैंने सब का शुक्रिया अदा किया और वापस मुड़ लिया। सब कुछ बहुत अजीब-सा लग रहा था। एक ओर खून में डूबी हुई जंग और नफरत से सराबोर कुछ साल पहले की यादें, दूसरी ओर पेप्सी कोला, सोडा और नींबू के ठंडे पेय में तैरता हुआ वर्तमान। दोनों सच्चाइयों को अपने कंधों पर लादे हुए लोग कैसी अजीब

लड़खड़ाती हुई चाल चलते जा रहे हैं।

चौराहा पार करने में हरी बत्ती की राह देख रहा था। एक व्यक्ति मेरे पास से निकला और ठिठक कर खड़ा हो गया। लाहौर में ऐसे बहुत से लोगों से मिलने और उनकी जिज्ञासाओं को शांत करने का मुझे पिछले तीन-चार दिनों में खासा अनुभव हो चुका था। इसलिए मैंने उसकी तरफ विशेष ध्यान नहीं दिया, पर वह एकदम मेरे सामने आ गया, "मैं आपकी दो-चार मिनट ले सकता हूं?"

मैंने कहा, "बड़ी खुशी से।"

"आप हिन्दुस्तान में कहां रहते हो?"

"दिल्ली में।" मैं बोला, पर उसी के साथ मैंने महसूस किया, उसकी आखें एकदम तरल हो आई हैं।

"करोल बाग में..." मैं बोला।

"मैं फैज रोड पर रहता था।"

"आप यहां कब आए ?" मैंने पूछा।

"मुल्क के बंटवारे के वक्त। बंटवारा क्या हुआ, हमारा तो खानदान ही बंट गया। आधे रिश्तेदार यहां, आधे वहां–हम एक दूसरे के लिए परदेशी बन गए हैं।"

उसका गला काफी भर्राया हुआ था।

"आपके पास थोड़ा वक्त हो तो आप दिल्ली के बारे में मुझे कुछ बताएं।"

मैंने उसकी आंखों में झांका, "क्या आप उसके बाद एक बार भी दिल्ली नहीं गए?"

उसने अपनी गर्दन हिला दी।

"लेकिन इतने साल बाद भी दिल्ली मेरे दिल में धड़कती है।" उसने मेरा हाथ उठाकर अपनी छाती पर रख दिया, "आप मेरे दिल की धड़कन महसूस कर रहे हैं?"

कौन किसके दिल की धड़कनों को महसूस करे? कौन किसकी आंखों का रंग देखे? दिल्ली में मैंने कितने ही लोगों को लाहौर के लिए

मरते देखा है। लाहौर का नाम सुनते ही कितनो की आंखें खिलती हैं और आंखों का रंग एकदम लाल हो जाता है। कल ही मुझे मेरे लाहौरी दोस्त शाहीन ने पाकिस्तान के मशहूर पंजाबी कवि उस्ताद दामन की एक कविता की दो पंक्तियां सुनाई थीं–

"लाली अखियां की पई दसदी ए,
रोए तुसीं वो हो, रोए उसीं वो हां।"

आंखों की लाली बता रही है कि तुम भी रोए, हम भी रोए हैं।

मैंने कहा, "पिछले पचास सालों में दिल्ली बहुत बदल गई है.. बहुत दूर-दूर तक फैल गई है।

"अच्छा–जामा मस्जिद ठीक है न? हम उसकी सीढ़ियों पर बैठकर कबाब खाते थे।" उसने बड़ी उत्सुकता से पूछा।

मैंने कहा, "जामा मस्जिद अब पहले से ज्यादा खूबसूरत लगती है। उसके चारों और का बाजार, ढाबे, कबाब की दुकाने–सब वहां से हटा दिए गए हैं। वहां बहुत खूबखूरत बगीचे भी लगा दिए गए हैं!"

"अच्छा...।" उसकी आवाज़ कुछ मद्धिम-सी पड़ गई, "फूल वालों की सैर का मेला तो अब नहीं लगता होगा?"

मैंने कहा, "नहीं, फूल वालों की सैर को अब भी धूमधाम से मनाया जाता है। अब महरौली जाने के लिए वीराने से होकर नहीं गुज़रना पड़ता। अब तो वहां तक शहर आबाद हो गया है, खूबसूरत कालोनियां...सड़के...मकान...और बड़े-बड़े बाजार।" वह बड़े उत्साह से बोला, "छुटपन में हम लोग रामलीला देखने जाया करते थे। रामलीला की सवारी निकलती थी तो हम उसके साथ-साथ चलते थे। बड़ा मज़ा आता था। एक बार की बात बताऊँ, मुझे अच्छी तरह याद है, जैसे बस कल की बात हो।" प्रोढ़ चेहरे की कितनी ही लकीरें एक जगह सिमट आई। "मेरा एक दोस्त था–परसू वैसे उसका नाम परसराम था। पर सब लोग उसे परसू कहते थे। राम और सीता की सवारी निकल रही थी, परसू उनकी बगल में नकली मूछें लगाए हाथ में एक जड़ाऊँ डंडा लिए खड़ा था। मैंने साले को पहचान लिया और सड़क

से चीखा, "परसू, ओए परसू।" परसू ने कनखियों से इधर-उधर देखा। भीड़ में वह मुझे नहीं देख पाया। मैंने फिर बुलाया, अबे परसू, साले इतनी बड़ी मूछें कहां से ले आया? अब उसकी नज़र मुझ पर पड़ गई। मैंने नीचे से हाथ हिलाया। उसने वहां से हाथ हिला दिया। इतने में पीछे से किसी ने उसे एक घूसा मारा और परसू की मूछें नीचे गिर गई। हम लोग हंसते-हंसते सड़क पर ही लोटपोट हो गए। वह जोर-जोर से हंसने लगे। आस-पास आते-जाते लोग हमारे पास ठिठक गए।

"सुना है, दिल्ली की आबादी बहुत बढ़ गई है?" उसने पूछा।

"हां...मैं बोला, आबादी बढ़ती जा रही है और शहर भी बढ़ता चला जा रहा है।"

"अब अगर मैं दिल्ली आऊँ तो उसे पहचान भी नहीं सकूंगा... लेकिन मरने से पहले मैं एक बार दिल्ली ज़रुर देखना चाहता हूं। पता नहीं अल्ला मेरी ऐसी तमन्ना पूरी करेगा भी या नहीं।" उसकी आवाज़ एकदम उदास हो गई थी।

मैंने कहा, आपकी मुराद ज़रुर पूरी होगी...जब भी दिल्ली आने का प्रोग्राम बन जाए, मुझे ज़रुर खबर दीजिएगा। मैंने जेब से अपना कार्ड निकाला और घड़ी देखी। कार्ड उसके हाथ में थमाकर मैं चलने को हुआ तो उसने मुझे फिर रोक लिया, "आपका बेशकीमती वक्त ले रहा हूं..."कहते-कहते उसकी आंखें डब्डबा गई, "क्या करूं...उस पावन धरती की याद नहीं भूलता जहां मैंने जन्म लिया था...जहां मेरा बचपन गुज़रा था...जहां मेरी जवानी परवान चढ़ी थी।"

उसने दोनों हाथों से मेरा हाथ पूरी ताकत से दबाया, फिर एकदम झटके के साथ छोड़कर आगे बढ़ गया।

मैं एक टक उसे जाते देखता रहा।

मैं सड़क पार करके होटल की ओर चल दिया। एकाएक मुझे अपने चाचा नारायण दास की याद आ गई। उन्नीस सौ इकहत्तर की भारत-पाकिस्तान लड़ाई में ढाका में हजारों पाकिस्तानी सिपाही कैदी

बना लिए गये थे। ये सिपाही भारत के किसी रेडियो स्टेशन से सुबह-शाम बोलकर पाकिस्तान में अपने परिवार वालों को अपना संदेश भेजते थे।

"मेरा नाम–मैं पाकिस्तान के जिला-तहसील गांव का रहने वाला हूं। मेरे वालिद का नाम है, अगर कोई पाकिस्तानी भाई मेरी बात सुन रहा हो तो उससे गुजारिश है कि मेरी खैर-खैरियत की खबर मेरे घर वालों को पहुंचा दे।

चाचा नारायण दास को पता नहीं क्या खबर थी कि वे सुबह-शाम यह प्रोग्राम ज़रूर सुनते थे। एक दिन कोई गुलाम रसूल वल्द अल्लारक्खा-गांव कुंजाह, तहसील फालिया, जिला गुजरात का रहने वाला हूं...मैं खैरियत से हूं ... अगर कोई पाकिस्तानी भाई मेरी आवाज सुन रहा हो तो वाल्दैन की इसकी इत्तला दे...।

यह नाम सुनते ही चाचा नारायण दास चीख उठे थे। मेरे पिता जी को आवाज़ देते हुए बोले थे, "सुना तुमने, कुजाह के अल्लारक्खा का पुत्तर गुलाम रसूल बोल रहा था...वह भी पाकिस्तानी फौज का कैदी है।"

मेरे पिता जी के मुख से तुरन्त कुछ निकला नहीं था, पर चाचा नारायण दास की उत्तेजना सभी हदें तोड़ रही थी, "अपने गांव कुंजाह का लड़का गुलाम रसूल...मेरे यार अल्लारक्खा का लड़का है...सूबेदार गुलाम रसूल..."

घर में हम सब लोगों को लग रहा था कि कुंजाह-कुजाह की रट लगाए बूढ़े चाचा नारायण दास सचमुच पागल हो गए हैं।

सुर

वह बूढ़ा हो गया। फिर धीरे-धीरे बच्चा होने लगा था। वह अभी बहुत बूढ़ा भी नहीं हुआ था। दफ्तर से रिटायर हुए अभी पाँच साल भी नहीं हुए थे। उसकी उम्र के लोग अभी बड़े जोर शोर से काम कर रहे थे। उसके कुछ साथियों ने रिटायर होते ही प्राइवेट कम्पनियों में फिर से नौकरी शुरू की दी थी। उसी तरह सुबह साढ़े आठ बज़े वे अपना लंच बाक्स लेकर घर से निकल पड़ते थे और शाम को जब घर पहुंचते थे तो आँगन में पसरता हुआ अँधेरा उन्हें उसी प्रकार दूर से ही महसूस होने लगता था। उसी तरह उनके हाथ के झोले में नीचे खाली लंच बाक्स पड़ा रहता था और उसके ऊपर घर के पास की मंडी से खरीदी गई सब्ज़ी के हरे लेकिन कुम्लाए पत्ते झोले से बाहर झाँकते हुए दिखाई देते थे।

लेकिन उसने दूसरी नौकरी नहीं की। उसके दोनों बेटों ने उसे नौकरी करने ही नहीं दी। उनकी दलील भी ठीक थी–डैडी भला, अब आपको नौकरी करने की क्या ज़रुरत है। हम लोगों का काम-धंधा अच्छा चल निकला है। आप आराम कीजिए, जब मन करे मम्मी को साथ लेकर यात्रा पर निकल जाइए, सारे देश में घूमिए।

वह यह सुनकर बहुत खुश हुआ था। उसने कहा था–बेटा अभी मेरी उम्र ही क्या है। सरकार 58 साल की उम्र में रिटायर कर देती है। यह उम्र काम-काज से पूरी तरह छुटकारा पाने की उम्र थोड़ा ही है। प्राइवेट कम्पनियों में लोग पैंसठ-सत्तर की उम्र तक जी तोड़ कर काम करते हैं। देश की राजनीतिक पार्टियों के नेताओं के रिटायर होने की

तो कोई उम्र ही नहीं जिसके पैर कब्र में लटके हुए हैं, उसे अगर पता लग जाए कि सरकार में कोई ऊंचा ओहदा मिलने की संभावना है तो वह एकदम नौजवान घोड़े की तरह दौड़ना शुरू कर देता है।

बड़े बेटे मनबीर ने कहा–डैडी, हम आपको अपने काम धंधे का जनरल मैनेजर बना देते हैं?"

उसने हँसते हुए कहा–"वाह बेटा, तुम मालिक और मैं जनरल मैनेजर? मुझे नौकरी पर रखना चाहते हो।"

छोटा बेटा रणवीर बोला–"डैडी, आपकी पोजीशन एक लिमिटेड कम्पनी के चेयरमैन जैसी होगी। जब चाहा आए–जब चाहा चले गये।"

वह हंस दिया। अपने बेटों की बातें उसे अच्छी लगीं।

लेकिन बात सिर्फ इतनी ही तो नहीं थी। उसने 'बीर आटोमोबाइल्स' पर जाना शुरू कर दिया। इस फर्म का काम-धंधा तो अच्छा था, पर दुकान बड़ी छोटी थी। सारा माल तीन किलोमीटर दूर किराये पर लिए गये गोदाम में ही रहता था। जिस चीज़ की जरूरत पड़ती थी, रणवीर अपनी वैन लेकर जाता और भर कर ले आता। वैसे भी वह सारा दिन दौड़ता ही रहता। सरकारी दफ्तरों में 'बीर आटोमोबाइल्स' की अच्छी पकड़ बन गई थी। दोनों ही भाई बिल्कुल मिश्री की डली थे। मुँह में डालो...बस मिठास ही मिठास। इस मिठास को दफ्तरों के अफसर भी महसूस करत थे, बाबू लोग भी और चपरासी भी।

मुख-सुगंध के लिए मिश्री और सोंफ का इस्तेमाल वह जीवन भर करता रहा था। लेकिन अब दाँत कमज़ोर हो गये थे। आधे से ज़्यादा धीरे-धीरे उसके मुख से दर्द की दुंदु बजाते हुए निकल भी गये थे। अब मिश्री को दाँतों तले दबाने और तोड़ने के उसके दिन चले गये हैं, इसका अहसास उसे हो चुका था। मिश्री का टुकड़ा थोड़ी देर मुँह में डालकर चूसा जा सकता था और सोंफ के कुछ दाने चिभलाए जा सकते थे। अपनी इस सीमा को वह जान चुका था।

पहले दिन जब वह दुकान पर पहुंचेगा तो काउंटर के पीछे बैठा

मनबीर खड़ा हो गया, "आइए डैडी, यहां बैठिए।"

उसे कुछ संकोच हुआ था, "नहीं, नहीं-वहां तुम्हीं बैठो। मैं इधर-तुम्हारे साथ बैठ जाता हूं।"

"ऐसा कैसे हो सकता है?" मनबीर ने उसे कंधों से पकड़ कर अपनी कुर्सी पर बैठा लिया-"आप बीर आटोमोबाइल्स के चेयरमैन हैं।"

उस कुर्सी पर बैठ कर उसने महसूस किया था-सचमुच वह 'चेयरमैन' है। वैसे तो अपनी नौकरी के दौरान वह सारी उम्र कुर्सी पर ही बैठता रहा था। दफ्तर में सेक्शन आफीसर की कुर्सी कोई कम महत्वपूर्ण तो नहीं होती। यह ठीक है कि बड़े अधिकारियों की तरह उसका अलग कैबिन नहीं था, लेकिन उसकी कुर्सी-मेज़ बड़े कमरे में जिस ढंग से रखी हुई थी उससे यह तो साफ पता लगता था कि वह वहां बैठे दस-बारह बाबुओं का बॉस है। आज जिस कुर्सी पर वह बैठा था वह 'चेयरमैन' की कुर्सी थी।

लेकिन दो-चार दिन बाद ही वह कुर्सी उसे चुभने लगी। कुर्सी के आगे जो मेज़ थी उसी की दराज़ों में कैश बाक्स था। उसी मेज़ पर बिल बुक और कैश बुक रखी रहती थी। मनबीर को बार-बार बिल बनाना पड़ता था। कैश मेमों काटना पड़ता था। उसे अपनी 'डेबुक' में उन आइटमों के नाम नोट करने पड़ते थे, जिन्हें होल सेल मार्केट से मँगवाना ज़रूरी होता था। उसे बार-बार दराज़ खोलकर उसमें कैश डालना होता था या निकालना होता था।

"डैडी जरा वह बिल बुक दीजिए...डैडी ज़रा कुर्सी खिसकाइए.. .डैडी ज़रा निचली दराज़ से कल्कुलेटर निकाल दीजिए...।"

कुछ ही दिनों में उसने महसूस कर लिया कि वह ग़लत जगह बैठा है। यह उसकी कुर्सी नहीं है। मनबीर के चेहरे पर कई बार उल्झन और खीझ उभर आती जब वह उससे बिलबुक मांगता और वह कैश मैमो वाली किताब उसे पकड़ा देता।

"डैडी...ये तो कैश मैमो काटने वाली है...मैंने आपसे बिल बनाने

वाली यह किताब मांगी थी...।" फिर वह उसके कंधों पर से झूलता हुआ अपना हाथ मेज़ की और बढ़ाता और बिलबुक उठा लेता।

उसने बाईं तरफ रखी एक साधारण सी कुर्सी पर बैठना शुरू कर दिया। मनबीर ने भी ज़्यादा आग्रह नहीं किया। काउंटर वाली कुर्सी पर तो वही बैठ सकता है, जिसे दुकान चलानी हो। उसे न तो सारी आइटमों के नाम मालूम थे न ही उनकी कीमतें। शोभा के लिए कुछ देर उस कुर्सी पर बैठना अच्छा लगता है, उसी तरह जैसे रामलीला के मौके पर दशरथ या राम, लक्ष्मण की भूमिका करने वाले अभिनेताओं के सिर पर मुकुट रख दिया जाता हैं।

उसे महसूस होने लगा, उसके व्यक्तित्व के साथ 'डैडी' नाम का जो रंग लगा हुआ है, उसकी चमक हल्की पड़ने लगी है। उस दिन मनबीर ने उसे एक लम्बी सूची दी थी जिसमें बहुत सी आइटमें थीं, फिर कीमत लिखी थी।

"डैडी...ज़रा इसे चेक तो कीजिए।"

वह उस लिस्ट को देखने लगा। उसने अपना पुराना चश्मा नाक पर रखा और उँगलियों के पोरों से हिसाब लगाकर जोड़ने लगा।

"डैडी...इस तरह तो आप पूरा घंटा लगाएंगे। मनबीर का चेहरा एकदम तन गया था उसने कल्क्युलेटर उसके सामने रखते हुए कहा था–"लीजिए...इस से हिसाब जोड़िए।"

उसे लगा, वह एकदम छोटा हो गया है–"मनबीर...मैं कल्क्युलेटर का इस्तेमाल करना तो जानता नहीं। जीवन भर जो भी जोड़-घटाव किया, इन्हीं उँगलियों के सहारे किया।"

"उँगलियों का जमाना गया।" मनबीर की आवाज़ कुछ तेज़ हो गई, "डैडी...यह धीरे-धीरे चलने वाली आदत छोड़िए...वक्त की रफ्तार के साथ चलना सीखिए।"

इतने में रणबीर अपनी मोटर साइकिल पर बड़ी तेज़ रफ्तार से आया, ब्रेक लगाकर उसने उसे रोका, एक झटके से उसे स्टैण्ड पर खड़ा किया और बड़ी तेज़ी से एक लिफाफा मनबीर के सामने फेंकते हुए

एक विजेता की नज़रों से उसे देखने लगा।

मनबीर ने एक नज़र से उसे देखा, लिफाफा खोला और अंदर रखा कागज़ पढ़ने लगा। कुछ देर पहले का उसका तना हुआ चेहरा एकदम मुलायम पड़ गया और संतोषभरी मुस्कराहट उभर आई।

"शाबास...यह हुई न बात।" उसने रणबीर को इस तरह देखा जैसे कोई बादशाह अपने उस सिपहसलार को देखता है जो किसी अड़ियल दुश्मन को धराशयी करके आया हो।

"भैया...मैंने यह पक्का इरादा बना लिया था कि यह आर्डर किसी भी तरह अपने हाथ से जाने नहीं दूँगा।" रणबीर के चेहरे पर गर्व झलक आया-"बड़े बाबू को तो मैंने जाते ही शीशे में उतार लिया। पट्ठा कँधे पर हाथ ही नहीं रखने दे रहा था। पहले मैंने मिश्री की एक डली फेंकी। उसने उठाकर मुँह में रखली। पर मैंने महसूस किया कि इसे कुछ ज़्यादा मीठा खाने की आदत है। सो, नाप कर एक छोटी सी डली उनके मुँह में और सरका दी। बस...बड़े बाबू चारों खाने चित्त, और मेरी बोतल में बंद।

एक कोने में बैठा वह अपने बेटों की बातें सुन रहा था। गोद में खिलाए और उगंली पकड़कर चलाए बेटों के कद कितने बड़े हो गये थे। वे जिस भाषा का प्रयोग कर रहे थे वह उसकी समझ में तो आ रही थी, पर बहुत धुँधली-धुँधली सी। उसे महसूस हुआ जैसे उसके चारों ओर बड़ी तेज़ रोशनी का चमचमाता हुआ संसार है। चारों ओर खूब शोर हो रहा है। भागम भाग मची हुई है। कंधे से कंधे टकरा रहे हैं। वह एक खोये हुए बच्चे की तरह हो गया है, घबराया-सा, चौंधिआया-सा।"

"रणबीर... ।" मनबीर किसी ग्राहक का बिल बनाने में लगा हुआ था। "डैडी को केलक्युलेटर का इस्तेमाल करना सिखा दो...नहीं तो दुकान पर इनके आने का क्या फायदा होगा।"

"अरे डेडी...यह भी कोई बात है? अभी तो दो मिन्ट में आपको परफैक्ट किये देता हूं।"

"डैडी...आप गाड़ी ठीक नहीं चलाते हैं।"

उसने चौंक कर मनबीर की ओर देखा। उसका चेहरा किसी ड्रिल मास्टर की तरह सख़्त था।

"आपका एक ओर पैर हमेशा क्लच पर रहता है। इससे तो क्लच प्लेटें चार दिन में फुंक जाएंगी।"

सारा जीवन उसने स्कूटर ही चलाया था। वह स्कूटर पर ही अपने दफ्तर जाता था। अपनी पत्नी और दोनों बेटों के साथ स्कूटर पर वह शहर के एक कोने से दूसरे कोने तक बड़े आराम से चला जाता था। मनबीर को वह आगे खड़ा कर लेता था और रणबीर को उसकी माँ गोद में बैठा लेती थी। जब वे दोनों कुछ बड़े हो गये तो वह रणबीर को आगे खड़ा करने लगा और पत्नी की सीट के बीच में बैठने लगा।

उसे याद है जब पहली बार मनबीर उसका स्कूटर स्टार्ट करके खुद चलाने लगा था। उसने क्लच दबा कर स्कूटर को गेयर में डाला था और क्लच एकदम छोड़ दिया था। स्कूटर बड़ी तेजी से आगे बढ़ा था और फिर झटका खाकर रुका था। इस झटके में मनबीर ज़मीन पर गिर पड़ा था और स्कूटर उसके ऊपर था।

फिर उसने मनबीर को स्कूटर चलाना सिखाया था–"फिर सीट पर अच्छी तरह जमकर क्लच दबाओ... थोड़ी सी रेस दो और पहला गेयर डालो। जब स्कूटर चलने लगे तो क्लच धीरे-धीरे छोड़ो... दाहिना पैर ब्रेक के ऊपर रखो... ज़रा सा भी ख़तरा महसूस हो तो बाएं हाथ से क्लच को और दाहिने पैर से ब्रेक को दबाओ... एक्सीलेटर कम कर दो।"

वह खुद भी बहुत सँभलकर स्कूटर चलाता था। उसके बायें हाथ की खुली हुई उँगलियां हमेशा क्लच लीवर पर होती थीं और दाहिना पैर ब्रेक नॉब पर होता था।

उस दिन घर में वातावरण में काफी तनाव था। मनबीर बहुत गुस्से से बोल रहा था–"नई कार है और क्लच प्लेटें साल भर के अंदर ही फुंक गयी हैं। मैकेनिक कहता है कि आप लोग क्लच दबाकर गाड़ी

चलाते हैं। इसका तो यही नतीजा होगा... अब दो-चार हज़ार की मुफ्त में ठुक जाएगी।"

उसे लगा, उससे भयंकर अपराध हो गया है। एकाएक उसे महसूस हुआ कि वह इस घर में सबसे छोटा प्राणी है, जिससे कोई कीमती बर्तन टूटकर टुकड़े-टुकड़े हो गया है...बस...अब उसकी खैर नहीं।

रणबीर बोला–"डैडी हम एक ड्राइवर रख लेते हैं। आपको जहां कहीं भी जाना होगा ड्राइवर ले जाएगा।"

उसके कान बजने लगे। लगा जैसे चारों ओर से सन्न...सन्न की आवाज़ें आ रही हैं। उसे एकदम सुन्न सा महसूस होने लंगा। उसे लगा माथे के बिल्कुल बीचों बीच दर्द की लहर सी उठती है और अन्दर तक घूसती चली जाती है।

शाम को उसकी पत्नी ने उसे अकेला पाकर कहा–"सुनिए यह कार-वार चलाना आपके बस का नहीं है ज़िंदगी भर आपने स्कूटर चलाया है। दफ्तर की कार आप कभी-कभी चला लिया करते थे। वहां भी तो ज़्यादातर ड्राइवर ही चलाता था। इसलिए इसकी आपको प्रैक्टिस नहीं है।"

वह बोला–प्रैक्टिस इसीलिए नहीं हुई, क्योंकि तब चलाने को मिलती ही कहां थी। जब कभी सरकारी काम से कहीं दूर जाना हुआ, ड्राइवर की मिन्नत-खुशामद करके कुछ देर चला ली। सीखा भी तो मैं ऐसे ही था...उम्मेद सिंह बड़ा भला ड्राइवर था। उसी ने मुझे कार चलाना सिखा दिया था।"

पत्नी बड़ी संभल-संभल कर बोली, "वह बात और थी। सरकारी गाड़ी थी...क्लच प्लेटें फुंके या इंजन बैठ जाए...किसी के घर से तो कुछ जाता नहीं था। यह कार तो लड़कों ने अपनी गाढ़ी कमाई से खरीदी है।"

वह कुछ क्षण चुप बैठा रहा, फिर ऐसे बोला जैसे भरी अदालत में बड़ी लचर सी सफाई दे रहा हो–"मैंने भी तो गाढ़ी कमाई से इन

बेटों को पाला-पोसा और इस काबिल बनाया है।"

पत्नी ने एकदम मुंह बना लिया–"यह कोई तुमने दुनिया से निराली बात तो की नहीं।"

निराली बात तो कुछ भी नहीं थी। यह बात भी निराली नहीं थी जब माल की डिलीवरी देने जा रहे रणबीर ने उससे कहा–"डैडी, आइए...आप भी मेरे साथ चलिए। रास्ते में आपको यह सिखाऊंगा कि ठीक ढंग से गाड़ी कैसे चलानी चाहिए।"

एक साथ पता नहीं कितनी घंटियां उसके दिमाग़ में बजने लगीं। वह कुछ बोलना चाहता था लेकिन अंदर का हर शब्द सहम कर ख़रगोश की तरह दुबक गया था।

"हाँ...हाँ...डैडी, आप रणबीर के साथ जाइए। यह आपको दो-चार बार अपने साथ ले जाकर परफैक्ट कर देगा।" मनबीर यह कहता हुआ रणबीर की ओर मुड़ा–"देखो रणबीर तुम डैडी को गाड़ी चलाना भी सिखाओ और वे जगहें भी दिखा दो जहां हमारा माल जाता है। मैं समझता हूं कि डिलीवर का काम डैडी संभाल लें तो बेहतर है... तुम्हें मार्केटिंग की तरफ ज़्यादा देना चाहिए।"

कैसा अज़ीब लगता है जब बड़े और छोटे होने के दोनों अहसास साथ-साथ फुदक-फुदक कर इंसान के अंदर चलने लगते हैं। बरसों तक वह महसूस करता रहा था, वह बड़ा हो रहा है। उसने सरकारी दफ्तर में लोअर डिवीज़न क्लर्क के रूप में नौकरी शुरू की थी। उस समय यह उसे अपनी बहुत बड़ी उपलब्धि लगी थी। चारों ओर फैले बेकारी के घने जंगल में उसके आस पास के हज़ारों लोग किसी नौकरी को पाने के लिए भटकते हुए कांटेदार झाड़ियों में उलझते हुए लहू लोहान हो रहे थे, उसे सरकारी नौकरी की यह छोटी सी पगडंडी मिल गई थी। इस पगडंडी पर वह मज़बूत कदमों से चलने लगा था। एल. डी. सी. से वह यू. डी. सी. हो गया। वह लोधी रोड के सरकारी क्वार्टर में एक छोटे से कमरे में शिकमी किरायेदार था। अब उसकी शादी में कोई रूकावट नहीं थी। सरकारी नौकर अनगिनत परिवारों में सधे और

सुरक्षित जीवन का अभेद कवच हैं। वह अपनी पत्नी को भी इसी कमरे में ले आया था। मनबीर जब स्कूल जाने के काबिल हुआ, तो उसकी तरक्की हो गई। वह असिस्टैंट बन गया। मोती बाग मे उसे तीन कमरे का सरकारी क्वार्टर भी मिल गया। उसके स्ववैयर में उसी की तरह बहुत से सरकारी कर्मचारी थे। बीच में कितना बड़ा लॉन था। रणबीर के जन्म के साथ उसकी गर्दन कुछ और मोटी हो गई थी। उसकी चाल में 'बड़े' होते जाने की गमक आ गई थी। जब वह सैक्शन ऑफीसर बना तो उसके मातहत उसे 'साब' कहने लग गये थे।

वह चाहता तो वही था कि किसी तरह उसके दोनों बेटे भी ग्रेजुएट होकर सरकारी नौकरी में आ जाएं। इंसान आखिर है क्या? एक कबूतर जैसा? या एक खरगोश जैसा? या एक चूहे जैसा? जिस पर कितनी ही बिल्लियां झपट्टा मारने को तैयार बैठी रहती हैं। सरकारी नौकरी कितना सुरक्षित पिंजरा है। सारी उम्र अंदर घूमते रहो, गुटरगूँ...गुटरगूँ करते रहो, एक कोने से दूसरे कोने तक कुलाचें भरते रहो और छोटी-मोटी चीजें कुतरते रहो। पिंजरे के बाहर खड़ी वक्त की बिल्लियां चाहे जितना चीखें-चिल्लाएं, खंभे नोचे, कुछ बिगाड़ नहीं सकतीं।

लेकिन मनबीर और रणबीर बाज की तरह खुले आकाश में उड़ना चाहते थे, अरबी घोड़ों की तरह सरपट भागना चाहते थे और जंगली बिलाव की तरह आस पास की चीज़ों को झपट लेना चाहते थे। उनका एक दूर का चचेरा भाई मोटर पार्ट्स के बिजनेस में था। देखते-देखते उसने वक्त की रफ्तार को अपनी मुट्ठी में कैद कर लिया था। दोनों भाईयों ने पहले उससे हाथ मिलाए, फिर अपनी मुट्ठियां कस लीं।

रिटायर होते समय उसे अपना कद अच्छा खासा ऊँचा लग रहा था। उस समय तक बेटे भी बेटे ही थे। अब दोनों 'जी हो गये थे ...मनबीर जी...रणबीर जी...। सारा बाज़ार, सभी, ग्राहक, सभी आनें जाने वाले उन्हें इसी तरह पुकारते थे। और पूरे बाजे-गाजे के साथ यह 'जी' अब घर में घुसता जा रहा था। दोनों बहूएँ शुरू से ही इस तरह

बोल रही थीं। अब तो उनकी माँ भी कुछ इसी तरह बोलने लग गई थी। तब उसे पहली बार महसूस हुआ था, उसके गले में कभी-कभी कितनी खराश आ जाती है, उसका सुर एक दम बेसुरा हो जाता है। तभी महसूस हुआ था कि वह बूढ़ा होता जा रहा है। उसे कितनी खाँसी आने लगी है। कभी-कभी तो वह ऐसी छिड़ती है कि सारी रात खाँसते-खाँसते निकल जाती है।

"डैड...आप अपने खाने-पीने का कोई ध्यान नहीं रखते। गर्म-गर्म चाय पीते हैं फिर ऊपर से चिलचिलाता हुआ कोल्ड ड्रिंक पी लेते हैं। चलिए, आप को आज किसी स्पेशलिस्ट को दिखाता हूँ।" मनबीर की आवाज़ में आए रोब के खनकते सुर को उसने पहचाना, लेकिन एक बात उसकी पकड़ में नहीं आई। वह डैड कैसे रह गया? यह शब्द तो उसने कभी नहीं सुना था।

वह बड़ी मासूम नज़रों से मनबीर को देखने लगा। बिल्कुल एक सहमे हुए बच्चों की तरह वह मनबीर के साथ जाकर डाक्टर से मिल आया। घर में आर्डीनेन्स लागू हो गया–डैडी को ज़्यादा ठंडी चीज़ नहीं दी जाएगी. . .नो कोल्डड्रिंक, नो आइसक्रीम, नो चिल्डवाटर। फ्रिज के पानी में सादा पानी मिलाकर दिया जाएगा। डाक्टर ने ब्रोंकाइटिस बताया है. . .बीमारी बढ़ गई तो ख़तरनाक साबित हो सकती है।

उस दिन जब मनबीर के बेटे की पहली वर्षगाँठ मनाई जा रही थी, वह अपने आपको नहीं रोक सका था। आइसक्रीम सारा जीवन उसकी कमज़ोरी बन कर रही थी। उसने रणबीर से थोड़ी-सी आइसक्रीम लाने के लिए कहा था। पर रणबीर नहीं माना था। सामने से जब उसने मनबीर को आते देखा तो वह एकदम चुप हो गया था। वह रणबीर से मिन्नत करना चाहता था कि वह मनबीर को यह न बताए कि उसने आइसक्रीम खानी चाही थी। लेकिन वह कुछ बोल नहीं पाया था।

उसका सुर अंदर ही दबकर रह गया था। फिर उसे तेज़ खाँसी शुरू हो गई थी और वह खाँसते बेदम हो गया था।

ताल

सब कुछ ठीकठाक चल रहा था। हल्की "कैडल लाइट" जैसे सहमी-सहमी थिरकती हुई शाम में सभी चेहरे जो एक-दूसरे से खूब परिचित थे, फिर से परिचित हो रहे थे। एक-दूसरे को देखकर आँखें झपकाना, होंठों पर मुस्कराहट बिखेरना, हाथ मिलाते समय...हैलो... कैसे हैं...कहना...उत्तर में हैलो...आप कैसे हैं...सुनना उतना ही सहज था जितना साँस लेना।

कुछ देर पहले ही सिंह साहब की खूबसूरत कोठी के दालान में बिछे विलायती गलीचों, उनके ऊपर बिछी दूधिया चादरों और दीवारों के साथ सटे गावतकियों का सहारा लेकर सभी लोगों ने सुप्रसिद्ध नृत्यांगना उषा राय का कथन नृत्य देखा था। सूरदास के पद–'बूझत स्याम कौन तू गोरी' को कुमारी राय ने बड़ी भावपूर्ण मुद्राओं के साथ अभिनीत किया था।

फिर सब लोग बाहर लॉन में आ गए थे। तुर्रेदार पगड़ी और लाल पट्टी वाली सफेद जैकेट-पैंट वाले सजे-धजे बैरे ट्रे में विहस्की के गिलास लिए हर एक के सामने आ रहे थे और बहुत धीरे-धीरे पूछ रहे थे...वाटर...सोडा...। दूसरे बैरे स्नैक्स लेकर घूम रहे थे।

"सिंह साहब साल में ऐसी दो-एक पार्टियां किसी न किसी बहाने ज़रुर देते हैं।"

मैंने देखा अमित की आंखों का सरुर गहरा हो चला है।

मैं कुछ बोला नहीं। सिंह साहब के पास बहुत कुछ है। एक्सपोर्ट के धंधे में पिछले कुछ सालों में उन्होंने बड़ी दौलत कमाई है। जब मैं

उनकी कोठी में घुसा था, सामने पांच-छह लम्बी कारे खड़ी दिखाई दी थी। उनकी पत्नी सुजाता सिंह के चेहरे का लावण्य सभी महसूस करते हैं। दो बेटियों का जवान हो जाना और बेटे का अमेरिका में कम्प्यूटर सायंस के अध्ययन के लिए जाना उनके चेहरे का गर्वीली मुस्कुराहट को सोने की भरी हुई गागर जैसी आभा देता है, जिसके अंदर का जल छलकता नहीं, सिर्फ हल्की-हल्की लय का आभास देता है।

किन्तु सिंह के पास सब कुछ तो नहीं है। उन्हें हमेशा यह महसूस हुआ है कि उन्हें उतने नहीं लोग जानते जितनों को जानना चाहिए। इम्पोर्ट-एक्सपोर्ट वाली दुनिया में लोग उन्हें जानते हैं, उनका लोहा भी मानते हैं। लेकिन यह दुनिया कितनी छोटी है, उनके पास दौलत है, लेकिन इतनी तो नहीं कि दिल्ली के पहले दस-बीस या पचास दौलतमंदों में उनकी गिनती हो सके। अख़बारों में कितने ऐरा-गेरा लोगों की तस्वीरे हैं। टी.वी. पर कैसे-कैसे लोगों के इंटरव्यू आते हैं। लेकिन यह दुनिया उनका कोई रुतबा नहीं अपने घर पर शानदार पार्टी देना उन्हें अच्छा लगता है। इसके लिए उनके पास अलग-अलग किस्म की सूचियाँ हैं–इमपोर्ट-एक्सपोर्ट के धंधे के प्रमुख व्यक्तियों की राजनीति और सामाजिक कार्यों में लगे ऐसे लोगों की जिनका नाम है, दबदबा है, मान-सम्मान है। एक सूची उनके पास विदेशी नागरिकों की भी है, इसमें राजनयिक हैं, विदेशी बैंकों के बड़े अफसर हैं, बहुराष्ट्रीय व्यापारिक संस्थाओं के प्रतिनिधि हैं।

एक चौथी सूची भी है इसमें लेखक हैं, रेडियो-टी.वी. के अधिकारी हैं नृत्य संगीत के कुछ जाने-माने लोग हैं। कुछ ऐसी अवकाश-प्राप्त हस्तियाँ है जो बीते हुए कल में बहुत महत्वपूर्ण थी। किसी कारपोरेशन का चेयरमैन, किसी बैंक का मैनेजिंग डायरेक्टर, किसी यूनीवर्सिटी का वाइस चान्सलर...आदि...आदि।

सुजाता जी सभी तरह की पार्टियों में बहुत रुचि लेती है। उन्हें भी वह सब अच्छा लगता है जिसे 'सोशलाइजेशन' कहते हैं। सामाजिक कार्यों में लगी हुई बहुत-सी संस्थाओं से वे सिर्फ जुड़ी ही नहीं, उनमें

से कइयों के ओहदे भी वे संभाले हुए हैं।

यह भी सच है कि उनकी सबसे ज़्यादा रुचि इस चौथी सूची में है। बाकी तीन तरह की पार्टियों में एक खास किस्म से रिजर्व रहना उनके लिए ज़रुरी होता है। लेकिन जब चौथी सूची के लोगों की पार्टी होती है, वे बहुत खुल जाती हैं, खूब चमकती हैं, खूब बोलती हैं, खूब हंसी-मजाक करती हैं। इस पार्टी में आए सभी लोग उन्हें बिल्कुल अपने दोस्तों जैसे लगते हैं।

"तुम्हारी टेलीफिल्म मैंने देखी थी, "उन्होंने बैरे को ट्रे से विहस्की वाला गिलास लेकर नम्रता के गिलास में उलटते हुए कहा–"बहुत अच्छी थीम थी।"

नम्रता बड़ी विनम्रता से बोली, "टेलिफिल्म आपको अच्छी लगी, यह जानकर मुझे बड़ी खुशी हुई...।" फिर वह हँसती हुई बोली, "लेकिन मैं इतनी नहीं पीती जितनी आप समझती हैं।"

सुजाता जी मुस्कराई–मैं चाहती हूं...तुम खूब लिखो...। आज की पार्टी के लिए मैंने सिंह साहब से कहा था–स्काच का इंतजाम होना चाहिए। जब वे अपने दोस्तों और बिजनेस सर्कल के लोगों को बुलाते हैं तो स्कॉच के अलावा और कोई चीज़ सर्व नहीं करते। मैंने कहा, यह सब नहीं चलेगा। उनके लिए बढ़िया चीज़ और मेरे दोस्तों-लेखको, कलाकारों के लिए लोकल विहस्की...यह ग़लत बात है।"

मैं पास खड़ा उनकी बातें सुन रहा था। उनके आने से पहले नम्रता मुझसे अपने नए छपे उपन्यास की चर्चा कर रही थी। बात अभी बीच में ही थी कि वे किसी तरह से चहकती हुई आ गई थी। यह उन्हीं की पार्टी थी। स्वाभाविक था कि उनकी उपस्थिति को वहां आया हर व्यक्ति न केवल महसूस कर रहा था, उन्हें इस बात का अहसास भी करा रहा था।

सुजाता जी को यह अच्छा लगता था।

मेरे पास केवल आकर खड़ा हो गया था। वह बोला–"सुजाता जी, वह शाम बड़ी ही सुहावनी होती है जब आप ऐसा आयोजन करती

हैं। हमारे जैसे लोगों को तो 'स्कॉच' आँख में डालने भर को भी कभी नसीब नहीं होगी। इसलिए आज पी हुई विहस्की का स्वाद जीभ पर उस दिन तक महसूस होता रहेगा जब तक आप दुबारा नहीं बुलाएंगी।"

केवल की बात सुनकर हम सभी लोग ठहाका मार कर हंसे थे सुजाता जी की हंसी सब से ऊपर गूंज रही थी। उन्होंने बैरा को बुलाया था, उसकी ट्रे से दो गिलास उठाए थे और उन्हें केवल के गिलास में उड़ेलती हुई बोली थी, "स्वाद को ज़्यादा समय तक बरकरार रखने के लिए।"

कुछ क्षण बाद उनकी गूँजती हुई हंसी कुछ दूर खड़े तीन-चार लोगों के बीच से आ रही थी।

फिर एकाएक मुझे महसूस हुआ, मैं अपना गिलास पकड़े अकेले खड़ा हूं। नम्रता दो-तीन महिलाओं में घिरी हुई उन्हें शायद अपने नए उपन्यास के बारे में बता रही थी। केवल वेटर के पीछे-पीछे चल रहा था और मौका मिलते ही ट्रे में से एक-दो गिलासों की विहस्की को अपने गिलास में डाल लेता था। उसका डेढ़ पसली शरीर हवा में झूलता हुआ दिखाई दे रहा था। उसकी सरकंडों जैसी पतली-पतली टाँगे पूरी तरह लड़खड़ा रही थी।

मैं सोचने लगा–अब अपने घर वापस जाने की स्थिति में नहीं रहा। खाना शुरू होने से पहले से पता नहीं और कितनी पी जाएगा। फिर वह यहीं-कहीं लुढ़क जाएगा। पार्टी के बाद सुजाता जी को अपने ड्राइवर के ज़रिए गाड़ी में, उसे उसके घर भेजना पड़ेगा।

तभी न जाने किस तरह से वे मेरे पास आ खड़ी हुई।

"तुम देख रहे हो...वह सामने...अमलतास के पास...अंधेरे में कुर्सी पर कौन बैठा है। मैंने बड़े ध्यान से उस तरफ देखा। कुर्सी पर एक व्यक्ति काली अचकन पहने चुपचाप बैठा हुआ था। उसके हाथ में भी एक गिलास था, लेकिन वैसा नहीं जैसे विहस्की पीने वालों के हाथों में थे। मुझे एक क्षण लगा। मैं बोला–"वे तो...वे तो डाक्टर

भनोत हैं।"

"हां।" सुजाता जी बोली, "कल तक इस आदमी का डंका पिटता था। लोग मक्खियों की तरह इसके चारों ओर भिनभिनाते थे, इससे दो बातें करने को तरसते थे। आज यह अंधेरे में अकेला बैठा हुआ है। यहां लोग विहस्की पीने में मस्त हैं। उसकी तरफ किसी का ध्यान नहीं।"

मैं हिल सा गया। सचमुच डाक्टर भनोत एक दम अकेले बैठे थें। इस पार्टी में ऐसे कितने ही लोग थे जिन्हें एक समय इस बात का गर्व था कि वे डाक्टर भनोत के चहेते थे। आज वह लोग अपने में पूरी तरह डूबे हुए थे।

वे बोली–"इस बूढ़े की ओर ध्यान देने वाला आज कोई नहीं। वह सामने खड़ा है ना रावत...और वह विश्व कुमार...और वह चिरंजीव इन सभी पर अगर डा. भनोत का वरदहस्त न होता तो आज ये सड़कों पर चप्पलें चटकाते दिखाई देते।"

मुझे याद आया। दिल्ली आए मुझे कुछ दिन ही हुए थे। उस समय डक्टर भनोत जनरल मैनेजर थे। मैं जैसे ही दफ्तर पहुंचा था, मेरे कान में बात फूंक दी गई। "सुखी रहना चाहते हो, प्रमोशन लेना चाहते हो और दिल्ली में टिके रहना चाहते हो तो डाक्टर भनोत के नाम को हर समय उसी तरह याद रखना जैसे भक्त प्रभु को याद रखता है।"

मुझे और बात भी बताई गई थी, "इस विशाल संगठन में एक और आदमी भी है–उसका नाम है इंद्रजीत...इंद्रजीत सिंह। यह आदमी सचमुच अपने आपको इंद्रजीत समझता है–रावण का पुत्र मेघनाद। अपनी इस खुशफहमी में उसने भनोत साहब के सामने सिर उठाने का प्रयास किया। नतीजा यह हुआ कि उससे जूनियर लोग प्रमोशन लेकर आगे बढ़ गए और ये अक्खड़ साहब कई साल से अपनी शिकायतों का पुलिंदा लेकर कभी ई.डी. और कभी चेयरमैन के पास धक्के खाते घूम रहे हैं...कोई इन्हें घास नहीं डालता। इसलिए इस आदमी के पास

भी नहीं फटकता। भनोत साहब के अपने जासूस हर सेक्शन में हैं। अगर उन्हें यह पता लग जाए कि फलाने आदमी का इंद्रजीत से मिलना-जुलना है तो समझो उसका नाम उनकी काली सूची में दर्ज हो गया।"

मुझे सब कुछ बहुत अजीब सा लगा था। मेरे मन में डाक्टर भनोत के लिए बड़ा आदर भाव था। वे जनरल मैनेजर हैं, इसका रोब तो था, लेकिन वे बड़े कुशल प्रशासक हैं, इस बात की चर्चा भी मैंने बहुत सुनी थी। उसके सम्बन्ध में एक खास बात मैंने यह सुनी थी कि प्रोफेशनल काम्पीटैस के साथ ही वे बड़े विद्वान हैं। उनकी अपनी निजी लायब्रेरी किसी अच्छी खासी पब्लिक लायब्रेरी से कम नहीं।

अब जो कुछ मैं सुन रहा था वह किसी तानाशाह का रूप जैसा लगता था, किसी ऐसे जमीदार का, जो अपने मसाहिबों के लिए दाता होता है और अपने विरोधियों के लिए निर्मम शासक बन जाता है।

मैं डाक्टर भनोत को लेकर अपने आप में ही सिकुड़ गया था। मुझसे उनका कोई सीधा वास्ता भी नहीं पड़ता था। उनके और मेरे बीच में कई सीढ़ियां और थी और मेरी कोशिश यही रहती थी कि मैं इन सीढ़ियों के चढ़ने उतरने में ही अपनी गतिविधियों को सीमित रखूं।

लेकिन एक दिन उनसे मेरी टकराव वाली स्थिति पैदा हो गई।

मैं अपने दफ्तर में जिस रैक पर था, उससे प्रमोशान होना था। इस रैक में हम पांच व्यक्ति काम कर रहे थे। इस समय पदोन्नति सिर्फ तीन की होनी थी। मैं आश्वस्त था क्योंकि वरिष्ठता क्रम में मेरा नम्बर तीसरा था। मैं इसलिए और भी आश्वस्त था कि इस दफ्तर की जितनी भी विभागीय परीक्षाएँ थीं। मैंने बड़ी सफलतापूर्वक सब पास कर ली थी। मेरे काम में भी कोई कमी नहीं थी और सबसे बड़ी बात कि मैंने अपने विशाल व्यापारिक संगठन में काम करने वाले कर्मचारियों के लिए एक पुस्तक भी लिखी थी, जो उनकी कार्यकुशलता को बढ़ाने में बहुत सहायक हो सकती थी। इस पुस्तक को छपवाने के लिए मैंने विदेशों में छपी इस विषय की अनेक पुस्तकों को पढ़ा था। मेरे इस

कार्य की चर्चा एक्जीक्यूटिव डायरेक्टर और चेयरमैन तक पहुंच चुकी थी और स्वयं डाक्टर भनोत ने मुझे बधाई दी थी।

लेकिन जब हम पांचों व्यक्तियों के इंटरव्यू हुए और उसके बाद जो पैनल बना, वह मेरे जीवन का सबसे बड़ा आघात था। इंटरव्यू बोर्ड के चेयरमैन डाक्टर भनोत थे और दो वरिष्ठ अधिकारी-असिसटेंट जनरल मैनेजर और डिप्टी जनरल मैनेजर-बोर्ड के सदस्य थे। पैनल में मुझे पांचवें नम्बर पर रखा गया था और हमसे जो सबसे जूनियर था, उसे तीसरे नम्बर पर रख दिया था।

मेरे लिए सवाल यह नहीं था कि जूनियर व्यक्ति की इस समय पदोन्नति हो जाएगी और मैं इस दौड़ में कई वर्षों तक पिछड़ जाऊंगा। मुझे लगा था कि मैं बुरी तरह अपमानित हो गया हूं। यह बात मुझे इसलिए भी बहुत साल रही थी कि पांचवें नम्बर का व्यक्ति डाक्टर भनोत का चहेता समझा जाता था, और उन्होंने मेरी कीमत पर उसे आगे बढ़ाकर पदोन्नत करने का फैसला कर लिया था।

सारे दफ्तर में यह बात सुरसराते हुए धुएं की तरह फैल गई। दबी जुबान मे सभी लोग मेरे प्रति हमदर्दी प्रकट कर रहे थे, और मानकर चल रहे थे कि मुझे अपमान के इस अहसास को कड़वे घूंट की तरह पीना पड़ेगा।

मुझे याद है, मैं बहुत तिलमिलाया था। पत्नी को मैंने कुछ नहीं बताया था। किन्तु सारी रात में बड़ी बेचैनी से अपना सिर पटकता हुआ पलंग पर सोने की कोशिश करता रहा था।

दूसरे दिन मैं कपूर साहब से मिला जो मेरे इमीडिसयेट बॉस थे।

"मेरे प्रति अन्याय हुआ है, कपूर साहब।" मेरे शब्दों में कुछ गुस्सा था, कुछ विनय, कुछ हताशा और कुछ दीनता।

"मैं मानता हूं" वे बहुत धीरे-धीरे बोले थे–"आपके प्रति अन्याय हुआ है।"

उनकी ऐसी निर्लिप्त, निस्संग मुद्रा देखकर मुझे कुछ आश्चर्य हुआ। फिर एकाएक गहरी खीझ उभर आई।

"क्या मुझे इस अन्याय को स्वीकार कर लेना चाहिए...? इस अपमान को पी जाना चाहिए...?"

"इसके बाद चारा भी क्या है।" उन्होंने उसी निस्संगता या बेचारगी में कहा, "आप जानते ही हैं कि यह फैसला भनोत साहब का है।"

तब एक गुस्से की लहर तेज़ आग की तरह मेरे अंदर उतर गई थी।

"कपूर साहब, मिस्टर भनोत इज़ नॉट गाड।"

वे उसी मुद्रा में बोले–"आपको मालूम नहीं...ही इज़ मोर दैन गॉड।"

"दैन आई विल चैलेंज गॉड।" कहकर में उनके कमरे से बाहर निकल आया था।

फिर मैं डाक्टर भनोत से भी मिला था। मैंने कहा था–"सर, मेरे प्रति अन्याय हुआ है।"

मेरी बात सुनकर उनकी भौहों में बल पड़ गए थे–"यह न्याय-अन्याय का फैसला करने वाली कोई कचहरी है क्या? सिलेक्शन कमेटी ने जैसा ठीक समझा, वैसा फैसला कर दिया।"

मैंने हिम्मत बटोरकर कहा था–"यह फैसला सिलेक्शन कमेटी का नहीं...आपका है।

आप किसी व्यक्ति को फेमस करना चाहते हैं...मेरी बलि देकर।"

उनकी आंखें लाल हो गई थी और होंठ फड़फड़ाने लगे थे–"तुम मुझ पर तोहमत लगा रहे हो?"

मैं कुछ क्षण चुप रहा था। सचमुच मैं कुछ डर भी गया था। फिर मैं धीरे से बोला था–"मैं इस फैसले के खिलाफ रिप्रिजेंट करना चाहता हूँ।"

उन्होंने सामने पड़ी फाइल के ऊपर से नज़रें नहीं उठाई थीं।

"तुम रिप्रिजेंट करोगे...? मेरे फैसले के खिलाफ...? ठीक है... करो...और उसके नतीजे भी सोच लो।"

कहकर जिस ढंग से उन्होंने अपने सामने पड़ी फाइल बंद कर दी थी। उसका मतलब था–चलो...बाहर निकलो...।

कुछ मित्रों ने मुझे चुप हो जाने की सलाह दी थी। उनका तर्क था–"तुम्हारे रिप्रिजेंटेशन का कोई लाभ नहीं होगा। भनोत साहब के सामने खड़े होने की किसमे जुर्रत है?"

मैंने चेयरमैन के नाम एक रिप्रिजेंटेशन लिखा। किसी तरह उनके पी. ए. को खुश करके मैं उनसे मिलने में कामयाब हो गया। देखते ही उन्होंने मुझे पहचान लिया–

"आपकी किताब मैंने पढ़ी है...वेरी इंट्रेस्टिंग...एण्ड यूज़फुल। ऐसी किताबें लिखी जानी चाहिए।"

मैंने अपना पत्र उनके सामने रख दिया। उन्होंने उसे पढ़ा और गंभीर हो गए। बोले–"देखता हूं।

कुछ दिन बाद बोर्ड मीटिंग हुई। सभी मुद्दों के निपट जाने के बाद विभिन्न सिलेक्शन कमेटियों द्वारा लिए गए फैसलों को बोर्ड के सामने उसकी औपचारिक स्वीकृति के लिए रखा गया। अन्य सभी फैसले तो स्वीकृत हो गए किन्तु जब हमारे विभाग का केस आया तो चेयरमैन ने कहा–"इसके सम्बंध में अंतिम निर्णय बाद में लिया जाएगा।"

मैंने सुना कि चेयरमैन की इस बात पर बोर्ड मीटिंग में उपस्थित भनोत साहब बहुत भिनभिनाए थे। उन्होंने सभी मेम्बरों को संबोधित करते हुए यह भी कहा था कि यह फैसला विधिवत गठित कमेटी का है, इसलिए इसे टालने की क्या जरुरत है?

लेकिन चेयरमैन ने यह कहकर मीटिंग समाप्त कर दी थी कि इस सम्बंध में मुझे कुछ समझना-बूझना है। आखिर ऐसी जल्दी भी क्या है?

फिर यह फैसला लगभग दो साल तक लटका रहा। पांचवें नम्बर से तीसरे नंबर पर लाए गए मिस्टर सक्सेना इस संगठन को छोड़कर कहीं और चले गए। शेष बचे चारों की पदोन्नति कर दी गई।

डाक्टर भनोत बाद में ई.डी. बने और फिर एक डेढ़ साल चेयरमैन

होकर रिटायर हो गए। जब तक वे रहे, मेरी कोई और पदोन्नति नहीं हुई।

किन्तु मुझे याद नहीं आता कि उन्होंने मुझसे बदला लेने या परेशान करने की दृष्टि से कोई काम किया हो। जब भी वे मेरे सामने आए, मैंने बड़े आदरपूर्वक उनका अभिवादन किया। उन्होंने भी अपनी सूनी-सूपी और बहुत व्यस्त नज़र आने वाली आँखों से मुझे देखा और रूटीन ढंग से पूछा–"कैसे हो?"

मैंने सदा एक वाक्य दोहराया, "आपकी कृपा है।"

मैं सोचता हूं कि संसार में ज़्यादातर लोग बौने या औसत कद के ही होते हैं। छोटी-छोटी ज़रुरतें, छोटे-छोटे अहसास, छोटी-छोटी उपलब्धियां, छोटे-छोटे सुख-दुख। लेकिन संसार में कुछ लोग बड़े होते हैं। इसे यूं ही कहा जा सकता है कि धीरे-धीरे वे बड़े होते चले जाते हैं। उन्हें देखकर उनके बड़े होने, गैरमामूली होने, कुछ खास होने का अहसास होता है। डाक्टर भनोत की गिनती भी ऐसे बड़े लोगों में थी। मैं उनके बड़ेपन का सदा कायल रहा। मैंने उनके एक फैसले के खिलाफ मोर्चा लिया था। उनमें कुछ हद तक कामयाब भी हुआ था। लेकिन मैं उनकी शान के खिलाफ कभी नहीं बोलता था। सामने पड़ने पर मेरे हाथ जुड़ जाते थे और नज़रे झुक जाती थी।

वही डाक्टर भनोत आज एक अंधेरे कोने में चुपचाप, कहकहो और ठहाकों की अनंत लहरों के थपेड़े खाते हुए एक जड़ शिलाखंड की तरह बैठे हुए थे।

सुजाता जी बोली–"दो-चार मिनट के लिए तुम्हीं उन्हें कम्पनी दे दो।"

इससे पहले कि कोई और व्यक्ति आकर मुझे घेर ले, मैं उनकी तरफ बढ़ गया।

"नमस्ते डाक्टर साहब...।"

उन्होंने मुझे देखा। मुझे लगा, चश्में के अंदर से उनकी आंखें टिमटिमाई हैं।

"कैसे हो?"

"आपकी कृपा है।" मैंने कुछ अधिक विनम्रता से पूछा।

"आपका स्वास्थ्य कैसा है?"

उनके चेहरे पर मुस्कराहट उभर आई–"ठीक हूं।"

मैं कुर्सी खींचकर उनके पास बैठ गया।

एकाएक मुझे लगा, मैं उनसे क्या बात करूँ। फिर मुझे लगा, उनसे कुछ चुहलबाज़ी ही क्यों न की जाए। चुहलबाज़ी और डा. भनोत 3 और 6 की तरह कभी एक दूसरे के सामने न आने वाले अंक थे। पर अब स्थिति बदल गई थी, इसलिए अंकों को 6 और 3 की स्थिति में लाया जा सकता था।

"डाक्टर साहब... कभी आपने शराब पी है?" मैंने आंखों में झांकते हुए पूछा।

उन्होंने मुझे घूरकर देखा–"नहीं...नहीं...कभी नहीं।"

"कभी ब्रांडी भी नहीं पी?"

"क्यों...? ब्रांडी शराब नहीं होती?"

"देखिए", मैंने कहा, "यहां खड़े सभी लोग विस्की पी रहे हैं.. . स्कॉच विहस्की जो बहुत महंगी होती हैं। कई महिलाओं के हाथ में जो गिलासों में पड़ा तरल पदार्थ देख रहे हैं न...वह जिन है... डाईजिन। इसे महिलाएं पीती हैं। पर ब्रांडी तो बच्चों को ठंड से बचाने के लिए पीला दी जाती है। आपने बचपन में ब्रांडी जरुर पी होगी।"

"कैसी बातें करते हो।" उनके चेहरे पर लजीली मुस्कराहट उभर आई। "इस मामले में मेरे माता-पिता दोनों ही बहुत कट्टर थे। मैंने भी कभी समझौता नहीं किया। अपने बच्चों के होठों से इस चीज़ को कभी छुआया तक नहीं।"

मैं थोड़ा सा वाचाल हो गया, "आप तो गए-गुज़रे जमाने के इंसान है, डाक्टर साहब। शराब बुरी चीज़ सही...पर ऐसी भी क्या बुरी है कि उसे होंठों से छुआया भी न जा सके।" मैंने अपनी मुद्रा में थोड़ा-सा शरारत का रंग भरा–"कभी-कभार एक आध पैग पी लेने में

कोई बुराई नहीं है, डाक्टर साहब।"

वे हंस दिए, "तुम काफी शैतान दिखते हो। मुझे फसाने की कोशिश कर रहे हो।"

उनका हंसना मुझे अच्छा लगा। कुछ देर पहले उन्हें अंदर की उदासी और बाहर के अंधेरे ने घेर रखा था। ऐसा लगा, वे उससे बाहर आ रहे हैं।

मैं भी हंसा–"सुनिए...आपके लिए एक पैग बना लाऊं...? एक बार पीकर तो देखिए... यहां कोई देख भी नहीं रहा है। आखिर कल आपको भी धर्मराज के सामने हाज़िर होना पड़ेगा। क्या जवाब देंगे उसे आप. . .कभी जिंदगी में एक घूंट भी नहीं पी?"

डाक्टर भनोत इतनी ज़ोर से हंसे कि दूर-दूर खड़े लोगों का ध्यान उनकी तरफ चला गया। वे हंसते ही चले जा रहे थे और लोग गपशप छोड़कर उनके चारों ओर आ खड़े हुए थे।

"अरे डाक्टर साहब, क्या बात हुई? सुजाता जी बड़े आश्चर्य से उन्हें देख रही थी–"इतना खुलकर हंसते हुए तो आपको कभी देखा नहीं।"

डाक्टर भनोत ने एक धौल मेरी पीठ पर जमाई–"ये...ये...क्या नाम है इसका...मनोहर... बड़ा ही बदमाश है...अव्वल दर्जे का शैतान।"

"आखिर हुआ क्या?" सुजाता जी ने बड़ी जिज्ञासा-भरी आंखों से मुझे देखा। वे फिर बड़ी जोर से हंसे–"यह मुझसे कहता है...आपने कभी शराब नहीं पी तो धर्मराज को क्या जवाब देंगे...कहता है, आपके लिए पैग बना लाऊं, चुपके से पी लीजिए, कोई देख नहीं रहा है।"

ऐसे ठहाके लगे कि सारी महफिल उनके इर्द-गिर्द सिमट गई। डाक्टर भनोत हंस रहे थे और वह रंगीन शाम जैसे उन्हीं की ताल पर थिरक रही थी। मैं बैठा सोच रहा था : विचारे डाक्टर भनोत।

कील

इकतीस दिसम्बर है और फिर वही अजीब-सी परेशानी। अब यह दिन आता है तो मोना को लगता है कि उसके हाथ से कुछ फिसल कर नीचे गिर जाता है और देखते-देखते पारे की तरह बिखर जाता है। उस रात को बारह बजने की प्रतीक्षा में लोग लहरों की तरह सड़कों पर भागते फिरते हैं। पर यह अहसास मोना को दिन भर बेचैन किए रहता है और बार-बार उसके अंदर ध्वनित होता रहता है, वह एक साल और बड़ी हो गई है।

पहली जनवरी को डैडी ने सुबह-सुबह "हैपी बर्थ-डे" कहा तो छब्बीस की संख्या, जो कल से घंटियों की हल्की हल्की आवाज की तरह उसके चारों ओर खनक रही थी, घमक कर उसके अन्दर उतर गई।

मम्मी का पत्र भी सुबह की डाक में मिला। उन्होंने भी उसके बर्थ डे का जिक्र किया है। पर ऐसे जैसे वह उसे बस कनखियों से देखकर निकल जाना चाहती हों। पत्र के शेष भाग में उन्होंने वही सब कुछ लिखा है जो वह चाहती है कि इस बात को पढ़कर मोना खीझ उठती है। एक कड़ुवाहट उसकी रग-रग में करेन्ट की तरह गुजरने लगती है। मम्मी लिखती है–मानो अब और ज्यादा रुकना ठीक नहीं। हर काम की एक उम्र होती है। फिर लड़की तो एक ऐसा फूल है कि अपनी डाल पर लगे-लगे मुरझा जाता है और अगर उसे तोड़ कर किसी के कोट पर लगा दिया जाए तो उसकी ताजगी खत्म होने में ही नहीं आती। अब तुम्हें फैसला कर ही लेना चाहिए। अब तो मुझे डैडी की

बात बिल्कुल समझ में नहीं आती। यह ठीक है कि तुम लाखों में एक हो। वैसे मोना हर मां-बाप की बेटी लाखों में एक होती है। परन्तु अब ऐसा लड़का, जो तुम्हारे डैडी को भी पसंद हो और तुम्हें भी पसंद हो, कहां से ढूंढ़ा जाएगा और यह देखभाल कब तक चलती रहेगी। मेरे ख्याल से सुरेश सब तरह से तुम्हारे काबिल है। वह तुम्हें चाहता भी बहुत है, और तुम्हारी कितनी इज्जत करता है।

सुरेश उसकी बहुत इज्जत करता है। डैडी भी कहते हैं, वैसे सुरेश ठीक है। धीरे-धीरे उसका वकालत का धंधा भी जम जाएगा। पर वह थोड़ा दब्बू स्वभाव का आदमी लगता है। मोना कोई मामूली लड़की तो है नहीं कि शादी की, घर बसा लिया और पति पर रोब गांठ-गूठ कर हंसते खेलते जिन्दगी गुजार दी। मोना को तो ऐसा लड़का चाहिए जो इसके अन्दर छिपी उन अनन्त शक्तियों को पहचान सके और उनके फलने-फूलने के सभी साधन जुटा सके। दब्बू स्वभाव का लड़का यह काम नहीं कर सकता।

डैडी से वह लगातार सुनती आ रही है कि वह कोई मामूली लड़की नहीं है। यह बात उसके अन्दर इतनी गहराई तक बैठ गई कि उसे हर लड़की बहुत मामूली नजर आती है और कोई लड़का अपने काबिल नजर नहीं आता।

जब कभी किसी लड़के के बारे में बात चलती है, सब कुछ विचार करने देखने-सुनने के बाद जब मम्मी की आंखें मोना और उसके डैडी पर उठती है तब डैडी के मुख पर एक बहुत परिचित मुद्रा उभर आती है। वह लम्बी कुर्सी पर थोड़ा अधलेटे हो जाते हैं। उनकी आंखें सुबह के पढ़े हुए अखबार में से कुछ अनपढ़ी खबरें ढूढ़ने लगती है और वह बहुत रुक-रुक कर कहते हैं, "मोना से पूछ लो। अगर यह लड़का उसे अपने काबिल लगे तो मुझे कोई एतराज नहीं है।"

और मोना जान जाती है कि डैडी की मर्जी क्या है? उसे लगता है, वह लड़का जो अभी उसे देख कर गया है, जरूर उसके काबिल नहीं है। वह मना कर देती है। मम्मी खोई-खोई सी उन्हें देखती रहती है।

डैडी की सेहत ऐसी है कि ज्यादा गर्मी बर्दाश्त होती है, न सर्दी। इसीलिए सर्दियों में वह बम्बई चले आते हैं और गर्मियों में किसी पहाड़ पर। दिल्ली में बड़ी मुश्किल से उनके तीन-चार महीने ही गुजरते हैं। पिछले कितने सालों से लगातार मोना उसके साथ जा रही है। मोना की तीमारदारी से डैडी बहुत खुश रहते हैं। वह सुबह उन्हें चाय पिला कर अखबार पढ़कर सुनाती है। जब उनकी कोई और कम्पनी न हो तो वह उनके साथ बैठकर शतरंज या रमी खेलती है। डैडी अनेक पत्र-पत्रिकाओं के पन्ने उलटते हैं। उनमें छपी हुई कहानी की दो-चार पंक्तियां पढ़ते हैं और यदि वह अच्छी लगे तो मोना से पूरी पढ़वा कर सुनते हैं। मोना उन्हें दिन में तीन-चार बार कप में रगड़ कर बनाई हुई ऐस्प्रेसो काफी पिलाती है। उनका विश्वास है कि ऐसी काफी मोना के अलावा और कोई नहीं बना सकता। मोना जानती है, कि मम्मी के साथ उनकी पटरी नहीं बैठती। रीता को अपने घर और दो बच्चों से बिल्कुल फुरसत नहीं मिलती और चंदर अकेला ही इतना बड़ा मेडिकल स्टोर संभालता है। इस स्थिति में डैडी के देखभाल के लिए रह जाती है सिर्फ मोना।

डैडी घूमने के लिए बाहर गए हैं और वह मम्मी के पत्र को मरोड़ती हुई गुमसुम-सी बैठी है। पता नहीं उसे क्या चाहिए? पता नहीं वह पुरुष कैसा है। पता नहीं वह किस की तलाश कर रही है? और वह उठकर वार्डरोब में लगे आदमकद शीशे के सामने आ खड़ी होती है। वह अपने आपको देखती है, अपना व्यक्तित्व फिर उनकी कल्पना करती है...सुरेश की...उसकी...उसकी...उसकी। उसे लगता है सभी उसकी साड़ी का पल्लू पकड़े बड़ी श्रद्धा से उसके मुख की ओर ताक रहे हैं, बिल्कुल बौने आदमियों की तरह।

नैनीताल में डैडी के परिचितों की संख्या बढ़ती जा रही है। उन में एक कर्नल साहब हैं, एक बैरिस्टर साहब, दो तीन अवकाश-प्राप्त सरकारी अफसर हैं। सबकी उम्र एक जैसी है। सब की आदतें एक जैसी हैं। सब के पास अपनी गुजारी हुई जिन्दगी में से दूसरों को सुनाने

के लिए बहुत कुछ है। सब को अपने लड़के-लड़कियों से कुछ खास शिकायते हैं। इसलिए डैडी की सुबह और शामें यहां बहुत भरी-भरी-सी गुजर रही है। पर मोना तो और अकेली होती जा रही है। भटकते-भटकते थक जाती है। तीखी अकुलाहट उसकी रग-रग से फूटने लगती है और वह शीशे के सामने आकर खड़ी हो जाती है। अपने आप को देखती रहती है, अपना पांच फुट छह इंच का कद। अपनी बड़ी-बड़ी आंखें, अपनी सुडौल बांहें, अपना भरा हुआ शरीर और...बहुत अन्दर तक बैठी हुई एक मोना...एक बहुत जाग्रत मोना।

वह पलंग पर लेटी हुई कोई किताब पढ़ने का उपक्रम कर रही है। उसने अपने-आपको बिल्कुल ढीला छोड़ दिया है। उसकी साड़ी से उसकी पिंडलियां बाहर निकल गई हैं। उसकी अलकें इधर-उधर बिखरी हुई हैं। डैडी बाहर के कमरे में अपने दोस्तों के साथ शतरंज में डूबे हुए हैं। और ऐसी अस्त-व्यस्त पड़ी हुई मोना आज अपने को बड़ा हल्का-हल्का महसूस कर रही है। इतना अस्त-व्यस्त हो जाना कितना अच्छा है? उस का मन कर रहा है–वह कुछ और शिथिल हो जाए, कुछ और अस्त-व्यस्त हो जाए। बस पलंग पर लेटे-लेटे कस कर अंगड़ाई ले। अपना अंग-अंग मरोड़ कर रख दे। डैडी के साथ वह अस्त-व्यस्त नहीं हो सकती। और उनके साथ रहते कितने वर्ष बीत चुके हैं। उस आदत में एक संकोच एक मर्यादा भी इस तरह घुलमिल गई है कि अस्त-व्यस्त होना उसे भूल-सा गया है।

उसने लेटे-ही लेटे अपनी साड़ी को ठीक कर लिया है। उसने डैडी की आवाज सुनी है। वह कह रहे हैं, "कर्नल साहब, मोना मेरी लड़की नहीं, लड़का है। मेरा कितना ख्याल रखती है। इसकी शादी हो जाएगी तो मैं अकेला रह जाऊंगा...मैं कहता हूं मेरे घर में मोना के रूप में किसी देवी ने जन्म लिया है...शी इज ए गॉडेस।"

कर्नल साहब पूछ रहे हैं–"पर चोपड़ा साहब, अभी तक आपने उसकी शादी क्यों नहीं की? अब तो काफी सयानी हो गई है।"

"आप ठीक कहते हैं कर्नल साहब!" डैडी कह रहे हैं–"इस उम्र

तक अक्सर लड़कियों की शादी हो जाती है। पर मोना कोई मामूली लड़की नहीं है। आपने उसकी पर्सनाल्टी तो देखी ही है। उसे म्यूजिक का बेहद शोक है। लिटरेचर में उसकी गहरी दिलचस्पी है। उसके लिए कोई मामूली लड़का नहीं चाहिए। सच कहूं कर्नल साहब, मुझे उसकी शादी की कोई जल्दी नहीं। पर यह जरूर चाहता हूं कि लड़का ऐसा हो जो उसका मैच हो..."

मोना डैडी के मुख से ऐसी बातें बहुत बार सुन चुकी है। पिछले कितने वर्षों से लगातार सुनती चली आ रही है... वह देवी है, गॉडेस. ..डैडी सभी से कहते रहते हैं...मोना मामूली लड़की नहीं...उस के लिए मामूली लड़का नहीं चाहिए...।

आज वह कर्नल साहब से कह रहे थे–मुझे मोना की शादी की कोई जल्दी नही है...क्यों जल्दी नहीं है? मोना के मन में बार-बार उठ रहा है। आखिर वह गैर मामूली लड़का मिलेगा कहां...कब? उसे कौन ढूंढ़कर लाएगा? या एकाएक वह किसी अवतार की तरह प्रकट हो जाएगा? मम्मी लिखती हैं लड़की वह फूल है जो ज्यादा देर डाल पर लगे रहने से मुरझा जाता है। क्या वह भी मुरझा जाएगी? छह महीने की दूरी पर सताइसवां साल मुसकराते हुए संकेत कर रहा है...और उसके पीछे दूर खड़ा हुआ गहरा अंधेरा है, जहां कुछ भी नजर नहीं आता।

वह फिर शीशे के सामने आ खड़ी हुई है। उसे लगता है, वह बहुत सुंदर है...वह अभी भी बहुत सुन्दर है। थोड़ा इससे कम सुन्दर होती तो कोई अन्तर न पड़ता। उसे लगता है, वह बहुत स्वस्थ है। कभी बीमार ही नहीं पड़ती। ऐसी भी क्या तन्दुरुती कि आदमी कभी बीमार ही न पड़े। डैडी बीमार रहते हैं, वह उनकी तीमारदारी करती है। पिछले सात-आठ साल से वह लगातार डैडी के साथ जुड़ी हुई है। बी. ए. के बाद उसका कितना मन था कि वह म्यूजिक में एम. ए. करे। उसने एम. ए. ज्वाइन कर लिया था, पर बीच में ही छोड़ना पड़ा। तब से उसे बस एक ही काम है, डैडी के साथ रहना। उनके साथ

बम्बई, दिल्ली और नैनीताल के बीच झूलते रहना।

और डैडी लगातार उसकी कितनी प्रशंसा करते चले आ रहे हैं... मोना मेरी लड़की नहीं, लड़का है...मोना के रूप में मेरे घर किसी देवी ने जन्म लिया है...मोना कोई मामूली लड़की नहीं है...।

मम्मी ने अपने पत्र में फिर वही बात लिखी है...कुछ फैसला करो...सुरेश तुम्हारी अभी भी प्रतिक्षा कर रहा है।

फैसला...? किसे करना फैसला...? उसे? क्या उसे फैसला करना है? क्या आज तक वह खुद फैसला करती आई है? कौन करता है फैसला?

बाहर डैडी की हंसी गूंज रही है। उन्होंने कर्नल साहब के बादशाह पर यह शह लगा दी है।

"मोना...?" डैडी की आवाज है। वह उसे साथ की कुर्सी पर बैठने को इशारा करते हैं, "मोना...क्या तुम सुरेश से शादी करने को तैयार हो?"

वह उनकी ओर देखती है। सामने की छोटी मेज पर गिलास के नीचे एक पत्र दबा हुआ है। डैडी की नजरें सुबह के पढ़े हुए अखबार पर दौड़ रही हैं। पता नहीं क्यों दौड़ रही हैं। क्या कोई ऐसी खबर है जो सुबह के दो-तीन घंटों के परायण के बाद भी बच गई है, या उन्हें अखबार पर दौड़ने की सिर्फ आदत पड़ गई है।

"तुम्हारी मम्मी का पत्र आया है," डैडी बोल रहे हैं, पर उनकी नजरें अभी भी अख़बारी कागज पर सरपट दौड़ रही हैं, "उसने लिखा है कि तुम सुरेश से शादी करने को तैयार हो। तुमने उन्हें लिखा था...?"

"जी...।"

"बड़ी अजीब बात है...।" उनकी सरपट दौड़ती नजरें अखबार से उठाकर मोना के चेहरे पर दौड़ने लगी हैं, "तुमने तो खुद एक दिन कहा था कि उसमें कोई खास बात नहीं है।"

"पर मुझमें ही क्या खास बात है, डैडी?"

"तुम में...?" डैडी गम्भीर हो जोते हैं–"तुम में तो वह बात है

जो लाखों में नहीं होती। हां, यह जरूर बात है कि आदमी को खुद मालूम नहीं होता कि वह क्या है? खैर...मैं चाहता हूं कि तुम खूब सोच-समझ कर फैसला करो। मैं नहीं चाहता कि किसी दबाव में आकर तुम अपनी मर्जी के खिलाफ कोई फैसला कर लो...कहीं तुम अपनी मां की इच्छा तो पूरी कर रही हो मोना?"

"नहीं डैडी। यह फैसला मैंने खुद किया है।"

"तब तो बड़ी खुशी की बात है," डैडी बहुत सम्भल-सम्भल कर बोल रहे हैं, "मैं तो बस इतना ही चाहता हूं कि मेरी हीरे जैसी बेटी किसी ऐसी जगह जड़ जाए जहां उसकी पूरी कद्र हो। तुम इस रिश्ते से खुश हो तो मैं भी खुश हूं...।"

मोना शीशे के सामने खड़ी है। अक्सर वह शीशे के सामने अपने आपको बहुत चुप-चाप देखती रही है...बहुत गम्भीर होकर। आज उसे लग रहा है, वह मुंह चला-चलाकर आंखें घूमा-घूमा कर, गर्दन को थोड़ा टेढ़ी करके देखे। अपनी ऐसी बहुत-सी बातें देखे जो-जो उसने पहले नहीं देखी थीं।

एकाएक उसे अपने दाहिने गाल के ऊपर एक कील-सी दिखाई देती है। वह नजदीक होकर उस कील पर उंगली रगड़-रगड़ कर देखती है। उसे आश्चर्य होता है। उसके मुंह पर यह कील कब निकल आई? वह उसे खुरचने लगती है।

बाहर से कर्नल साहब की तेज हंसी सुनाई दे रही है–"चोपड़ा साहब, आखिर आज मात दे ही दी। अगले साल जब फिर आएंगे तो शतरंज के और ताजे जौहर दिखाऊंगा आपको...हा...हा...।"

डैडी बहुत धीरे-धीरे बोल रहे हैं–"कर्नल साहब, अगले साल यहां आना नसीब होगा या नहीं कौन जाने? मोना बहुत सयानी हो गई है। उस की शादी अब जल्दी ही करनी है। फिर यह अपने घर चली जाएगी, मेरे साथ कौन आएगा?"

मोना ने कील खुरच कर फेंक दी है और उस स्थान को मुंह बिचका कर, गर्दन टेढ़ी करके देख रही है।

उसके मुंह पर वहां खून उभर आया है।

कितने संबंध

"तुम इसे दिखावा कहोगे–प्रिटेंशन! इसमें भला क्या शक है कि यह दिखावा है। तुम कहोगे कि मैं दिखावा करने में बहुत कुशल हूं। हां, कुछ हद तक तुम्हारा कहना ठीक है। यह दिखावा है, भयंकर दिखावा, ऐसा दिखावा जिसके विरुद्ध कभी-कभी तो मेरा रोम-रोम विद्रोह कर उठता है। परंतु मैं उसे निभाता रहा हूं। दस-बारह वर्ष तो हो ही गए हैं, मैं इसे निभाए चला जा रहा हूं। मुझे भरोसा है कि कुछ और वर्ष भी मैं इसे इसी तरह निभाए जाऊंगा।"

"भाई, मैं तो दिखावा नहीं कर सकता। जिसे मैं पसंद करता हूं...बस करता हूं। जिसे नहीं करता, यह मेरे लिए नामुमकिन है कि जिसे मैं पसंद नहीं करता उसे मैं दस-बारह वर्षों तक यह भरोसा दिलाए रहूं कि मैं पसंद करता हूं...दिस इज जस्ट नाट पॉसिबल...यह नहीं हो सकता...यह दिखावे वाली जिंदगी मैं नहीं जी सकता।"

"तुम ठीक कहते हो। अपने आपको खरा और बेलाग समझने वाला हर आदमी सही दावा करेगा। सच बात तो यह है कि जो ऐसे नहीं हैं वे भी ऐसा दावा करते हैं, क्योंकि खरा और बेलाग होना अच्छे मूल्यों की गिनती में आता है। कुछ मामलों में मैं भी शायद खरा और बेलाग होने का दावा करूं...ऐसा करना मुझे अच्छा भी लगे। परंतु इस मामले में मैंने दिखावा ही किया है, बहुत बड़ा दिखावा।

परंतु मुझे यह बात कुछ और लोगों को भी तो बताने दो। तुमने तो मेरे खिलाफ़ फतवा दे दिया। देखूं और लोग क्या कहते हैं?

शुरूआत इस तरह हुई–

यह तो मैं बता ही चुका हूं कि बात की शुरूआत हुए दस-बारह वर्ष से अधिक बीत गए हैं।

किराये का जो मकान मैंने लिया था, वह क्वीटर था। एक कमरा आगे, एक छोटा-सा कमरा उसके पीछे, एक छज्जा, जिसे रसाई के लिए इस्तेमाल किया जाता था। बड़े कमरे के आगे लगभग ढाई फुट चौड़ी लंबी बालकनी थी, जो पहली मंजिल पर बने सभी क्वार्टरों के सामने से गुजरती थी। चार-चार क्वार्टरों के लिए दो-दो स्नान-गृह और दो-दो संडास बीच-बीच में बने हुए थे। दोनों स्नान गृहों और संडासों के बीच की दीवारें सिर्फ सात फुट ऊंची थी, जबकि छत दस फुट की थी। मतलब यह कि यदि कोई शैतान चाहे तो अपने स्नान-गृह से दूसरे के स्नान-गृह में या अपने शौचालय से दूसरे के शौचालय में झांक सकता था।

इसी ताका-झांकी की बात को लेकर श्रीमती मेनका खन्ना में पहली बार मेरी रुचि कसमसाई थी।

शाम को दफ्तर से लौटकर मैं चाय पी रहा था कि जीती बोली, "सेठी साहब के लड़के सचमुच बहुत शैतान हैं।"

सेठी साहब के लड़के शैतान हैं, यह बात तो अब उनके माता-पिता भी मान गए थे। आसपास के क्वार्टरों वाले अपना फैसला बहुत पहले ही दे चुके थे। क्या यह बात जीती मानने से पहले 'सचमुच' लगाना जरूरी समझती थी।

"क्यों क्या हुआ?" मैंने पूछा।

जीती के चेहरे पर शर्मिली मुस्कराहट बिखर गई।

"मिसेज खन्ना कह रही थीं कि आज जब वे सुबह नहा रही थीं, बिल्लू दूसरे बाथरूम की तरफ से झांक रहा था। एकाएक उनकी नजर ऊपर गई तो दीवार के ऊपर से बिल्लू का सिर और आंखें दिखाई दीं। उन्होंने चौंक कर पूछा, "कौन है? तो बिल्लू, जो बाल्टी के पेंदे पर खड़ा था, उतर कर फौरन भाग गया।"

मैं वैसे ही बैठा चाय पीता रहा। नहाती हुई मिसेज खन्ना और

झांकते हुए बिल्लू की छवियां मेरे सामने घूमने लगीं। फिर एकाएक मेरा मन उबल-सा पड़ने को हुआ।

"मिसेज खन्ना में ऐसा क्या है, जिसके लिए वह पंद्रह साल का छोकरा ताक-झांक करेगा?"

"मिसेज खन्ना में कुछ हो या न हो," जीती बड़ी गंभीरता से बोली "सेठी साहब के लड़कों की आदतें तो सचमुच गंदी हैं।"

मुझे इस क्वार्टर में आए छः महीने से ज्यादा हो गए थे। दफ्तर में फाइलों के अंबार में आठ घंटे डूबा रहने वाला क्लर्क कहीं कुछ राहत चाहता है। यह राहत वह कहां-कहां नहीं खोजता। कभी बस के धक्कम–धक्के में किसी कोमल स्पर्श मात्र से, कभी दूसरी मेज पर काम कती हुई क्लर्क लड़की से हल्की-सी छेड़-छाड़ से, कभी बॉस की प्रायवेट सेक्रेट्री की नजाकतों में डूब जाने की आकांक्षा में कुछ देर के लिए अपने आपको बॉस समझ लेने से और कुछ नहीं तो एक प्याला चाय या कॉफी से।

यह राहत अड़ोस-पड़ोस में भी ढूंढ़ी जा सकती है।

जब इस मकान में आने के बाद मैं पहले दिन दफ्तर से लौटा था, मिसेज खन्ना बालकनी में खड़ी किसी से बातें कर रही थी। कुछ कह रही थी और हंस रही थी। उनकी कड़कती हुई आवाज कानों में पड़ी थी तो ऐसा लगा था जैसे सनसनाती हुई कर्णकटु सीटियां कानों के रास्ते से अंदर-उतर गई हों। क्या किसी औरत की आवाज इतनी खराब हो सकती है? मेरे लिए सोच पाना मुश्किल हो रहा था। खन्ना जी से मेरी दुआ सलाम हो चुकी थी। वे मुझे बहुत मिलनसार आदमी लगे थे, हालांकि बहुत मिलनसार आदमियों से मुझे काफी घबराहट होती है।

जाने क्यों मिसेज खन्ना के लिए मेरे मन में अजीब-सी अरुचि पनपने लगी। मूल कारण शायद उनकी आवाज थी। उसी के साथ और कारण भी जुड़ने लगे होंगे। उनका भरा हुआ ठिगना कद, कमीज में से झांकता हुआ उनका भारी वक्षप्रदेश, आगे की ओर खुली–सी उनकी

नासिका, शरीर के अनुपात में उनका छोटा-पतला मुंह, लंबे घने काले बाल और बहुत गर्वीली चाल–सब कुछ बड़ा बेतुका–बेतुका सा लगता था।

औरत को देखकर उसकी उम्र का अंदाज लगाने का मन होने लगता है। न जाने क्यों अभी तक मैंने उनकी उम्र का अनुमान नहीं लगाया था। खन्ना साहब के बाल एकदम सफेद हो चुके थे। उनका ढला-सा शरीर और अधटूटे दांत देखकर उन्हें साठ वर्ष के आसपास का समझना अनुचित नहीं था। परंतु एक दिन रिटायरमेंट की चर्चा होने पर उन्होंने ही बताया था कि वे पचपन को कुछ दिन पहले ही लांघे थे। पति-पत्नी की आयु में पांच से लेकर दस वर्ष तक का अंतर मान लेने पर मिसेज खन्ना की आयु को पैंतालीस और पचास की परिधि में होना चाहिए।

परंतु वे इस आयु की नहीं थी। उनका कोई भी तेवर इस आयु को व्यक्त नहीं करता था। मिसाल के तौर पर उनकी सलवार कमीज सिल्क की होती थी या इसी तरह के किसी अन्य महंगे कपड़े की। किसी ने उनके कपड़ों पर कभी कोई शिकन नहीं देखी थी। वे हमेशा इस तरह को बनी संवरी रहती थीं जैसे, बस कहीं जाने वाली हों। उनका घर भी बड़ा साफ-सुथरा था और उसमें सभी तरह की सुविधाएं थीं–जैसे अच्छे रंगीन प्रिंट के परदे, छोटा सोफा सेट और कुशन, सुंदर कढ़े हुए कपड़े से ढका कीमती रेडियो सेट, रसोई में चमचमाते हुए स्टील के बर्तन, गैस वाला चूल्हा और इसी तरह की अनेक चीजें। यह बात भी याद रखने की है कि खन्ना साहब भी हम सब अड़ोसियों–पड़ोसियों की तरह क्लर्क थे। और जिस जगह वे काम करते थे, उसमें उनका काम ही ऐसा था कि ऊपर की आमदनी की कहीं कोई गुंजाइश, नजर नहीं आती थी।

एक बात आठ-दस क्वार्टरों में बहुत मशहूर थी और मेरी पत्नी जैसी सभी क्लर्कानियां बहुत रस लेकर उस विषय की चर्चा करती थीं।

बात यूं हुई कि एक दिन जब मैं नहाने के लिए बाथरूम की ओर

जाने लगा तो साबुन पर नजर पड़ी। हमारा जनता छाप लोकप्रिय लाल साबुन घिस-घिस कर दो पतले-पतले टुकड़ों में बंट चुका था। सुबह जब मैं शौच गया था तो उसमें एक टुकड़ा हाथ धोकर बाथरूम में छोड़ आया था। यह बात निश्चित थी कि बाद में उसी कर्म से निपटे हुए पड़ोसियों ने उस मासूम टुकड़े की अंत्येष्टि कर दी होगी। खैर, साबुनदानी में दूसरा टुकड़ा तो था ही। और एक आदमी को नहाने के लिए कितना साबुन चाहिए। मैं उस टुकड़े से नहा लिया, बाद में जो कुछ बचा उसे सहेज कर साबुनदानी में वापस ले आया।

जीती जब नहाने जाने लगी तो उसने साबुनदानी में कागज की तरह के एक दो मुड़े-तुड़े टुकड़े देखे। वह बहुत तिनक कर बोली–"अब मैं नहाऊं कैसे?"

मैंने कहा–"शाम को आते हुए मैं नई बट्टी ले आऊंगा, इस समय किसी तरह काम चला लो।"

वह उन टुकड़ों को उंगलियों से मसलती हुई बोली–"इससे काम चलेगा।"

मैंने कहा–"अरे छोड़ो भी। कपड़े धोने का साबुन तो घर में है ही। आज उसी से नहा लो, फर्क क्या पड़ता है।"

"वाह।" वह इस तरह बोली जैसे मैंने उसके शरीर-सौंदर्य को पूरी तरह नकार दिया हो, "मिसेज खन्ना नहाती है पियर्स साबुन से और मैं नहाऊं कपड़े धोने के साबुन से। क्या मैं ऐसी ही गई गुजरी हूं।"

जीती के वाक्य के दूसरे भाग पर मैंने बिल्कुल ध्यान नहीं दिया। मेरा सारा ध्यान उसकी पहली बात पर टिक गया।

"क्या कहा, मिसेज खन्ना पियर्स से नहाती है?"

"हां–वो दूसरे किसी साबुन को हाथ नहीं लगातीं। और एक हम हैं..."

वाक्य अधूरा छोड़कर उसने तौलिया उठाया और बाथरूम की ओर चली गई।

मेरा मन अजीब-अजीब सा हो रहा था। लग रहा था कि मन ही

मन मिसेज खन्ना को कोई भारी-सी गाली दूं। पर कोई गाली भी नहीं सूझ रही थी।

खन्ना जी अक्सर शाम को मेरे पास आ बैठते थे। दुनिया में ऐसा कोई भी विषय नहीं था, जिसमें उनकी रुचि न हो। धर्म, राजनीति, खेल–कूद, फिल्म सभी बातों पर वे आगे बढ़कर अपना मत देते थे। उनको खाने पीने का शौक भी अखिल भारतीय था। मक्की की रोटी, नान, लुच्ची से लेकर पूड़ी-कचौरी, श्रीखंड, बटाटा पोहा और इडली डोसा जैसा कोई भी पकवान उनकी उंगलियों की पोरों पर और जीभ की नोंक पर रखा हुआ था। अक्सर वे हमारी रसोई में चले जाते थे और 'जीती बहू' को नये से नये पकवानों को बनाने की विधि बताते थे। सिर्फ बताते ही नहीं थे, बल्कि जोर देकर अपने सामने बनवाते थे और अच्छी तरह चखकर कमियों के सुधार का उपाय बताते थे।

एक दिन उन्होंने अपने बेटे की बात बताई जो फरीदाबाद की एक फैक्ट्री में एकाउंटेंट था।

जीती ने बताया कि श्रीमती मेनका खन्ना, खन्ना साहब की दूसरी पत्नी हैं। पहली पत्नी से खन्ना जी का एक बेटा है, जो अपने परिवार के साथ फरीदाबाद में रहता है। दूसरी पत्नी से एक लड़की हुई थी, जो चार पांच वर्ष की आयु में ही चल बसी थी।

पहली बार मिसेज खन्ना के संबंध में हल्का-सा हमदर्दी का भाव मेरे मन के किसी में उपजा था।

कुछ औरतें अजीब किस्म का बुजुर्गाना संरक्षण सदा सिर पर चाहती हैं। जीती भी शायद उनमें से एक है। अपनी नौकरी के कारण मैं घर से अलग रहा इसलिए संयुक्त परिवार में बहू कहलाने की उसकी कामना शायद अतृप्त रह गई।

खन्ना साहब इस कमी को पूरा कर रहे थे, इसलिए मेरे चाहे अनचाहे वे मेरे परिचार के 'गार्डियन' पद को लगातार हथियाते जा रहे थे। जीती ने उनकी यह सरपस्ती बड़ी खुशी से स्वीकार कर ली थी, परंतु मुझे इस झमेले से काफी कोफ्त होने लग गई थी। सच बात तो

यह है कि जीवन रेखा और मस्तिष्क रेखा अपने निकास बिंदुओं में बिल्कुल अलग-अलग हैं, इसलिए हस्तरेखा विज्ञान में रत्ती भर भी दखल रखने वाला व्यक्ति मेरा हाथ देखते ही मेरे स्वतंत्र स्वभाव की बात मुझे सबसे पहले बताता है। बुजुर्गों के प्रति मैं बहुत नम्र हूं, परंतु उन्हें अधिक समय तक बर्दाश्त कर सकना मुझे बहुत मुश्किल लगता है।

खन्ना जी किसी दूतावास में काम करते थे। उनका कार्यकाल सुबह आठ बजे शुरू होता था और दो बजे उनकी छुट्टी हो जाती थी। सामान्यतः दूतावासों में सप्ताह में पांच दिन काम होता है, इसलिए शनिवार को भी उनकी छुट्टी होती थी।

दूसरी तरफ मैं दफ्तर ऐसा कि यदि दीवार घड़ी की सेकिंड गिनने वाली सुई दस बजाने की अपनी परिधि से बाहर आ गई तो मैनेजर साहब की आंखें भी जैसे अपनी सीमाओं से बाहर निकल आएंगी। और सारा दिन फाइलों के साथ ऐसी उठा-पटक कि शाम को दफ्तर से निकलते समय महसूस होता था कि अखाड़े में से किसी पहलवान के दुहत्थड़ खाकर निकल रहे हों। ऐसी हालत में यदि व्यक्ति कनाट प्लेस न जाए, अंदर वाले सर्कल का एक चक्कर न लगाए, कुछ खुशनुमा शक्लें न देखे, दस पैसे के इवनिंग न्यूज में से शहर के विभिन्न रेस्तराओं के कैबरे कार्यक्रमों की सूचनाएं न पढ़े, कहीं सस्ती-सी कॉफी न पिए, अपने ही जैसे मित्रों के साथ बैठकर बेतुकी और फूहड़ बातें न करे और फिर सारी दुनिया को रूमाल में आई गर्द की तरह झाड़कर घर लौटने की मजबूरी न झेले तो भला आप ही बताइए कि वह जिए कैसे?

और जब मैं घर पहुंचता तो देखता खन्ना जी मेरे कमरे में विराजमान हैं, मेरा अखबार उनके हाथों की रगड़ खा–खाकर त्राहिमाम-त्राहिमाम चिल्ला रहा है और जीती उन्हें गर्मागर्म पकौड़ियां या बटाटा पोहा या उपमा बनाकर खिला चुकी है और चाय का दूसरा दौर चल रहा है।

खन्ना जी को तो मैं किसी तरह बरदाश्त कर लेता। मुझे देखते ही कहते–"लगता है, आज फिर आपकी बैठक कॉफी हाउस में जमी थी।"

मैं फीकी-सी मुस्कराहट मुस्कराता। हाथ-मुंह धोता, जीती प्लेट में ढकी हुई ठंडी पकौड़ियां या वैसा ही कुछ मेरे सामने रखती और चाय बनाने लगती और खन्ना जी दफ्तर में पढ़े हुए तीन अखबारों और चौथे मेरे अखबार से निचौड़ी हुई खबरों का तप्सरा अपनी आलोचनात्मक टिप्पणियों सहित मेरे सामने पेश करने लग जाते।

परंतु अब अक्सर मिसेज खन्ना को भी मैं अपने कमरे में पाता, जिन्हें बरदाश्त करना सचमुच मेरे लिए बहुत मुश्किल होता। मुझे देखते ही वे कड़कती आवाज में बड़े लाड़ से कहती–"भाई साहब, आपको कनाट प्लेस जाने की क्या बीमारी है? भला यह भी कोई बात है। घर में आपकी इतनी प्यारी-सी बीवी आपकी राह देखती है और आप वहां दोस्तों के साथ गुलछर्रे उड़ाते हैं।"

मुझे लगता जैसे मेरी हड्डियां सुलग उठी हैं। जैसे किसी ने पिघला हुआ गरम सीसा मेरे कानों में डाल दिया है, जैसे कनाट प्लेस की हर खुशनुमा शक्ल और आवाज इस भद्दी-भोंडी शक्ल और उससे कहीं ज्यादा कर्कश और जुगुप्सा भरी आवाज में डूब गई है।

मन होता कुछ कहूं...कुछ कड़वी और बात कहूं कि अंदर का सारा जहर निकल जाए। परंतु मैं कुछ नहीं कहता। बल्कि बनावटी मुस्कराहट से अपना चेहरा ढक लेता और किसी तरह उनमें शामिल हो जाता। खन्ना साहब से राजनीति की चर्चा करता, जिसे सुनकर मिसेज खन्ना जीती से बात करना बंद कर देतीं और हमारे बीच कूद पड़तीं। देश के हर नेता, फिल्म के हर अभिनेता और संसार के सभी खेलों के हर विजेता का कच्चा चिट्ठा वे इस तरह खोलने लगतीं कि मैं देखता ही रह जाता। उनकी बातें सुनकर मेरा क्रोध उफनता हुआ गले तक आ जाता क्योंकि उनकी सारी बातें बेसिर-पैर की अफवाहों पर आधारित होती थीं। परंतु वे अपनी हर बात इस तरह पेश करती थीं जैसे

वे उनकी चश्मदीद गवाह हों और उनके सामने बैठे हुए हम लोग बड़े अल्पज्ञ और बौड़म किस्म के लोग हैं जो संसार के बारे में कुछ भी नहीं जानते।

कोई व्यक्ति किसी को क्यों पसंद करता है यह बात तो समझ में आती है, कोई व्यक्ति किसी को क्यों नहीं पसंद करता है यह बात भी समझ में आ जाती है, परंतु किसी व्यक्ति की किसी के प्रति अरुचि क्यों होती है यह बात समझना बहुत आसान नहीं है।

जहां तक खन्ना जी की बात है, मैं उन्हें पसंद नहीं करता था तो नापसंद भी नहीं करता था। घंटे-आध घंटे का उनका साथ बुरा नहीं था। इसमें भी कोई शक नहीं कि वे निहायत शरीफ और मददगार किस्म के व्यक्ति थे। मेरे और जीती के बीच अक्सर बाजार से राशन और सब्जी भाजी लाने के संबंध में तकरार हो जाती थी। कोई पति बाजार से राशन-पानी और सब्जी-भाजी खरीद कर लाए इससे रद्दी बात की मैं कल्पना नहीं कर सकता। मैं जीती से कहता कि यह तुम्हारा काम है और उत्तर में वह मुझे अड़ोस-पड़ोस के दसियों पतियों के नाम गिना देती जो सिर्फ बाजार से राशन और सब्जी-भाजी ही खरीद कर नहीं लाते, बल्कि सुबह पांच बजे उठकर मिल्क बूथ से दूध भी लाते थे।

परंतु जब से खन्ना साहब ने हमारा संरक्षकत्व संभाल लिया था, हमारी आपसी तकरार लगभग बंद हो गई थी क्योंकि अपने घर का यह काम तो वे करते ही थे, हमारा भी करने लग गए थे।

मिसेज खन्ना के संबंध में मैंने अपने मन को बार-बार कुरेदा। बार-बार मुझे यही लगा कि मैं उन्हें नापसंद ही नहीं करता, उनके प्रति मेरे मन में अरुचि है। इस संबंध में कभी मन में यह जिज्ञासा ही नहीं उठी कि क्यों है। मुझे यह अत्यंत सहज और स्वाभाविक लगता। जब कभी छुट्टी का दिन होता, या तो खन्ना-दंपति का दोपहर का खाना हमारे घर होता या हमारा खाना उनके घर होता। दोनों ही स्थितियों में कोई विशेष अंतर नहीं था, क्योंकि दोनों ही रसोइयों में मिसेज खन्ना

की आवाज और छाया छाई रहती थी। प्रायः यह होता था कि जब मिसेज खन्ना हमारी रसोई में होती तो मैं खन्ना जी के साथ उनके कमरे में बैठा होता और जब उनके घर खाना करना होता, मैं बालकनी में खड़ा होकर सड़क की रौनक देखता रहता। फिर फर्श पर चटाई बिछाकर हम खाना खाने बैठते। मिसेज खन्ना एक-एक चीज अपने हाथ से मेरी थाली में परोसतीं और खाते समय बार-बार मुझसे साग-सब्जी, पूड़ी-चावल के लिए पूछती रहतीं। हर बार वे यही कहती थीं–"भाई साहब, लगता है आपको मेरे हाथ का खाना अच्छा नहीं लगता। और हर बार मैं अतिरिक्त उत्साह से कहता था कि नहीं... नहीं...आप तो बहुत अच्छा खाना बनाती हैं। मेरी इस बात से सचमुच उनकी बाछें खिल जाती और मुझे फिर वही कड़कती आवाज सुनाई देती–भाई साहब झूठी तारीफ करना तो कोई आपसे सीखें। ऐसे अवसर पर यदि वे मेरे पास बैठी होतीं तो उलहाने और प्रेम से भरा उनका हाथ मेरे कंधे पर टिक जाता और मेरा सारा शरीर किसी चीज को झटक देने के लिए मचल-सा उठता। फिर दो-तीन महीने ऐसे गुजरे कि मुझे हर बात के लिए खन्ना परिवार पर निर्भर हो जाना पड़ा। जीती अपने पहले बच्चे को जन्म देने के लिए जैसे-जैसे अपने में ही सिमटने लगी, मिसेज खन्ना मेरे सारे घर के अंदर फैल गयीं। वे मेरे लिए नाश्ता और खाना ही नहीं तैयार करती थीं, मेरे कपड़े भी धोती थीं, उन्हें प्रेस करती थी, मेरा लंच बाक्स तैयार करती थीं, और मेरी छोटी-से छोटी जरूरत का ध्यान रखती थीं। इन महीनों में खन्ना-दंपत्ति ने मेरे घर के उन नुक्कड़ों और कोनों में भी झांक लिया जो शायद अब तक सिर्फ हम दो लोगों के थे। गांव से दो-चार दिन के लिए मेरे बड़े भाई साहब आए तो खन्ना-दम्पत्ति ने उन्हें इस तरह हाथों-हाथ लिया जैसे वे मेरे नहीं उनके भाई हैं। सीधे-सादे देहाती भाई साहब उनके उस आत्मीय व्यवहार से भौंचक्के रह गए। शहर के लोग बहुत रूखे और बेमुरव्वत होते हैं और मेहमान नवाजी से कोसों दूर भागते हैं, यह उनकी पक्की धारणा थी। उन्हें तो मुझसे ही ऐसी आत्मीयता की उम्मीद नहीं थीं,

परंतु मेरे पड़ोसी उनका ऐसा आदर-सत्कार करेंगे, यह उनकी मानसिकता में बिल्कुल नहीं समा पा रहा था। जिस दिन वे गांव वापस जाने लगे, मुझे एकांत में बुलाकर बड़ी भेद भरी आवाज में बोले–तुम मुझसे ज्यादा पढ़े-लिखे हो, समझदार हो, शहर में रहते हो, पर मैं तुमसे आयु में बड़ा हूं, इसलिए एक बात कहना चाहता हूं। तुम्हारे ये पड़ोसी खन्ना साहब और उनकी धर्मपत्नी या तो बहुत भले लोग हैं या बहुत ही बदमाश हैं। तुम्हारे घर में इनका इतना दखल मुझे कुछ अजीब-सा लग रहा है। इतना ही कहूंगा कि तुम बहुत चौकन्ने रहो।

उस दिन मिसेज खन्ना बेतहाशा रो रही थीं। इस तरह कि उनके कपड़े अस्त-व्यस्त हो गए थे और उनके काले, लंबे सख्त बाल बिखरे हुए थे। वे रोती जा रही थीं और अपने बाल भी नोचती जा रही थीं। उनकी दहाड़ों और विलाप से हमारी डबल स्टोरी बिल्डिंग में जैसे कोहराम-सा मच गया था। बहुत से लोग उनके आस-पास ज़मा थे। खन्ना साहब उन्हें बार-बार ढाढ़स बंधा रहे थे और भगवान के सामने किसी का बस नहीं चलता इस रहस्य और तथ्य को उन्हें समझाने कि कोशिश कर रहे थे। पर मिसेज खन्ना पर किसी बात का असर नहीं हो रहा था। उन्हें जितना समझाया जाता था, ढाढस बंधाया जाता था, भगवान के सामर्थ्य और मनुष्य की तुच्छता की बात बताई जाती थी, वे और जोर-जोर से रोना शुरू कर देती थीं, छाती पीटने लगती थीं या बाल नोचने लगती थी।

मैं शाम को दफ्तर से लौटा तो मैंने यह दृश्य देखा। अड़ोसियों-पड़ोसियों से मुझे पता लगा कि मिसेज खन्ना का एकमात्र भाई जो पिछले अनेक वर्षों से सिंगापुर में रहता था, अचानक चल बसा है। विस्तार से तो कुछ पता नहीं लगा, सिर्फ इतना ही मालूम हुआ कि उसने सिंगापुर में ही काफी अर्सा पहले किसी चीनी औरत से शादी कर ली थी। सिंगापुर में उसने अच्छा-खासा पैसा कमाया था। वह सब कुछ वहीं छूट गया था।

इसके पहले मिसेज खन्ना ने अपने इस भाई के संबंध में मुझसे या

जीती से कभी कोई चर्चा नहीं की थी। परन्तु उनका आज का विलाप देखकर लगता था कि अपने भाई से उनका बहुत प्रेम रहा होगा।

मैं भीड़ को परे हटाकर आगे बढ़ा और छाती पीटती मिसेज खन्ना को देखकर ठिठक-सा गया। तभी जीती से मेरी नजर मिली। वह दो-तीन महीने की मुन्नी को अपनी गोद में डाले मिसेज खन्ना के बिल्कुल पास बैठी उन्हें संभालने की नाकाम कोशिश कर रही थी। उसने वहीं से मुझे इशारा किया कि मैं मिसेज खन्ना के पास आऊं और अपना अफसोस प्रकट करूं।

मैं आगे बढ़कर उनके पास पहुंचा और घुटनों के बल झुककर मैंने उनके कंधें पर हाथ रखा। इस समय उनका सिर झुका हुआ था और उनका विलाप शोक गीत की पंक्तियों में धीरे-धीरे मुंह से निकल रहा था। मेरे स्पर्श से जैसे वे चौंक उठीं। झटके से उन्होंने अपना सिर उठाया, मुझे देखा और फिर एक दहला देने वाली चीख...भाई साहब ...मैं लुट गई...मेरा भैया मुझे छोड़कर चला गया...शब्दों के साथ उन्होंने मुझे अपने कलावे में भर लिया।

वे क्षण कैसे रहे होंगे। उनकी याद आती है तो आज भी सारे शरीर से जैसे झुरझुरी फूट पड़ती है। मुझे कभी न अच्छी लगने वाली मिसेज खन्ना आज बहुत वीभत्स लग रही थीं। रोती हुई औरते मुझे वैसे ही अच्छी नहीं लगतीं अच्छी खासी दिखने वाली स्त्रियां भी जो रोती हैं तो कुरूप लगने लगती हैं। वैसे इसके अपवाद भी मैंने देखे हैं। कुछ औरतें डबडवाई आंखों और रुआंस से फड़फड़ाते ओठों में अधिक प्यारी दिखाई देती हैं। परंतु मिसेज खन्ना? उफ...उस समय उनके कलावे में जकड़ा, उनका चीत्कार सुनता, पसीना से नहाए उनके शरीर की बास झेलता हुआ मैं जैसे किसी गैस चैंबर में बंद कर दिया गया था। मेरा जी बुरी तरह मितला रहा था और उबकाई को मैं बड़ी मुश्किल से रोक पा रहा था। उस स्थिति में मैं मुश्किल से तीन-चार मिनट रहा हूंगा। परन्तु उन तीन-चार मिनटों ने जैसे सारे संसार की गति को अपनी मुट्ठी में जकड़ लिया हो, उन मिनटों ने जैसे मेरी गर्दन दबोच कर मुझे

अधमरा कर दिया हो।

मैं किसी तरह उनके कलावे से मुक्त हुआ और भीड़ चीरता हुआ अपने कमरे की ओर भागा।

धीरे-धीरे सब कुछ शांत हुआ। छोटे बच्चे की जिम्मेदारियां निभाते हुए जीती खन्ना परिवार की पूरी तरह देखभाल कर रही थी। दो दिन में ही मिसेज खन्ना जैसे मुरझाकर आधी रह गई हों। उन्होंने खाना-पीना लगभग छोड़-सा रखा था। जीती जिद करके उन्हें कुछ खिला-पीला देती थी, परंतु ऐसे अवसर पर उनकी आंखें फिर डबडबा आती थीं और ओठ फड़फड़ाने लगते थे।

मेरे लिए यह सब कुछ बहुत गहरी ऊब और कोफत से भरा हुआ था। कई बार मैं जीती पर झुंझला पड़ता। मुझे अपने घर में मुन्नी सदा रोती हुई दिखाई देती। वह उसे दूध पिलाती, हिलाती-डुलाती, पर उसकी जुबान पर सदा मिसेज खन्ना के दुख की ही चर्चा रहती। ऐसे समय में मैं अपने आपको बिल्कुल बेबस पाता। मेरी समझ में नहीं आता कि क्या करूं? मिसेज खन्ना अब मुझे पहले से कहीं ज्यादा बुरी लगती थी। उनका सूखा-सूखा चेहरा उनकी उदास-उदास आंखें उनकी मरी-मरी सी कर्कश आवाज और फिर उस दिन मुझे तीन-चार मिनट तक अपने कलावे में जकड़ रखने की घटना–सब कुछ मेरे लिए घोर जुगुप्सा से भरा हुआ था।

मिसेज खन्ना ने अपने भाई की तेरहवीं की रस्म विधिवत पूरी की। उस दिन रविवार था। सुबह से ही खन्ना जी और मैं इस व्यवस्था में लगे हुए थे। शाम को पांच बजे 'भोग' की रस्म पूरी हुई। बिरादरी तथा आस-पड़ोस के लोग एक बार फिर से अपना शोक व्यक्त करते हुए बिदा हो गए। मैं काफी थक गया था। अपने घर आकर मैं चारपाई पर लेट गया। और शायद कुछ देर सोता रहा।

जीती ने शाम की चाय बनाकर रखी ही थी कि खन्ना साहब आ गए। बोले–"उठिए और मेरे साथ चलिए।"

मैं थका तो था ही, कुछ खीझा हुआ भी था। मैंने कुछ तल्ख

आवाज में पूछा, "कहां?"

उन्होंने मुझे बांह से पकड़कर उठाते हुए कहा–"उठिए तो...कहीं दूर नहीं जाना है...बस, हमारे घर तक।"

मेरे मन में आया कि उनका हाथ झटक दूं। परंतु इतनी ही देर में वे मुझे लगभग खड़ा कर चुके थे। मैंने कहा–"चाय तो पी लूं।"

"चाय हमारे साथ पीजिए।" वे बोले, "जीती तुम भी चलो।"

चाय कैटल में बंद रह गई और हम दोनों उनके साथ चल दिए।

अपने कमरे के दरवाजों के आगे पड़े हुए परदे को उठाते हुए वे बड़ी उल्लसित आवाज में बोले–"मेनका, लो...मैं इन्हें ले आया हूं।"

कमरे में मिसेज खन्ना एक कुर्सी पर बैठी हुई थीं। इस समय वे इतनी उदास नहीं दिखाई दे रही थीं। देखकर वे मुस्कराईं। उन्होंने मुझे अपने पास वाली कुर्सी पर बैठने का इशारा किया।

खन्ना साहब, मिसेज खन्ना के उस तरफ की कुर्सी पर जाकर बैठ गए और जीती सामने के दीवान पर।

"बोलो अब क्या कहती हो ?" खन्ना जी ने अपनी पत्नी से पूछा।

मिसेज खन्ना के चेहरे पर शर्म, संकोच, हंसी, दुविधा और पता नहीं क्या-क्या एक साथ उभर आए–"मैं क्या बोलू?"

"अरे ये क्या पराये हैं?" खन्ना जी बोले–"अच्छा तुम नहीं बोलती तो मैं बोलता हूं।" वे मेरी ओर उन्मुख हुए, "आपको पता है कि भाई के गुजर जाने से इन पर क्या बीती है। मां-बाप तो हैं नहीं। एक भाई ही था, वह भी चला गया। पर मैं कहता हूं कि इसमें इतना उदास होने की क्या जरूरत है। गयों को तो कोई वापस ला नहीं सकता, लेकिन जो हमारे साथ हैं, हमारे हमसाये हैं क्या हम उनकी ओर से आंखें मूंद लें?"

मैं गुमसुम बैठा सिर हिलाता रहा। सांत्वना या ढाढ़स के दो-चार औपचारिक शब्द मेरी ज़ुबान पर आए भी, परंतु जीभ से नीचे उतरने में वे भी कतरा गए।

खन्ना जी बोले–"आप भी हमारे भाई की ही तरह हैं। मैं कहता

हूं कि भाई से भी ज्यादा हैं। वह भाई तो सिंगापुर में रहता था, उससे साल-दो साल में कभी एक-आध बार मिलना होता था, परंतु आप तो हमसाया हैं। आपसे हमारा प्रेम सगे भाइयों से ज्यादा है।"

"हां-हां इसमें क्या शक है।" आखिर मेरी जीभ ने अपनी पकड़ ढीली की और पांच-सात शब्दों को धीरे-से उगल दिया।

"लो–मैं क्या कहता था।" खन्ना जी अपनी पत्नी से बोले, "तुम्हें बेकार का संकोच हो रहा था।"

"संकोच...? संकोच किस बात का?" मैंने आश्चर्य से पूछा।

जीती बोली–"हां-हां बहन जी बताइए, बात क्या है?"

मिसेज खन्ना ने एक बार सबकी ओर देखा और फिर मुझ पर आंखे टिका लीं। एकाएक उनकी आंखें डबडबा आई। उन्होंने पल्लू से आंखें पोंछते हुए कहा–"आप मेरे भाई की तरह तो हैं ही, पर मैं चाहती हूं कि आज से आप मेरे धर्म भाई बन जाएं। मैं अपने मांजाए भाई की जगह पर अब आपको समझूं। मैं यह समझूं कि मेरा खोया हुआ भाई मुझे वापस मिल गया है।" कहते-कहते उन की आंखें फिर डबडबा आई।"

सबसे पहले जीती बोली–"वाह वाह, इससे ज्यादा खुशी की और क्या बात हो सकती है। आज से ये आपके भाई हुए और आप मेरी बड़ी ननद हुई।"

मैं अभी भी गुमसुम था। अजीब-सी स्थिति थी। मुझे क्या करना चाहिए, यह तो मुझे पता था, परंतु कैसे करूं, यह समझ में नहीं आ रहा था।

मुझे कुछ चुप देखकर मिसेज खन्ना बोलीं–"क्यों भाई साहब, क्या आपको मुझे बहन बनाना मंजूर नहीं?"

मैं झटपट बोला–"नहीं...नहीं...ऐसी बात नहीं...और यह तो बड़ी खुशी की बात है...जीती ठीक ही कहती है...हम तो आपके अपने ही हैं।"

खन्ना साहब लपक कर मिठाई की प्लेट उठा लाए। मिसेज खन्ना

के हाथ में देते हुए बोले–"लो, अपने भाई को अपने हाथ से मिठाई खिलाओ।"

मिसेज खन्ना अपनी कुर्सी से उठ खड़ी हुई। मेरे पास आकर उन्होंने मेरे सिर पर हाथ रखा, मेरा माथा चूमा और बोलीं–"देखो भैया, अपनी इस बहन को कभी भुलाना मत।"

मैं कुछ बोला नहीं, परन्तु मैंने महसूस किया कि मैं अंदर तक गहरा भीग गया हूं।

मिसेज खन्ना ने अपने हाथ से बर्फी का टुकड़ा मेरे मुंह में डाला। मैंने एक टुकड़ा उठाकर उन्हें खिलाया। उन्होंने मुझे फिर कलावे में भर लिया और मेरा माथा चूमा। खन्ना जी रूमाल से अपनी आंखें पोंछ रहे थे।

जीती ने मिठाई की प्लेट हाथ में ले ली और खन्ना जी के आगे कर दी।

मिसेज खन्ना...अब मेरी बहन थीं, जिन्हें आज तक मैंने किसी संबोधन से नहीं पुकारा था।

वे सब के लिए चाय बनाने रसोई में चली गयी।

अनुभव की इस विचित्रता को तुम क्या कहोगे?

तुम ठीक कहते हो। भला जो स्थिति हमें पसंद नहीं, उसे हम क्यों स्वीकार करें? हम उसे क्यों न झटक दें, उससे दूर क्यों न हो जाएं? परंतु एक बात पूछता हूं। क्या हमारे चारों ओर स्थितियों का बनना, उन्हें स्वीकार करना या झटक देना, उनमें फंस जाना या उनसे मुक्त हो जाना अपनी पलकों को बंद करने या खोल लेने जितना ही आसान काम है?

तुम कहोगे, कभी-कभी स्थितियों की अपनी बाध्यता होती हैं। अपने बॉस को हम बिल्कुल पसंद नहीं करते, परंतु नौकरी जो करनी है ...जिस नोकरी पर अपने अस्तित्व का बहुत बड़ा भाग आश्रित है। इसलिए उस बॉस के सामने खीसें निपोरनी पड़ती है, हां में हां मिलानी पड़ती है।

परंतु तुम मानोगे कि यह बाध्यता बहुत स्थूल है, इसकी स्थूलता बहुत साफ-साफ दिखाई देती है। इसके साथ ही तुम यह भी मानोगे कि सभी बाध्यताएं इतनी साफ नहीं होती। बाध्यताहीन बाध्यता को तुम क्या कहोगे? तुम्हें समरसेट माम की एक बात सुनाता हूं। माम की मां बहुत सुंदर थी, पर उसका पिता उतना ही बदसूरत था। माम के मां-बाप के जोड़े को उन दिनों पेरिस में ब्यूटी एण्ड बीस्ट (सौंदर्य और पशुता) का जोड़ा कहा जाता था। एक बार माम की मां से उसकी एक सहेली ने पूछा–"तुम इतनी सुंदर हो, कितने ही लोग तुम्हारे लिए दीवाने हैं, फिर भी तुम उस बदसूरत और ठिगने आदमी के प्रति इतनी वफादार क्यों हो?"

माम की मां को कुछ क्षण मौन देखकर उस सहेली ने सोचा होगा, पता नहीं इसे कैसी बाध्यता हैं।

माम की मां ने स्वीकार किया। उसे बाध्यता थी। वह बोली–"वह मेरी भावनाओं को कभी ठेस नहीं पहुंचाता।"

मिसेज खन्ना अब मेरी बहन थीं। जीती को अब वे भाभी कहने लगी थीं। जीती पहले खन्ना जी कहती थी, अब भाई साहब कहने लगी थी। और मैं? पहले मिसेज खन्ना को प्रत्यक्ष कुछ भी नहीं कहता था। उनके लिए कोई संबोधन मेरे जहन में उभरता ही नहीं था। लेकिन अब मैं उन्हें दीदी कहने लगा था, हालांकि यह शब्द मेरे मुंह से आसानी से नहीं निकलता था और शब्द उच्चारण से पूर्व मेरी जीभ कितने मरोड़ खाती थी।

यह संबंध हम दो छोटे परिवारों तक ही सीमित नहीं रहा। हम अपनी भतीजी की शादी में शामिल होने के लिए गए तो दीदी ने इक्कीस रुपये बतौर शगुन भेज दिए और मेरी मामी ने दीदी के लिए मिठाई और मट्ठियां भेजीं। खन्ना जी के बहुत से रिश्तेदार दिल्ली में ही थे। उन सबके बीच हम अनचाहे प्रवेश पाने लगे। खन्ना जी का बेटा, जो आयु में मुझसे दो-चार साल बड़ा था मुझे मामा जी और जीती को मामी जी कहने लगा। उनके परिवारों में कहीं न कहीं कोई उत्सव

या संस्कार होता तो उसमें हमारा शामिल होना अनिवार्य-सा हो गया। रिश्तेदारी जो हुई और वह भी इतनी नजदीक की।

और जीती अपनी मुन्नी के मुंह से शायद सबसे पहला शब्द बुआ निकलवाना चाहती थी, इसलिए वह सारा दिन उसके कान में बु...बु ... का मंत्र फूंकने लगी।

सब कुछ कितना अजीब था। जैसे मेरे हाथ–पांव बांधकर मुझे किसी अनचाही नदी में उतार दिया गया हो और मेरी नाक से आक्सीजन पाइप बांध दी गई हो–सांस लेता रहूं और चुप रहूं।

राखी आई। इससे पहले भी आती थी, परंतु हम भाइयों ने और हमारी बहनों ने कभी उसे बड़ी गंभीरतापूर्वक नहीं लिया था। बहनें दिन में किसी भी समय राखी बांध देती थीं और हम उनकी मुट्ठी में कुछ रुपये थमा देते थे। जीती ने पहली बार मुझे राखी की गंभीरता और औपचारिकता का कुछ आभास कराया। वह सुबह नहा-धोकर 'सच्चे मुंह' अपने भाई को राखी बांधने जाती थी। और उसका भला भाई भी सुबह-सुबह नहा-धोकर बिना कुछ खाए-पिए राखी की प्रतीक्षा में बैठ जाता था। पिछले कई सालों से मुझे डाक से राखियां आ रही थीं जिन्हें मैं पांच मिनट के लिए खुद ही अपनी कलाई पर लपेट लेता था और रुपये मनीआर्डर से भेज देता था।

परंतु इस बार दूसरी ही बात थी। जीती मेरे सोकर उठने से पहले ही राखी बांधने अपने भाई के घर जा चुकी थी। हमेशा ऐसा ही होता था। मैंने आराम से उठकर अपने लिए चाय बनाई और कुर्सी पर पसर कर अखबार पढ़ने लगा। तभी दीदी आ गई। नहाई-धोई लग रही थीं उनके हाथ में स्टेनलेस स्टील का थाल था जो गरी, बादाम, छुवारे, केले और मिठाई से भरा हुआ था।

मुझे उस तरह बैठा देखकर बोलीं–"अरे भैया, तुम अभी ऐसे ही बैठे हो? नहाए-धोए नहीं? और चाय पीकर मुंह भी जूठा कर डाला। तुम्हें यह भी मालूम नहीं कि राखी 'सच्चे मुंह' बंधवाई जाती है।"

मैं अचकचाया। सुबह-सुबह यह क्या मुसीबत। दीदी ने बड़े लाड़

से मेरे कंधे पर हाथ रखा जिसे अस्वीकार करने के लिए जैसे मेरा रोम-रोम उठ खड़ा हुआ हो।

वे बोलीं–"जाइए, जल्दी से नहाकर आइए। सुबह से मैंने चाय भी नहीं पी है।"

मैं झटपट उठकर बाथरूम में घुस गया। नहाकर आया तो दीदी ने केसर को पानी में घोलकर मेरे माथे पर टीका लगाया। मुझे राखी बांधी, फिर डिब्बा खोलकर उसमें से मिठाई निकालकर मेरे मुंह में डाली और थाल उठाकर मेरे हाथ में दे दिया।

मैंने कहा–"राखी में इतनी चीजों की क्या जरूरत होती है? आप तो पूरा थाल भरकर ले आयीं।"

उन्होंने बड़े लाड़ से मुझे अपने साथ सटा लिया और बोलीं–"यह तो कुछ भी नहीं है। अपने भैया के लिए तो मैं कुछ भी कर सकती हूं।"

मैंने डिब्बे से निकाल कर उन्हें मिठाई दी और दस रुपये का नोट उनकी मुट्ठी में दबा दिया।

वे वहीं बैठकर बातें करने लगीं। खन्ना जी दफ्तर जा चुके थे। जीती और मुन्नी का दोपहर से पहले वापस अपना संभव नहीं था। ऐसे अवसरों पर मैं बिना लंच बाक्स लिए आफिस चला जाया करता था।

कुछ देर में दीदी उठी। उन्होंने मेरे लिए नाश्ता बनाया। हम दोनों ने साथ–साथ नाश्ता किया। फिर उन्होंने मेरा लंच बाक्स तैयार कर दिया। राखी के दिन हमारा आफिस एक घंटा देर से शुरू होता था, परंतु मैं जल्दी ही घर से निकल पड़ा।

सब कुछ अनायास चल रहा था। कई बार मुझे लगता कि व्यक्ति की इच्छा अनिच्छा का चाहने का, प्रेम और घृणा का एक स्थिति के बाद कोई विशेष महत्व नहीं है। लगता, जैसे इन सब चीजों की पकड कुछ दिन तक, कुछ मनः स्थितियों तक और कुछ प्रसंगों तक ही सार्थक रहती हैं। उसके बाद, यदि आपकी बंधी बंधाई जिंदगी में ये चीजें सीधा दखल न दें और यदि आपकी बर्दाश्त का मादा बहुत

कमजोर न हो तो आप सब कुछ निभाते चले जाते हैं।

मेरे साथ भी ऐसा ही हो रहा था। मिसेज खन्ना के संबंध में मैं अपनी धारणा तुम्हें बता ही चुका हूं। स्थितियां ऐसी बनी कि वे मेरी दीदी बन बैठीं, परंतु मैं अपनी धारणा नहीं बदल सका। उनकी आवाज, उनका स्पर्श, उनका जो कुछ भी उनका था, जो कुछ...मेरे लिए चाहतहीनता से भरा हुआ था।

मेरी विभागीय परीक्षा होनी थी। इस परीक्षा को पास कर लेने से मैं अपने दफ्तर में प्रमोशन पा सकता था, आफिसर बन सकता था। मैं परीक्षा की तैयारी में लग गया।

दीदी कहतीं–"भैया, तुम्हें तो हमसे बात करने का भी समय नहीं मिलता। या तो आते हो रात को दस बजे या अपनी लिखाई-पढाई में डुबे रहते हो।"

जीती कहती–"ये तो बस ऐसे ही हैं इन्हें या तो दोस्त प्यारे हैं या किताबें।"

मैं कुछ भी नहीं कहता उनके साथ चाय पीता और पीछे के कमरे में जाकर पढ़ने लगता।

खन्ना परिवार का मैं बहुत आभारी भी हूं। खन्ना जी पहले भी हमारे घर का बहुत-सा काम कर दिया करते थे, पर अब तो वे बाकायदा गार्डियन बन चुके थे। राशन पानी की कमी हो तो खन्ना जी लाएं, जीती की तबीयत खराब हो तो दीदी खाना बनाएं, मुन्नी रोती हो तो खन्ना जी उसे अपने कंधे पर चढ़ाकर घुमाने ले जाएं, हमें सिनेमा देखने जाना हो तो वे दोनों हमारे घर की रखवाली भी करें और मुन्नी को भी संभालें।

जल्दी ही दिवाली को भैया दूज भी आ गई। हमारे घरों में भैया दूज मनाने का कोई रिवाज नहीं था। जीती का मायका भी इससे मुक्त था। परंतु दीदी के लिए यह भैया दूज थी। एक दिन पहले ही उन्होंने मुझे चेतावनी दे दी–"कल भैया दूज है। जल्दी उठकर नहा-धो लेना और टीका लगवाने से पहले मुंह मत जूठा करना।"

'भैया दूज' की सुबह का नाटक लगभग वैसा ही था। दीदी की थाली गरी, छुहारे, बादाम और मिठाई से भरी हुई थी। मैं नहा-धोकर उनके सामने बैठा। उन्होंने केशर घोलकर मुझे टीका लगाया, मिठाई का टुकड़ा मेरे मुंह में डाला, मेरे लिए शुभकामनाओं की झड़ी लगा दी और बड़े प्यार से मुझे अपने कलावे में भर लिया।

कलावे से आजाद होकर मैंने अपने आप को स्थिर किया। उन्होंने मिठाई खिलाई और दस का नोट उनकी मुट्ठी में दबा दिया।

उन्होंने बड़े लाड़ से कहा–"भैया इसकी क्या जरूरत है। मुझे तो बस तुम्हारा प्यार मिलता रहे।"

मैंने धीरे-से कहा–"यह भी जरूरी है।"

फिर समय चक्र ने अपनी गति दिखानी शरू कर दी। पहली बात, मैं विभागीय परीक्षा में पास हो गया और मुझे अफसरों की श्रेणी में प्रवेश प्राप्त हो गया। इस खुशी में हमारे घर में अच्छी-खासी दावत हुई और जीती की सम्मति के अनुसार मुझे दीदी को नई साड़ी लेकर देनी पड़ी।

उसके कुछ दिन बाद खन्ना जी अपने दफ्तर से एकाएक रिटायर हो गए। उनका कहना था कि उन्हें एक्सटेंशन नहीं मिला। मैंने इस संबंध में अधिक पूछताछ नहीं की। कुछ दिन के बाद उनका बेटा इस बात पर आग्रह करने लगा कि अब भला माता-पिता को अलग मकान लेकर रहने की क्या आवश्यकता है। आखिर बेटे को उनकी सेवा करने का भी कुछ अवसर मिलना चाहिए। इस संबंध में बेटे की पत्नी भी बहुत आग्रहशील थी। मुझसे बोली–"मामा जी, हम तो कब से चाहते थे कि बाबूजी और अम्मा जी हमारे साथ रहें। पर फरीदाबाद से रोज दफ्तर जाना बहुत मुश्किल था, इसलिए ये अलग मकान लेकर रहते रहे और हम मन मार कर चुप रहे। अब तो बाबू जी रिटायर हो गये हैं। अब भला उन्हें अपने बाल-बच्चों से दूर अलग मकान लेकर रहने की क्या जरूरत है। मेरे दोनों बच्चे हमेशा दादा-दादी के नाम की रट लगाए रहते हैं।

बहू की बात बड़ी वाजिब थी।

परंतु दीदी की दिक्कत कुछ और थी।

उन्होंने मेरे कान में फुसफुसाया, "भैया, यह सब चलित्तर है। इनकी नजर खन्ना साहब के प्रोवीडेंट फंड की रकम पर है। फरीदाबाद में हमारा एक प्लाट भी है। सतिंदर की मर्जी है कि अपने फंड के रुपयों से हम उस पर मकान बनाएं और ये लोग उस पर कब्जा कर लें। मैं फरीदाबाद नहीं जाना चाहती। वहां ये लोग खन्ना साहब को बहका लेंगे। मैं तो चाहती हूं कि हम फरीदाबाद वाला प्लाट भी बेच दें और यहीं कहीं छोटा-मोटा बना-बनाया मकान खरीद लें।

मुझे दीदी की बात भी ठीक लगी।

परंतु हुआ वही जो खन्ना साहब का बेटा सतिंदर और उसकी पत्नी चाहते थे। रिश्तेदारों ने भी जोर दिया। खन्ना साहब ने जीवन का बड़ा भाग बाल-बच्चों की किलकारी से विहीन ऐसे घर में गुजारा था जहां उन्हें अनमेल पत्नी का ही संपर्क मिला था। बच्चों से भरे पूरे परिवार की उनकी ललक मैं समझता था। हमारे परिवार के प्रति उनकी इतनी आत्मीयता भी शायद उसी ललक के कारण थी। बेटे और बहू के अत्यंत भावनापूर्ण आग्रह और पोते-पोती के मनुहार ने उनका मन मोह लिया। वे अपनी पत्नी की परेशानी भी समझते थे। 'सौतेलेपन' की सदियों पुरानी छाया की सघनता से उन्हें इनकार नहीं था।

एक दिन मुझसे बोले–"देखो भाई, मेनका तुम्हारी बहन है। उसने अपना पक्ष तुम्हारे सामने जरूर रखा होगा। परंतु मेरा भी एक पक्ष है जिसे तुम नजरअंदाज नहीं कर सकते। इस उम्र में मेरी यह इच्छा बहुत स्वाभाविक है कि मैं बेटे और बहू के साथ रहूं। उनसे कहीं ज्यादा मेरा मन पोते और पोतियों के साथ रहने को करता है। व्यक्ति को अपने पोतों-पोतियों से बेटे-बेटियों से भी ज्यादा प्यार होता है, उसी तरह जैसे महाजन को मूल से सूद ज्यादा प्यारा होता है। मेनका की यह आशंका भी गलत नहीं है कि बेटे और बहू की नजर मेरी प्रोवीडेंट फंड की रकम पर है। इसे मैं अनुचित या अस्वाभाविक नहीं मानता। मनुष्य के हर

संबंध और हर क्रिया के पीछे कुछ न कुछ स्वार्थ तो होता ही है। बेटे के साथ रहने में मुझे परिवार की सुरक्षा मिलती है और मेरी भावनात्मक जरूरतें पूरी होती हैं। और ये जरूरतें मेनका की भी हैं।"

मैंने कहा–"पर खन्ना जी, दीदी की सबसे पहली जरूरत उनकी आर्थिक सुरक्षा है। यदि आपकी धन-दौलत आपके हाथ से निकल गई और यदि समय ने उनसे आपको छीन लिया तो उनका शेष जीवन कैसे गुजरेगा?"

वे बोले, "तुम ठीक कहते हो। इस पहलू की ओर से मैं उदासीन नहीं हूं। इसका पूरा प्रबंध मैं करूंगा। फंड का रुपया बैंक में जमा रहेगा और मेरे बाद उस पर मेनका का अधिकार होगा, इसकी पूरी व्यवस्था मैं कर दूंगा। सतिंदर के घर में भी मेनका को कोई कष्ट नहीं होगा। वह चाहे तो अपना खाना अलग पकाए। और यदि हम लोग सतिंदर के चौके में खाएंगे तो उसके बदले में माहवारी देंगे।"

अब तक दीदी भी इस बातचीत में शामिल हो चुकी थीं। वे बोलीं–"एक ही घर में रहकर यदि खाना अलग पकाना है या माहवारी देनी है तो हम किसी का अहसान क्यों लें?"

यह चर्चा बहुत देर चलती रही। आखिर दीदी एक शर्त पर फरीदाबाद जाने को राजी हुई कि सतिंदर के घर के पास ही वे एक कमरा किराए का ले लेंगे और वहां रहेंगे। खाना अलग पकेगा।

खन्ना जी ने यह शर्त मान ली। सतिंदर और उसकी बहू ने भी इसे स्वीकार कर लिया। और इस तरह एक दिन खन्ना परिवार ने हमारा पड़ोस छोड़ दिया।

फरीदाबाद के लिए विदा होते समय दीदी बहुत रोई। काफी देर तक दीदी और जीती गले मिलकर रोती रहीं, जैसे जनम-जनम का विछोह हो। इसके बाद, मैं जानता था कि दीदी मेरे गले लगकर रोएंगी। मैं कहीं खिसक जाना चाहता था, परंतु अवसर ऐसा था कि मुझे वहां रहना ही था। मैं उस स्थिति के लिए अपने आपको तैयार करने लगा।

मेरे गले लगकर दीदी ज्यादा नहीं रोई, क्योंकि सामान से लदा ट्रक सड़क रोके खड़ा था और ड्राइवर बुरी तरह भुनभुना रहा था। जैसे-तैसे मैंने दीदी को ट्रक की अगली सीट पर चढ़ाया। ट्रक पर बैठकर उन्होंने मेरा माथा चूमा और वायदा ले लिया कि मैं उनसे मिलने फरीदाबाद आता रहूंगा और अगले रविवार को तो जीती और मुन्नी सहित वहां आऊंगा ही।

यह सारा समय तीन-चार वर्ष का तो होगा ही। तुम मेरी तारीफ मत करो। तुम्हारी तारीफ में मुझे व्यंग्य झांकता नजर आ रहा है।

परंतु यह भी सच है कि जब खन्ना परिवार हमारे पड़ोस से चला गया तो ऐसा लगा–जैसे सब कुछ उखड़-पुखड़ गया है। जीती तो खैर बहुत उदास थी ही खन्ना परिवार से हमारी जो इतनी अंतरंगता पैदा हुई उसका हमारी ओर से माध्यम जीती ही थी। उसके लिए वह एक बहुत बड़ी घटना थी। ढाई-तीन साल की मुन्नी भी उदास थी। खन्ना जी जब तब उसे अपने कंधे पर चढ़ाए रहते थे। परंतु मेरी मनः स्थिति कैसी थी? मैंने उसका विश्लेषण करने की कोशिश की, किंतु साफ साफ कुछ नहीं उभरा। खन्ना साहब की भलाई, उनका बुजुर्गना साया दीदी का इतना स्नेह, इतना अपनापन सब कुछ मेरी चेतना में था, मेरी सोच इस सबको स्वीकार भी करती थी, परंतु मेरे मन पर उसका कोई गहरा असर नहीं था। उनके चले जाने पर कहीं मन के किसी कोने में हल्की-सी राहत की तरंग भी महसूस होती थी। पर सब कुछ खाली-खाली-सा भी लग रहा था। जीती ने बड़े उदास भाव से खाना बनाया और मैंने बड़े रुटीन ढंग से कुछ खा लिया। वह रोती हुई मुन्नी को बहलाने के उपक्रम में कुछ करती रही और मैं सुबह के अखबार की बची खुची खबरें पढ़ने में लगा रहा। और फिर हम सो गए। दूसरी सुबह आ गई। खन्ना साहब के छोड़े हुए क्र्वाटर को किराए पर लेने के लिए लोगों का आना-जाना शुरू हो गया। और तीसरे दिन एक अच्छे खासे मोटे व्यक्ति उनकी अच्छी खासी मोटी पत्नी और उनके तीन गोल-मटोल लड़कों ने उस क्वार्टर को घेर लिया।

शाम को मैं दफ्तर से लौटा तो मैंने देखा, जीती उस मोटी पड़ोसिन से बालकनी में खड़ी बातें कर रही है। पड़ोसिन का मुंह सीढ़ियों की ओर ही था। और वह किसी बात पर हंस रही थी। हंसती हुई वह मोटी औरत मुझे काफी आकर्षक लगी।

रविवार को फरीदाबाद की यात्रा करनी ही थी। नाश्ता करके हम लोग सुबह-सुबह निकल पड़े। खन्ना परिवार ने पंद्रह सेक्टर में एक कमरा और रसोई किराए पर ली थी। पूछते-पूछते हम उनके घर तक पहुंच गए। खन्ना साहब और दीदी हमारी राह देख रहे थे। हमें देखकर खन्ना साहब तो खुश हुए ही, दीदी के चेहरे पर खुशी और गम एक-दूसरे में घुले-मिले से लगे। दीदी का चेहरा उतरा हुआ था। वे कुछ कमजोर भी नजर आ रही थीं।

उन्होंने हमें शरबत पिलाया। खन्ना जी मुन्नी को बाहर आइसक्रीम खिलाने ले गए।

मैंने पूछा–"दीदी, आप कुछ कमजोर दिखाई दे रही हैं।"

उन्होंने हंसने की कोशिश की, पर बरबस उनकी आंखें गीली हो गईं।

जीती ने पूछा, "दीदी, आपको यहां कोई परेशानी तो नहीं?"

"यही तो रोना है कि कोई परेशानी नहीं।" दीदी एकदम संजीदा हो गईं–"छोटी-छोटी परेशानियां इंसान का दर्जा दिए रहती हैं। दिल्ली में खन्ना साहब नौकरी करते थे। मुझे सुबह जल्दी उठने की चिंता, उनके लिए नाश्ता बनाने, लंच बाक्स तैयार करने की चिंता रहती थी। फिर उनके आने का वक्त हो जाता था। शाम को चाय और रात के खाने की फिक्र शुरू हो जाती थी। ये छोटी-छोटी चिंताए-परेशानियां मुझे मेरे होने का अहसास कराती रहती थीं। अब यहां कोई चिंता और परेशानी नहीं है। खन्ना साहब सुबह चाय का प्याला पीते हैं और सतिंदर के घर चले जाते हैं। दोपहर को आए तो खाना खाकर सो गए। शाम हुई तो पोते-पोती में घिर गए। मुझे लगता है, जैसे मैं कुछ हूं ही नहीं, मेरे करने-धरने को कुछ है ही नहीं। कोई ढंग का

अड़ोसी-पड़ोसी भी नहीं, जिससे बात भी कर सकूं। कोठियों वाली औरतें अपनी दुनिया में डूबी रहती हैं। दिल्ली से यहां आए अभी हफ्ता भर भी नहीं हुआ। पर लगता है जैसे मैं बूढ़ी हो गई हूं।

सबका खाना सतेन्द्र के घर पर था। एक सड़क छोड़कर ही वह रहता था। उसकी पत्नी ने बड़े उत्साह से हम सब के लिए खाना बनाया था। वह जिस ढंग से हर तीसरे वाक्य के बाद मुझे मामा जी और जीती को मामी जी कहकर संबोधित कर रही थी उसमे हमें एकाएक अपने बड़े-बूढे का अहसास हो रहा था। कुछ ही देर में जीती उसे इस तरह नाम लेकर पुकारने लगी, जैसे वह सचमुच जीती से बहत छोटी हो।

हम लोग दिल्ली लौट रहे थे। जीती बोली, "सतिंदर और उर्मिला दोनों ही कितने अच्छे हैं। हम लोगों को तो इतना आदर-सत्कार देते हैं जैसे हम उनके सगे मामा-मामी हों।"

मैंने कहा–"लगते तो दोनों ही बहुत अच्छे हैं।"

वह बोली–"दीदी बेकार ही परेशान होती हैं। वे दोनों तो बिल्कुल उन्हें अपनी मां के समान समझते हैं।"

मैंने कहा–"उन्हें दीदी को मां से भी ज्यादा समझना चाहिए, क्योंकि मां के पति के पास साठ-सत्तर हजार रुपया नकद है। और मां की अपनी कोई संतान नहीं है।"

जीती कुछ नहीं बोली।

बीच में कई महीने गुजर गए।

दीदी दो-एक बार हम से मिलने आई, खन्ना जी भी आए। उनके कपड़ों में अब वैसी चमक नहीं थी। उनके बालों में सफेद तारों की संख्या बढ़ी हुई देखकर मेरे मन में उभरा, यहां होतीं तो अब तक खिजाब लगाना जरूर शुरू कर दिया होता।

एक दिन दफ्तर में मुझे खन्ना जी का टेलीफोन मिला। उन्होंने बताया कि बैसाखी के दिन वे फरीदाबाद के अपने प्लाट पर मकान बनाना शुरू कर रहे हैं। हम लोगों को वहां अवश्य पहुंचना है।

बैसाखी के दिन जीती मेरे साथ नहीं जा सकी। उसके मायके में एक नवजात शिशु को उस दिन जल पिलाया जाना था।

उस दिन मेरा मन कहीं भी जाने का नहीं था। फिर फरीदाबाद जाना कुछ कम तवालत का काम नहीं। दो बार बस बदलो और फिर या तो दस मिनट तक पैदल चलो या फिर साइकिल रिक्शे पर चढ़ो। सब कुछ बेहिसाब बोरियत से भरा हुआ। मैंने सुबह से ही टाल-मटोल करनी शुरू की, परंतु जीती लगातार आग्रह किए जा रही थी। उसका तर्क था कि बहन का मकान बनना शुरू हो रहा है। ऐसे शुभ अवसर पर भाई उपस्थित न हो, यह कितनी खराब बात है।

एकाएक मन में बड़ी खराब बात उभरी–गले पड़ी बहन और फरीदाबाद की यात्रा, उफ! पर मैंने इस बात को अंदर ही दबा लिया।

खन्ना जी के टेलीफोन पर दिए गए निर्देश के हिसाब से मैं प्लाट पर पहुंचा। प्लाट भी पंद्रह सेक्टर में था। मुझे पहुंचने में विलंब हो चुका था, इसलिए मेरे पहुंचने से पहले ही एक संतजी महाराज जमीन पर 'टक' लगा चुके थे।

मुझे देखकर खन्ना जी बोले–"वाह, आपने आने में इतनी देर कर दी।"

मैंने उन्हें मकान शुरू करने की बधाई दी। दीदी ने मेरा मुंह मीठा कराया। सतिंदर और उर्मिला ने मेरी दीदी के मकान बनने की शुरूआत के लिए मुझे बधाई दी।

उनका मकान बन गया। गृह-प्रवेश के दिन अच्छी-खासी रौनक थी। जीती ने एक बड़ी-बूढ़ी की तरह मेहमानों के खाने–पीने के प्रबंध में अपने आपको डुबोए रखा। मकान में चार कमरे बने थे। दो में सतिंदर और उसका परिवार, एक कमरा खन्ना जी और दीदी के लिए और एक बड़ा ड्राइंगरूम सबके लिए। दीदी ने अपनी रसोई अलग रखी थी।

मुझे लग रहा था, सब कुछ बहुत सामान्य है। सब कुछ अपने ढंग से धीरे-धीरे चल रहा है। वर्ष में दो बार रक्षाबंधन और भैया दूज के दिन दीदी का आना निश्चित था ही। वे अपने नियम के अनुसार बिना

कुछ खाए-पीए फरीदाबाद से चलतीं। उनकी टोकरी गरी, बादाम, छुहारों, केलों और मिठाई आदि से भरी होती। मेरे घर पहुंच कर वे एक थाली में सारी चीजें सजातीं, केसर घोलकर मेरे माथे पर लगाती, मुझे अपने कलावे में भर लेती, मैं अपनी घबराहट को दबाए रहता और उनकी मुट्ठी में एक नोट दबा देता।

फिर एकाएक चीजें तेज-तेज चलने लगीं।

खन्ना जी एकाएक बीमार पड़ गए। हालत ऐसी हो गई कि उन्हें दिल्ली के मेडिकल इंस्टीट्यूट में दाखिल कराना पड़ा। इसी बीच मेरे परिवार की सदस्य संख्या तीन से बढ़कर चार हो चुकी थी और मेरी दफ्तरी व्यस्ताएं बहुत बढ़ गई थीं। शायद इसलिए हम लोग एक-दो बार से अधिक खन्ना जी को देखने नहीं जा सके। तभी एक दिन उनकी मृत्यु का समाचार मिला। सतिंदर ने मुझे दफ्तर में सूचना दी कि बाबू जी नहीं रहे।

सतिंदर से मुझे पता लग गया था कि देह को शाम को वे मेडिकल इंस्टीट्यूट से फरीदाबाद ले जाएंगे और फिर अगले दिन प्रातः फरीदाबाद में ही उनका अंतिम संस्कार किया जाएगा।

दफ्तर में उस दिन बहुत काम था। मैंने अपने पड़ोस में फोन करके जीती को बताया और उसे यह समाचार दिया। जीती बार-बार आग्रह कर रही थी कि मैं दफ्तर से छुट्टी लेकर मेडिकल इस्टीट्यूट जाऊं, परंतु मैं कह रहा था कि मुझे दफ्तर से छुट्टी नहीं मिलेगी।

परंतु बात शायद कुछ और थी। एक बार मुझे एक रोता हुआ वीभत्स चेहरा याद आ रहा था–मैं मेडिकल इस्टीट्यूट पहुंचता हूं... खन्ना जी के शव के आसपास कुछ लोग बैठे हैं–मैं उदास मुद्रा बनाए उनके पास पहुंचता हूं...सतिंदर उर्मिला...की आंखें मेरी ओर उठती हैं. ..तभी दो आंखें मुझे देखती हैं और फिर एक दहाड़ के साथ एक नारी-देह मुझसे आ लिपटती है...वह रो रही है...उसकी चीखती हुई आवाज़ वातावरण में भर रही है...उसकी शरीर गंध मेरी नासापुटों को चीरती हुई मेरे सिर में घुसती चली जा रही है। मैं बार-बार उससे मुक्त

होने की कोशिश करता हूं। वह देह बार-बार मुझे जकड़ लेती है...मेरा जी मिचलाने लगता है। मुझे उबकाई आने लगती है।

मैंने उस शाम दफ्तर से छुट्टी नहीं ली। दूसरे दिन हम सब घर से जल्दी निकलकर फरीदाबाद पहुंचे। दृश्य लगभग वैसा ही था। हमें देखते ही दीदी दहाड़ मार कर रोने लगीं। परंतु इससे पहले कि वे मेरे गले लगतीं, जीती आगे बढ़कर उनके गले लग गई और दोनों कितनी ही देर बोल-बोल कर रोती रहीं। इसके बाद मैं उनके पास पहुंचा। उनकी देह गंध उस समय बेहिसाब तीखी थी। रो-रो कर वे भी थक चुकी थीं, इसलिए मैं सांत्वना के कुछ शब्द कहकर और अविहीन रोना रोकर उनसे जल्दी ही अलग हो गया। मैं चाहता था कि मेरी आंखों से कुछ आंसू जरूर निकलें, कम से कम आंखें नम तो हो ही जाएं, परंतु इस काम में उस दिन न आंखों ने साथ दिया, न आंसुओं ने।

कहानी काफी लंबी हो गई ना?

तुमने बहुत-सी प्रेम कहानियां पढ़ी होंगी। साहस, रोमांच, भय की कहानियों की भी भरमार है। परंतु इस अनुभव के लिए तुम क्या कहोगे?

बात अब थोड़ी ही रह गई है।

और यह बात शुद्ध परिपाटीनुमा है।

मतलब यह कि खन्ना जी के बाद मिसेज खन्ना आर्थात् मेरी दीदी की हालत उनके घर में लगातार बिगड़ने लगी।

उस दिन दीदी एकदम सवेरे हमारे यहां आ गई थीं। छुट्टी का दिन था। मैं सोकर उठा था कि वे पहुंच गई।

चाय-वाय पीने के बाद उन्होंने रोते हुए बताना शुरू किया। सतिंदर और उर्मिला अब उनकी रत्ती भर परवाह नहीं करते। उनसे सीधे मुंह बात भी नहीं करते। खाने की दो रोटियां उनके आगे इस तरह डाल देते हैं जैसे लोग कुत्तों के आगे डाल देते हैं।

इसके साथ ही यह भी पता लगा कि सतिंदर पूरे मकान पर अपना अधिकार जताता है और एक आध बार तो यह भी कह चुका है कि

या तो वह छत पर बनी हुई बरसाती में रहें या कहीं कुछ और इंतजाम कर लें। यह भी पता लगा कि खन्ना साहब का बैंक बैलेंस नहीं के बराबर है, क्योंकि फंड का सारा रुपया मकान बनाने में खर्च हो गया था। दीदी ने बताया कि उन्हें अब पैसे-पैसे के लिए सतिंदर और उर्मिला का मुंह देखना पड़ता है।

इसे भी इस तरह होना था। मानवीय संबंधों का इतिहास अजीब गोरखधंधा है। सदियों से कहा जा रहा है कि सारे संबंध स्वार्थ पर टिके हुए हैं, फिर भी व्यक्ति भावना को महत्त्व देता और अपने आपको भुलावे में रखना चाहता है। घर परिवार और समाज में वही व्यक्ति प्रभावशाली है, जिसका आय के स्रोतों पर अधिकार है, परंतु चाहे अनचाहे यह स्रोत हमारे हाथों से निकल जाते हैं और व्यक्ति को निरीह बना जाते हैं। परंतु व्यक्ति भी क्या करे। वह इस बात को अंतिम रूप तक मानने को तैयार नहीं है कि उसकी पत्नी, उसकी संतान, उसके संबंधी मित्र सिर्फ थोड़े से स्थूल स्वार्थों के कारण उससे जुड़े हुए हैं। इससे उसका भाव डगमगाने लगता है। वह यह मानकर चलना चाहता है कि लोग उससे इसलिए जुड़े हैं कि वह इस योग्य है। दुनिया की सारी सुरक्षाओं से भावनाओं से भावना की सुरक्षा का मूल्य कम नहीं।

शायद इसी सुरक्षा के लिए खन्ना जी ने अपना सारा रुपया मकान पर लगा कर उसमें अपने बेटे को इस तरह बिठा दिया कि अब मिसेज खन्ना अपने आपको बेसहारा पा रही थीं।

उस बार दीदी दो-तीन दिन हमारे घर रहीं। मैंने सतिंदर को उसके दफ्तर में फोन किया और फिर कनाट प्लेस के एक रेस्तरां में बैठकर हमने बहुत देर बातचीत की। इसमें क्या शक था कि उसके तेवर काफी बदले हुए थे। उसके तर्क भी अजीब थे। उसका कहना था कि मां की आदतें बहुत फिजूल खर्च करने की हैं। बाल-बच्चों वाले घर में उन्हें दो वक्त दूध देना उसके बूते का नहीं। घर में सब लोग लाइफबॉय से नहाएं और मां पियर्स का इस्तेमाल करें, वह बड़ी बेहूदी बात है। उन्हें बदले हुए समय को समझना चाहिए।

हां समय तो बदल ही चुका था। दीदी उस बदले हुए समय से लड़ने की कोशिश करते हुए लगातार झुकती जा रही थीं। उस दिन रक्षा बंधन के दिन बहुत बरसात हो रही थी। मुन्नी और छोटू स्कूल चले गए थे। जीती स्कूटर लेकर अपने भाई को राखी बांधने चली गई थी। बरसात की भीषणता देखते हुए मुझे लग रहा था कि दीदी का आना बहुत मुश्किल है। मैं चाहता था कि वे न आएं, फिर भी उनका इंतजार कर रहा था। पिछले कई महीनों से उनसे मिलना नहीं हुआ था। यह भी पता नहीं था कि वे कैसी हैं। मैं चाहता था कि उनकी हालत का कुछ पता चले, परंतु जैसे-जैसे समय बीत रहा था और यह लग रहा था कि वे नहीं आएंगी, मन में अजीब-सी राहत पैदा हो रही थी।

थोड़ी देर में दीदी आ गयीं। वे बुरी तरह भीगी हुई थीं। उनकी सलवार-कमीज उनके शरीर से चिपकी हुई थी और उनके दुपट्टे से पानी निचुड़ रहा था।

मैंने कहा–"अरे...इतनी बारिश में आने की क्या जरूरत थी?"

उन्होंने प्लास्टिक का थैला एक किनारे रखते हुए कहा–"आती कैसे नहीं...राखी जो थी।"

मेरे पास कोई उत्तर नहीं था।

मैंने कहा–"आप जल्दी कपड़े बदलिए।"

उन्होंने आलमारी से जीती की सलवार-कमीज निकाल ली और बाथरूम में चली गयीं।

मैं शून्य-सा अपनी जगह बैठा रहा। बीस-पचीस मील की यात्रा करके, ऐसी बरसात में एक मुंहबोली बहन राखी निभाने आई है...किस भाई के लिए? इस औरत का मुझसे क्या सधता है...सिवाय इसके कि यह भाई अपने भाईपन का दिखावा करता है और अंदर ही अंदर अरुचि और नापसंदगी झेलता रहता है।

वे कपड़े बदल कर आ गयीं। प्लास्टिक का बैग खोलकर उन्होंने वही सब चीजें निकालीं–गिरी, बादाम, छुहारे, मिठाई का डिब्बा।

एकाएक मुझे लगा कि ऐसे अवसरों पर मैं मात्र उन्हें दस रुपये देता हूं। इससे कहीं ज्यादा तो वे खर्च करती हैं।

जब वे मुझे राखी बांध चुकी तो मैंने बीस रुपये का नोट उनकी मुट्ठी में दबा दिया।

जब हम लोग कुछ खा-पी चुके तो मैंने पूछा कि उनका क्या हाल है और मन ही मन डरा कि वे उलाहना देंगी कि कैसे भाई हो कि महीनों अपनी बहन का हाल नहीं पूछते।

उन्होंने बिना किसी उलाहने के बड़ी बेबसी भरी मुस्कराहट से बताया–"मैं नौकरी करने लगी हूं।"

"नौकरी?" मुझे धक्का-सा लगा–"कहां?"

वे बोलीं–"एक रेडीमेड गारमेंट्स बनाने की फैक्ट्री में।"

आगे की बात पूछने में मुझे कितने ही पल लगे।

वे बोलीं–"आखिर सतिंदर के आगे और कितने दिन हाथ फैलाती।"

"काम किस तरह का है?" मैंने पूछा।

"मेरे माता-पिता ने मेरे साथ कोई भलाई की थी या नहीं, यह मैं नहीं जानती पर दसवीं पास कर लेने के बाद उन्होंने मुझे एक साल के लिए एक सिलाई स्कूल में डाल दिया था। शायद तुम जानते ही हो कि अपने और खन्ना साहब के कपड़े हमेशा मैं घर पर ही सीती रही। वह गुण इस बुरे वक्त काम आ गया।"

"कितने पैसे मिल जाते हैं?"

"जितना काम उतने पैसे।" वे बोली–"एक हिसाब से अच्छा ही है। कुछ काम घर भी ले आती हूं। ढाई-तीन सौ रुपये बन ही जाते हैं।"

"सतिंदर क्या कहता है?"

"वह क्या कहेगा।" वे बोली–"मैं नीचे का कमरा छोड़कर ऊपर बरसाती में चली गई हूं और अपना खाना खुद बनाती हूं।"

जीती और बच्चे बरसात के कारण शाम तक वापस नहीं आ पाए। दीदी ने खाना बनाया और हम दोनों ने खाया। दोपहर बाद वे वापस

जाने को तैयारी करने लगीं। मैंने उनसे रुकने का बहुत आग्रह किया, पर उनका कहना था कि दूसरे दिन सुबह आठ बजे उन्हें अपनी फैक्ट्री में अवश्य पहुंच जाना है।

दिन महीने और वर्ष हम सबसे आंखें चुराते हुए पता नहीं कहां निकलते जा रहे हैं। मैं बड़ा होता जा रहा हूं–मैंने चार कमरों का फ्लैट खरीद लिया है। मैं दफ्तर अपने स्कूटर पर जाता हूं। मुन्नी और छोटू उस दिन का सपना देखते रहते हैं, जब मेरे पास कार होगी। दफ्तर में मैं अपने मालिकों के चहेतों में समझा जाता हूं। हर किसी को विश्वास है कि मेरी उन्नति तो होनी ही है। जैसे-जैसे मेरा घेरा बड़ा होता जा रहा है, उसमें न जाने और कितने बिंदु पड़ते जा रहे हैं और दीदी का बिंदु इतना धूमिल होता जा रहा है कि महीनों उसके अस्तित्व का मुझे अहसास ही नहीं होता।

अहसास होता है, वर्ष में दो-बार राखी और भैया दूज के दिन। वह उसी तरह 'सुच्चे मुंह' सुबह-सूबह फरीदाबाद से चल पड़ती हैं। उनके पुराने प्लास्टिक बैग में गरी, बादाम, छुहारे और मिठाई का डिब्बा रखा होता है। मैं व्यस्तता, दफ्तर की जल्दी, दीदी से इंतजार और ऊहापोह से भरी मानसिकता में बैठा अखबार पढ़ता रहता हूं। दीदी आती हैं। सस्ते, मोटे, मटमैले रंग के कपड़े की सलवार कमीज; पिचका हुआ मुंह, झुर्रियों से भरी बांहें, ढले हुए अंग। वह केसर घोलकर मुझे टीका लगाती हैं, राखी बांधती हैं। मेरा माथा चूमती है। मैं उनकी मुट्ठी में बीस पचीस रुपये दबा देता हूं।

फिर हम लोग नाश्ता करते हैं। मुझे दफ्तर जाने की जल्दी होती है, उन्हें फैक्ट्री पहुंचना होता है। हम दोनों साथ-साथ निकलते हैं। मैं अपने स्कूटर से उन्हें बस स्टैंड तक ले जाता हूं। स्कूटर से उतरकर वे मेरे कंधे पर हाथ रखती हैं और कहती हैं–"भैया, कभी अपनी इस दुखियारी बहन से मिलने भी आ जाया करो।"

मैं स्कूटर स्टार्ट रखता हूं। अपनी व्यस्तता का रोना रोता हूं...आने का वायदा करता हूं और स्कूटर आगे बढ़ा लेता हूं।

और कुछ महीने बाद फिर राखी या भैया दूज जैसा कोई अवसर आ जाता है।

क्यों ? क्या सोच रहे हो ? दिखावा करने में मैं बहुत कुशल हूं। यही ना ?

सहमे हुए

हाशमी के ठीक सामने हरजीत बैठता है। हरजीत के दायीं ओर लोबो और बायीं ओर शर्मा। वर्मा की जगह निश्चित नहीं है। कभी वह शर्मा के बायीं ओर बैठता है, कभी लोबो के दायीं ओर।

दफ्तर की यह चौकड़ी नहीं पंचकड़ी है...जनाव इकबाल हाशमी, सरदार हरजीतसिंह, मिस्टर जॉन लोबो, पंडित रघुनाथ शर्मा और श्री बी. आर. वर्मा पर...यह बी. आर. क्या हुआ? जब सभी के नाम पूरे पूरे है तो वर्मा के "इनिशल" क्यों? पर यह भी सही है कि इसमें कोई कुछ नहीं कर सकता। वर्मा अपने आपको बी. आर. वर्मा ही कहलाना पसन्द करता है।

जब पांचों व्यक्ति अपना-अपना लंच बाक्स खोल लेते हैं, तो किसी न किसी बात को लेकर बहस शुरू हो जाती है। जॉन लोबो यह कहकर भी अपनी बात शुरू कर सकता है–"यार वर्मा, तुम न बी. आर. हो, न वर्मा। तुम हो बुधराम कोरी। कोरी होने से तुम "शैड्यूल्ड कास्ट" में आ गये और आजकल शैड्यूल्ड कास्ट की तो चांदी है। पर यार तुम बी. आर. और वर्मा की नकाब के पीछे अपनी असलियत कितने दिन छिपाते रहोगे। मेरी समझ में यह नहीं आता कि तुम खुलकर कहते क्यों नहीं कि मैं कोरी हूं...एंड आय एम प्राउड आफ इट... ।"

बस यूं समझिए कि लंच का पूरा वक्त इसी चर्चा में निकल जाता हैं। वर्मा आर्यों और अनार्यों के सम्पूर्ण इतिहास को उन्हीं मिनटों में अपनी सब्जी की कटोरी में समेट लेता है। वर्ण-व्यवस्था के नाम पर

कुछ लोगों को 'अछूत' बना दिए जाने की साज़िश पर पूरा भाषण दे डालता है और कहता है–"मैं तो बी. आर. वर्मा ही लिखता हूं। मेरा बेटा सीधे-सीधे अपने आपको ब्रह्म कुमार शर्मा लिखेगा।" यह कहकर वह रघुनाथ शर्मा की ओर मुड़ता है और मुस्कराता है।

महफिल बर्खास्त होती है। हाशमी अपनी मेज की दराज़ से इलायची-सुपारी निकालकर सबको देता है और लोग अपनी-अपनी मेजों पर चले जाते हैं।

इस पंचकड़ी में एक हिन्दू, एक मुसलमान, एक ईसाई, एक सिख और एक हरिजन होने का यह अर्थ नहीं है कि यह कोई देश की भावात्मक एकता बढ़ाने वाला दफ्तर है। इसको बस एक संयोग मानना चाहिए।

यह दफ्तर किताबें प्रकाशित करने का एक बहुत बड़ा व्यावसायिक संस्थान है। इसका मूख्य कार्यालय बम्बई में है। उत्तर पश्चिमी भाग का कार्यालय दिल्ली में है। यह संस्थान अनेक भाषाओं में पुस्तकें प्रकाशित करता है। हर भाषा के अपने-अपने संपादक हैं। पं. रघुनाथ शर्मा हिन्दी के, जनाब इकबाल हाशमी उर्दू के, सरदार हरजीत सिंह पंजाबी के और मिस्टर जॉन लोबो अंग्रेजी के संपादक हैं। पहले यह संस्था एक ब्रिटिश फर्म का अंग थी। अब इस पर पूरी तरह भारतीयों का अधिकार है। परन्तु ब्रिटिश लोगों ने इस संस्था में जो परम्पराएं डाली थी, आज के मालिक भी उसे पूरी तरह निभाये जा रहे हैं। यह भी शायद इसी परम्परा का एक अंग है कि मालिक लोग समझते हैं कि संस्कृत-हिन्दी का काम कोई ब्राह्मण ही ठीक ढंग से कर सकता है, उर्दू का काम कोई मुसलमान ही कर सकता है, पंजाबी के लिये एक सिख होना चाहिये और अंग्रेजी किसी शुद्ध हिन्दुस्तानी के बस का रोग नहीं। उसके लिए ब्रिटिश व्यक्ति होना चाहिये। वह न हो तो एंग्लो एंड़ियन हो। और वह भी न हो तो कम से कम क्रिश्चियन तो होना ही चाहिये।

एक परिवर्तन जरूर आया है। पहले हिन्दी का संपादक गांठ लगी

चोटी वाला, धोती-कुर्ताधारी त्रिपुंडयुक्त पंडित होता था। उसी तरह उर्दू का संपादन 'मौलवीनुमा' और पंजाबी वाला 'ज्ञानीनुमा' होता था। अब यह बात नहीं रही हैं। अब लोग काफी उदार हो गये हैं। यह बात अलग कि शर्मा, हाशमी और लोबो की शक्ल देखकर उन्हें हिन्दू, मुसलमान और ईसाई बताया जा सकता है। हरजीत की बात ही अलग है। उसकी मेरून रंग की पगड़ी उसके 'खालसा' होने की घोषणा करती रहती है। परन्तु इसमें संदेह नहीं है कि ये पांचों लोग उदार हैं। इनकी उदारता का इससे बड़ा प्रमाण क्या होगा कि ये पांचों मित्र हैं, एक-दूसरे के घर आते-जाते हैं, वहां चाय-वाय पीते हैं। ये लोग नियमित रूप से हाशमी की मेज पर अपने-अपने लंच बाक्स खोलते हैं। यहां भी इनकी 'उदारता' कभी संकरी गलियों और कभी चौड़े पाट से होकर बहती है।

यह स्थिति भी कुछ कमजोर नहीं। शर्मा दूसरों के लंच बाक्स में अचार और सलाद-खीरा, मूली, प्याज आदि ले लेता है। हाशमी के लंच बाक्स में अक्सर कबाब होते हैं और हरजीत के लंच बाक्स में तली हुई कलेजियां। हाशमी हरजीत की कलेजियां खा लेता है और हरजित हाशमी के कबाब खां लेता है। यहां दोनों अपने-अपने धार्मिक आदेशों की कुछ अवहेलना कर जाते हैं, क्योंकि हाशमी के कबाब हलाल किए हुए बकरे के मांस से बने होते हैं और सिखों में हलाल खाना वर्जित है। इसी तरह हरजीत की कलेजियां झटका किए हुए बकरे की होती हैं, जिसे मुसलमान नहीं खा सकता। खान-पान की इस 'उदारता' के बावजूद हाशमी और हरजीत के मन को एक शंका अन्दर-ही-अन्दर घेरे रहती है। हरजीत हलाल बकरे के कबाब खाने में जितना उदार तो हो गया है पर 'बीफ' नहीं खा सकता। इसलिए वह कभी-कभी कह देता है–यार हाशमी तेरे कबाब इतने लज़ीज होते हैं कि मैं उन्हें छोड़ नहीं सकता। पर कभी मुझे 'बीफ' खिलाकर मेरा धर्म नष्ट न कर देना।"

इसी तरह हाशमी भी एक बात की ओर से पूरी तरह सतर्क है।

वह हरजीत के लंच बाक्स की कलेजी खा लेता है, क्योंकि बकरे की कलेजी का स्वाद हलाल या झटका किए जाने से नहीं बदलता। पर 'पोर्क' नहीं खा सकता। वह अक्सर कह देता है–सुअर का मांस भी कोई इंसानों के खाने की चीज है... लाहौल विला कूवत...।"

लोबो और वर्मा ने खाने-पीने के मामले में कभी हुज्जत नहीं की। लोबो सब खा लेता है। वैसे उसका लंच बाक्स सिर्फ उसी का रहता हैं क्योंकि उसमें कभी टमाटर वाली, कभी चीज़ वाली और कभी-कभी हैम वाली सेंडविचेज होती हैं। वर्मा को दूसरों के लंच-बाक्स से कुछ भी लेते संकोच होता है। वह अपने साथ सलाद खूब लाता है और एक उसे अखबारी कागज पर डालकर मेज के बीचों-बीच रख देता है। सब वहीं से लेकर खाते रहते हैं। हाशमी और हरजीत कभी-कभी अपने लंच बाक्स से कबाब या कलेजी निकालकर उसके लंच बाक्स में डाल देते हैं।

एक दिन हरजीत बोला–"यार हाशमी, आज फिर अखबार में यह खबर आयी है कि लखनऊ में शिया-सुन्नियों में झगड़ा हो गया है। मेरी समझ में यह नहीं आता कि शिया-सुन्नियों में आखिर झगड़ा किस बात का है?"

खबर सुबह के ही अखबार में थी और सभी ने पढ़ी थी। इससे पहले भी इस पंचकड़ी में इस विषय पर कितनी ही बार चर्चा हो चुकी थी, क्योंकि साल में एक दो बार तो ऐसी खबर अखबार में आती ही हैं। हाशमी ने कई बार इसकी पृष्ठभूमि भी बतायी है, पर वह किसी को याद नहीं रहती। जब भी अखबार में यह खबर छपती है, यह बात नये सिरे से शुरू होती है।

आज हाशमी ने जवाब नहीं दिया, बल्कि सवाल किया–"तुम यह बताओ कि यह अकालियों और निरंकारियों का झगड़ा क्या है? इस झगड़े में कुछ ही अर्से में कितने लोग हलाल हो चुके हैं।"

शर्मा, वर्मा, लोबो सभी हरजीत की ओर देखने लगे। इन दिनों अकाली निरंकारी संघर्ष की खबरें अखबारों को घेरे हुए थीं। हरजीत

ने कुछ बताना चाहा, पर उसकी समझ में नहीं आया कि इतनी देर में वह क्या बता दे। वह इतना ही बोला–"इस झगड़े की पृष्ठभुमि जरा लम्बी है। मैं किसी दिन विस्तार से बताऊंगा।"

शर्मा ऐसे विवादों में बहुत उत्साह से भाग नहीं लेता। वह लोगों की बातें सुनता है और अपनी सारी प्रतिक्रिया आंखों से, भौंहों से, चेहरे की रेखाओं से और गर्दन को आगे-पीछे या इधर-उधर हिलाने से ही व्यक्त करता है।

वह बोला–"हरजीत ठीक कहता है। झगड़ों के बीज हमारी पृष्ठभूमि में पता नहीं कब, किसने, क्यों बो दिए थे। उस बोयी हुई फसल को हम कब से काट रहे हैं, काटते चले जा रहे हैं, काटते चले जायेंगे। मनुष्य अवश्य लड़ेगा। वह अकेले-अकेले लड़ता है, तो लोग झगडालू, गुंडा और बदमाश कहते हैं। वह झुंड बनाकर लड़ता है तो देशभक्त, धर्मवीर और ग़ाजी कहलाता है, उसे सम्मानित किया जाता है। आखिर मनुष्य यह सम्मान क्यों न ले।"

"जी हां, इसी सम्मान के लिए वह सामूहिक रूप से घृणा करता है– व्यक्ति से नहीं, बल्कि एक पूरे समूह से ...उसे गांव में बसने नहीं देता, कुंए से पानी नहीं भरने देता, मंदिर में नहीं जाने देता, उसकी छायामात्र पड़ जाने से यह अशुद्ध हो जाता है।" वर्मा प्रायः बात करते-करते उत्तेजित हो जाता है।

इन दिनों के अखबार साम्प्रदायिक दंगों की खबरों से भरे पड़े हैं। मुरादाबाद की ईदगाह में सुअर घुस गया था, वाराणसी के किसी मंदिर में गोमांस मिला था, इलाहाबाद की एक मस्जिद में सुअर का गोश्त पाया गया था।

दिल्ली में भी छुट-पुट वारदातें हो गयी हैं। हाशमी बल्लीमारान में रहता है। वहां कर्फ्यू लगा हुआ है। हरजीत तुर्कमान गेट में रहता है। वहां भी कर्फ्यू लगा हुआ है। लोबो और वर्मा ही दफ्तर आ सके हैं। शर्मा कुछ दिन के लिए चंदोसी अपने भाई से मिलने गया था। उस क्षेत्र में दंगा कुछ इस तरह भड़का है कि वहां से उसकी कोई खबर नहीं आ

रही है। हरजीत कितने ही वर्षों से रोज शाम को किसी भी समय शीशगंज गुरुद्वारे में माथा टेकने जाता है। सन् सैंतालीस में जब उसके मां-बाप, बड़े भाई-बहन गुजरांवाला से उजड़कर दिल्ली आये थे तो वह गर्भ में था। उसकी मां कितने दहशत भरे दिन और रात डरावनी रातों को अपनी कोख में समेटे हुए दिल्ली पहुंची थी। उसके परिवार ने कितने ही दिन इधर-उधर भटकते हुए और शीशगंज गुरुद्वारे में 'लंगर' खाते हुए गुज़ारे थे। बाद में उसके पिता ने तुर्कमान गेट में एक ऐसा मकान खरीद लिया था जिसका मुसलमान मालिक पाकिस्तान, जाने की उतावली में उसे कौड़ियों के मोल बेच रहा था। तब से उसका परिवार उसी मकान में है। उस मकान का पूरा हुलिया ही बदल गया है। उसके पिता और भाईयों ने मिलकर धीरे-धीरे उसे एक अच्छी खासी कोठी में बदल दिया है। परन्तु उस क्षेत्र में आज भी मुसलमानों की बहुतायत है। 'सरदार जी' परिवार की गली-मुहल्ले में बड़ी इज्जत हैं। पर जब भी देश के किसी हिस्से से दंगे-फसाद की खबर आती है, मन की किन्हीं तहों में बैठा हुआ डर उनके चारों ओर फैलने लगता है।

हरजीत को आजकल कितना घूमकर गुरुद्वारे जाना पड़ता है। जब भी दंगों की खबर जोर पड़ती है, हरजीत अपनी बुशर्ट कृपाण पहनना शुरू कर देता है।

हाशमी इलाहाबाद का रहने वाला है। देश के विभाजन के समय उसकी उम्र तीन-चार वर्ष की थी। उसके कई नज़दीकी रिश्तेदार पाकिस्तान में रहते हैं जो विभाजन के समय उधर चले गये थे। इलाहाबाद विश्वविद्यालय से उर्दू में एम.ए. करने के बाद वह नौकरी की तलाश में दिल्ली आया। वर्षों तक छोटी-मोटी उर्दू अखबारों से नौकरी के बाद उसे एक प्रकाशन संस्था में अच्छी नौकरी मिली। वर्षों से वह बल्लीमारान की बदबूदार गलियों का गवाह बना दो कमरों के सीलनदार मकान में रहता है। कितनी ही बार उसका मन हुआ है कि वह भी दिल्ली की किसी आधुनिक कालोनी में एक फ्लैट लेकर रहे, उसके बच्चे किसी अच्छे पब्लिक स्कूल में पढ़ें, उसकी बीवी इन गलियों

की पान खातीं, फूहड़ बातें करतीं और टाट के पर्दों के पीछे जिंदगी जीतीं औरतों से कुछ अलग होकर जीवन जिये। परन्तु वह इसी गली में जीवन जिये जा रहा है। यहां एक अजीब किस्म की वह सुरक्षा अनुभव करता है। उसे बार-बार लगता है–यदि वह ग्रीन पार्क, हौज़खास, साउथ एक्सटेंशन या लाजपतनगर जैसी किसी कालोनी में, जहां से उसका दफ्तर बहुत नज़दीक है, मकान लेकर रहेगा तो उनके हिन्दू-सिख पड़ोसी कभी उससे खुलकर व्यवहार नहीं करेंगे, उनकी औरतें उसकी बीबी नसरीन से वैसा बहनापा नहीं बनाएंगी जैसा वे आपस में बना लेती हैं। और उनके बच्चे दूसरे बच्चों से हमेशा दूर-दूर रहेंगे। इन गलियों में बदबू तो है पर उन कालोनियों में एक घुटन होगी जो उसे और उसके परिवार को लगातार महसूस होती रहेगी।

आज कई दिन बाद यह पंचकड़ी फिर जमी है। शर्मा चंदौसी से वापिस आ गया है। उसके चहरे पर गहरा खिंचाव है। लोबो पूछता है,"क्या हाल है उस तरफ?"

"हाल क्या होना है।" शर्मा भर्रायी आवाज़ में कहता है–"पाकिस्तान बन गया, पर पाकिस्तान ज़िंदाबाद के नारे अब भी उसी तरह लग रहे हैं, जैसे अभी एक और पाकिस्तान बनना हो। मस्जिदें गोला-बारूद और चाकू-छुरों की भंडार बनी हुई हैं। पाकिस्तान एजेन्ट सरेआम दंगे करवा रहे हैं। दुःख की बात तो यह है कि पनाह उन्हें यहां के मुसलमानों से मिल रही है। दंगाई खुलकर पुलिस और फौज पर हमले कर रहे हैं और इसमें मशीनगनों और आटोमेटिक राइफलों का प्रयोग हो रहा है–ये हथियार इन्हें कहां से मिल रहे हैं?"

शर्मा की बात से एक अजीब सन्नाटा सा छा जाता है। वर्मा, हरजीत, लोबो सभी कनखियों से हाशमी की ओर देखते हैं, जैसे जो कुछ शर्मा ने कहा है उसकी कुछ-न-कुछ जिम्मेदारी उस के सिर पर भी है।

हाशमी कुछ नहीं बोलता। चुपचाप खाना खाता रहता है।

वर्मा कहता है–"यह भी कैसी अजीब बात है कि हरिजन सभी

तरफ से पिटते हैं। मराठवाड़ा में सवर्ण हिन्दुओं के हाथों पिट रहे हैं, क्योंकि अछूत हैं। मुरादाबाद के इलाके में मुसलमानों ने हरिजन बस्तियां जला दी हैं, क्योंकि उन की नजर में हम हिन्दू हैं।"

लोबो कहता है–"तुम सब लोगों ने यह खबर तो पढ़ी ही होगी ... आसाम में कुछ ईश्वर भक्तों ने एक पुलिस इन्सपेक्टर को पकड़कर इतना पीटा कि वह वहीं मर गया।"

सभी लोबो की ओर देखते हैं।

"कैसी जहालत है।" लोबो जैसे अपने आपसे कहता है, "एक मुसलमान पुलिस सब इन्सपेक्टर अपने एक हिन्दू साथी को ढूंढ़ता हुआ मदिर के अहाते में चला गया। वहां कुछ लोगों ने उसे पहचान लिया....अरे यह तो मुसलमान है.... और फिर इतना पीटा, इतना पीटा कि वह वहीं ढेर हो गया।"

सभी शर्मा की ओर देखते हैं। जैसे वह मुसलमान सब इन्सपेक्टर क्यों मारा गया इसका पूरा स्पष्टीकरण शर्मा के पास है।

सभी खाना खत्म कर लेते हैं आज वर्मा का लाया हुआ सलाद बच जाता है। शायद सभी ने उसमें से मूली या प्याज के टुकड़े नहीं उठाए थे। आज यह भी हुआ कि हाशमी ने अपने कबाब और हरजीत ने अपनी कलेजियां खुद ही खायीं।

आजकल हाशमी और हरजीत कुछ ज्यादा ही नजदीक दिखाई देते हैं। तुर्कगेट और बल्लीमारान के इलाके भी पास-पास हैं। प्रायः शाम को दोनों साथ-साथ लौटते हैं। लालकिले पर बस से उतरकर दोनों चांदनी चौक की तरफ चल देते हैं। हरजीत शीशगंज गुरुद्वारे में मत्था टेकने के लिए रुक जाता है, हाशमी आगे चला जाता है। दोनों साथ-साथ रहते हैं तो एक दूसरे का अनुभव करते हैं।

हाशमी कहता है–"किसी भी में माइनारटीज़ की ज़िन्दगी महफूज नहीं होती। पता नहीं कब मैजारिटी कम्युनिटी में किसी भी सबब से पागलपन सवार हो जाए और वह माइनारनिटीज़ के पीछे हाथ

धोकर पड़ जाए।"

हरजीत उसकी बात का समर्थन करता है, "कम गिनती वाली कम्युनिटी के आदमी को तो एक अच्छी नौकरी भी नहीं मिलती। मुझे पता है इस नौकरी को पाने के लिए मुझे कितने धक्के खाने पड़े।"

उस दिन लंच के बाद हाशमी ने हरजीत को अपने कमरे में बुलाया।

"यार, हरजीत, तुम से एक मशवरा करना है।"

"बोलो।" हरजीत ने देखा हाशमी कुछ घबराया हुआ है।

"गांव से वालिद साहब का खत आया है, अम्मा बहुत बीमार है. ..बस आखिरी वक्त समझो। मरने से पहले वे मुझे एक नज़र देखना चाहती हैं। सोचता हूं दो-चार दिन के लिए चला जाऊं।"

"हां, हां हो आओ। इसमें इतना सोचने की क्या बात है। तुम्हारी छुट्टी तो बाकी होगी।"

"छुट्टी की तो कोई बात नहीं है, पर यार ...चारों तरफ फसाद फैले हुए हैं।" हाशमी कुछ सकुचाते हुए बोला।

"हां फसाद तो हैं। पर ऐसी चिंता की कोई बात नहीं है। आजकल हालात बेहतर हैं और अब तो दंगाग्रस्त इलाकों में फौज तैनात है।" हरजीत बोला।

"हां यह तो ठीक है।" हाशमी कुछ रुककर बोला, "पर यह भी तो होता है कि लोग रास्ते में ट्रेन रोक लेते हैं और बस फिर काट-पीट शुरू कर देते हैं।"

हरजीत ने देखा, हाशमी के चेहरे पर पसीने की बूंदें झलक आयी हैं।

"नहीं, ऐसी कोई बात नहीं। इस बीच दंगाइयों ने कहीं ट्रेन रोककर काट-पीट की हो ऐसी कोई खबर भी नहीं है। तुम ऐसा करो रात की गाड़ी से सफर मत करो। तुम्हें इलाहाबाद जाना है ना। कालका मेल से चले जाओ। गाड़ी सुबह चलती है। तुम दिन-दिन में ही इलाहाबाद पहुंच जाओगे।"

हरजीत की बात सुनकर हाशमी कुछ सोचने लगा। फिर बोला–"इसमें एक ओर उलझन है। हमारा गांव इलाहाबाद से तकरीबन बीस मील दूर है। वहां बस से जाना पड़ता है। इलाहाबाद की हालत तो तुम जानते ही हो। बस अड्डे तक पहुंचते-पहुंचते किसी ने छुरा भोंक दिया तो अपन गये काम से।"

दोनों सोच में पड़ गये और फिर कितनी ही देर सोचते रहे। हाशमी गांव नहीं गया। पंचकडी में उससे किसी ने नहीं पूछा कि उसकी मां की हालत कैसी है। उसकी मां सख्त बीमार है यह बात सभी को पता थी, पर अब उसकी हालत कैसी है, यह पूछते जैसे सभी को अंदर-ही-अंदर डर लग रहा था।

लंच टाइम में खाना तो सबका चल रहा है, जगह भी वही है, खाना भी पहले जैसा ही है, पर पता नहीं क्यों एक-दूसरे के लंच बक्स से चीज लेना लगभग बंद सा हो गया है। वर्मा अपना सलाद उसी तरह लाता है और कागज़ पर फैलाकर मेज़ के बीचों-बीच रख देता है। लोग बड़े अनमने ढंग से उसमें से एक आधा टुकड़ा उठा लेते हैं। पर खाना सभी लोग अपने-अपने लंच बाक्स से ही खाते रहते हैं...। जैसे दूसरे के खाने में जहर मिला हुआ हो।

अब पहले जितनी बातचीत भी नहीं होती... एक चुप्पी सी छायी रहती है। इस चुप्पी को प्रायः लोबो ही तोड़ता है–"यार, हिन्दू-मुसलमानों के दंगों में हम ईसाइयों की बड़ी मुसीबत होती है। मुसलमान हमें हिन्दू समझकर छुरा भोंक देता है। और हिन्दू मुसलमान समझकर हमारी गर्दन काट देता है। जब तक हम बताएं कि हम क्या हैं, पेट चाकू घुप चुका होता है। हमें तो कुछ दिखाने का मौका भी नहीं मिलता।"

उसकी इस बात से ऐसा ठहाका लगा कि पूरा कमरा गूंजने लगा।

पटना में होने वाले 'बुक फेयर' की तारीख नजदीक आ गई है। इस प्रकाशन संस्था ने उसमें अपने लिए काफी बड़ी जगह ली है। वर्मा, चूंकि बिक्री विभाग में है इसलिए वह एक सप्ताह पहले वहां चला गया

था। शर्मा, हाशमी, हरजीत, लोबो को भी वहां जाने का आदेश मिला है। अपरइंडिया एक्सप्रेस में फर्स्ट क्लास के डिब्बे में सभी की रिजर्वेशन हो चुकी है। चारों की बर्थे एक केबिन में हैं, इसलिए सभी सन्तुष्ट हैं....रात का खूब मौज रहेगी। हरजीत ने सबसे कह दिया है–दोस्तों, घर से खाना खाकर मत आना, अपना-अपना साथ लाना। आठ बजकर दस मिनट पर गाड़ी छूटती है। गाजियाबाद के निकल जाने के बाद 'जश्ने जमहूरियत, शुरू करेंगे। बोतल लोबो लाएगा, मास्टर वर्मा साथ नहीं है, कोई बात नहीं, शर्मा जी सलाद आप लाएंगे। हाशमी, देख यार कबाब काफी होनी चाहिए और हरजीत सिंह लाएगा कम से कम आध किलो तली हुई कलेजी।"

आज के अखबार दंगे-फसाद की खबरों से फिर भर गये हैं। अलीगढ़ में चौबीस घंटे का कर्फ्यू लगा दिया गया है। सारे शहर में सेना गश्त कर रही है। दंगाइयों ने कितने ही दुकान-मकान जलाकर खाक कर दिये हैं। कितनी लाशें जली हुई मकानों के मलबों के बीच से निकाली गयी हैं। सारा शहर आतंक से डूबा हुआ है।

स्टेशन पर सबसे पहले शर्मा पहुंच जाता है। कुछ देर में हाशमी पहुंचता है। दोनों अपने केबिन में आमने-सामने बैठे हैं। शर्मा कहता है–"यह बुक फेयर सफल नहीं होगा। वैसे ही कौन पुस्तकें खरीदता है। फिर आजकल तो आम आदमी ऐसे ही घर से निकलने से डरता है।"

हाशमी सिगरेट सुलगाकर पीने लगता है। बैठे-बैठे बार-बार उसकी नजर प्लेटफार्म पर जाती है। आज ज्यादा भीड़ नहीं है। वह आते-जाते लोगों को देखता है और अनायास ही उनमें हिन्दू और मुसलमान चेहरे ढूंढ़ने लगता है।

लोबो और हरजीत एक साथ आते हैं। चारों लोग आ गये हैं, इस बात पर सभी खुशी प्रकट करते हैं। लोबो कहता है–"घर से स्टेशन तक आते-आते लगा जैसे मुझे सैल्यूट मारने के लिए जगह-जगह पर सिपाही तैनात हैं। लाजपत नगर में कोई स्कूटर वाला इधर आने को

तैयार ही नहीं होता था। सब कहते हैं, उधर कर्फ्यू लगा हुआ है।"

गाड़ी चलने में अभी दस-पंद्रह मिनट बाकी हैं। हरजीत प्लेटफार्म पर खड़ा है। प्लेटफार्म पर रोशनी बहुत मद्धिम है और उमस बहुत ज्यादा।

गार्ड की सीटी सुनाई देती है तो वह अपने केबिन में आकर हाशमी की बगल में बैठ जाता है। चारों चुप-चाप बैठे हैं। अलीगढ़ के दंगे की खबर आज की ताज़ा खबर है। शाम की अखबारों में खबर है कि आस-पास के जिलों में भी तनाव बढ़ गया है। शाम की अखबार दोनों खिड़कियों के बीच की टेबल पर रखी हुई है।

हरजीत कहता है–"कल अलीगढ़ में दंगाई एक मकान में घुस गये। घर में उस समय एक बूढ़ा था...सत्तर साल का और एक लड़की थी...आठ साल की। दंगाइयों ने दोनों को छुरों से गोद-गोदकर मार डाला। पिताजी बताते हैं कि सन् सैंतालीस के दंगों में दंगाई छोटे-छोटे बच्चों को मेजों की नोक पर उछाल देते थे...क्या वही दिन फिर वापस आ रहे हैं?"

ऐसा लगा, सभी के चेहरों पर पसीने की बूंदें झलक आयी हैं।

गाड़ी चल देती है। धीरे-धीरे वह प्लेटफार्म से बाहर निकल आती है। यमुना पुल पर गाड़ी आती है तो हाशमी उठकर केबिन का दरवाजा बंद करके चिटकनी लगा देता है। फिर सभी लोग कुछ-न-कुछ पढ़ने में तल्लीन हो जाते हैं।

किसी ने केबिन का दरवाजा खटखटाया है। लोबो दरवाजा खोलता है। कंडक्टर आकर टिकट चैक करता है और पूछता है, "आप लोग बेड टी कहां लेंगे?"

"कानपुर में!" लोबो कहता है।

"नहीं!" हरजीत कहता है, "यह गाड़ी कानपुर तो सुबह चार बजे ही पहुंच जाती है...चाय फतेहपुर में भिजवाइएगा।"

"ठीक है साब।" कहकर कंडक्टर केबिन से बाहर निकल जाता है।

हाशमी उठता है और दरवाजे क़ी चिटकनी लगा देता है।

गाजियाबाद के प्लेटफार्म को छोड़कर गाड़ी आगे बढ़ती है तो लोबो अपने बैग से बोतल निकालकर मेज पर रख देता है। कहता है–"बड़ी मुश्किल से आज इसका इंतजाम हुआ। मुझे ख्याल ही नहीं था कि आज 'ड्राइडे' है।"

शर्मा अपना टिफिन कैरियर खोलता है, जिसके ऊपर डिब्बे में कटा हुआ सलाद रखा है। हाशमी और हरजीत भी अपने-अपने डिब्बे खोलते हैं। लोबो बोतल खोलकर थोड़ी-थोड़ी व्हिस्की सबके गिलासों में डाल देता है। हरजीत वाटर-बोतल से गिलासों में पानी डालता है।

सब गिलासों को टकराते हैं और पीने लगते हैं।

दो-तीन घूंट पीने के बाद शर्मा बोलता है–"यार हाशमी, बुरा मत मानना। मुसलमान इस देश के प्रति कभी वफादार नहीं हो सकता।"

हरजीत और लोबो को इस समय यह चर्चा अच्छी नहीं लगती। हाशमी शर्मा की बात सुनता है और चुप रहता है। फिर वह गिलास में बची हुई शराब को गले में उतार देता है और गिलास को मेज पर रख देता है–"शर्मा, एक बात मैं भी कहूं? यह देश क्या है? नदियां! पहाड़! जमीन! नहीं, यह देश नहीं है। देश है यहां के बसने वाले लोग ...तुम...तुम जो अपने आपको हिन्दू कहते हो। हिन्दू के मन में हमारे लिए नफरत है और उसके दिल से नफरत नहीं जा सकती।"

लोबो गिलास फिर भर देता है।

"देखो।" वह कहता है–"शर्मा हाशमी से नफरत नहीं करता और न ही हाशमी कभी शर्मा के प्रति बेवफाई करेगा। पर जब हम अपने-अपने मज़हबी माहौल में पहुंचते हैं तो हम बदलने लगते हैं। तब हरजीत पक्का अकाली बन जाता है और मुझे अपना कैथोलिक होना याद आने लगता है।"

हरजीत एक घूंट में गिलास खत्म कर देता है–"दोस्तो, मुझे लगता है सारी लड़ाई ताकत और दौलत की लड़ाई है। आदमी सत्ता

हथियाना चाहता है। इससे उसका अहं तुष्ट होता है। सत्ता के पीछे-पीछे दौलत आती है। अब इस लड़ाई को चाहे धर्म के नाम पर लड़ो, चाहे देश के नाम पर लड़ो, चाहे किसी चमकदार वाद के नाम पर लड़ो...बस लड़ो...और लड़ते चले जाओ।"

बोतल आधी से ज्यादा खत्म हो चुकी है। गाड़ी अपनी पूरी रफ्तार से भागती चली जा रही है। लोबो ने बातचीत का रुख दूसरी तरफ मोड़ दिया है। अब बातचीत के केन्द्र में प्रकाशन संस्था के मैनेजिंग डायरेक्टर मिस्टर रामानी आ गये हैं। लोबो ने अपने अनेक स्रोतों में प्राप्त उस जानकारी को फिर दुहरा दिया है कि मिस्टर रामानी पहले इस फर्म में प्रूफरीडर के तौर पर भरती हुए थे। धीरे-धीरे वे अंग्रेज मालिकों के चहेते बनते गये। उसी जमाने में वे कम्पनी के एक डायरेक्टर बन गये। जब अंग्रेजों ने इसे छोड़ने का फैसला किया तो सब कुछ मिस्टर रामानी के पास आ गया। आज मिस्टर रामानी लाखों में खेल रहे हैं।

अलीगढ़ से पहले सभी ने खाना खा लिया है। यहां तक किसी ने सोने की बात नहीं कही है। सभी के मन में था कि पहले अलीगढ़ निकल जाए।

अलीगढ़ स्टेशन पर लगभग सन्नाटा-सा छाया हुआ है। शर्मा ने खिड़कियों के शीशे नीचे गिरा दिये हैं। चारों लोग शीशे से ही बाहर झांकने की कोशिश कर रहे हैं। इक्का-दुक्का चाय वाला आवाज़ लगाता हुआ घूम रहा है। पुलिस के दो-चार सिपाहियों के बूटों की आवाज़ उस सन्नाटे में बज-सी रही है।

गाड़ी अलीगढ़ स्टेशन छोड़ती है तो सभी राहत की सांस लेते हैं। सभी अपने-अपने बिस्तर लगाने लगते हैं। शर्मा और हाशमी नीचे की बर्थों पर हैं और लोबो और हरजीत ऊपर की बर्थों पर। सोने से पहले शर्मा उठकर केबिन के दरवाजे की चिटकनी और लैच को अच्छी तरह देख लेता है और हल्की नीली रोशनी छोड़कर बाकी बुझा देता है।

लोबो की खर्राटों की आवाज सबसे पहले आती है। फिर हरजीत

की नाक भी हल्की-हल्की बजने लगती है। शर्मा और हाशमी भी एक-दूसरे की ओर पीठ किए सोने की कोशिश करने लगते हैं। उन्हें भी नींद का पहला झोंका आ गया है।

तभी शर्मा की आवाज सुनाई देती है–"हाशमी...हाशमी।"

हाशमी एकदम चोंककर उठता है, "क्या है...क्या है?"

"गाड़ी रुकी हुई है।" शर्मा खिड़की से कुछ देखने की कोशिश करता है।

हाशमी झटपट उठकर बत्ती जलाने के लिए स्विच ऑन करता है। पर बत्ती नहीं जलती? वह अनुभव करता है कि केबिन के पंखे भी बंद हैं और उमस बढ़ गयी है। लोबो और हरजीत की नींद भी गर्मी के कारण टूट जाती है।

लोबो लेटे-लेटे ही कहता है, "शर्मा गाड़ी रूकी हुई है क्या?"

हरजीत कहता है, "अरे हाशमी, लाइट तो ऑन कर दो।"

"लाइट गायब है।" हाशमी और शर्मा के मुंह से एक साथ निकलता है। लोबो और हरजीत नीचे उतर आते हैं।

गाड़ी खड़ी है। चारों ओर घुप अंधेरा है। आकाश में एक भी तारा टिम-टिमाता हुआ नज़र नहीं आ रहा है।

हाशमी अपने पास बैठे हरजीत को कंधे से हिलाता हुआ कहता है, "तुम्हें कुछ शोर सुनाई दे रहा है?"

सभी ध्यान लगाकर सुनने लगते हैं। आंखें फाड़-फाड़कर अंधेरे में कुछ देखने की कोशिश करते हैं। दूर से सांय-सांय की आवाज़ आ रही है जैसे कहीं शोर हो रहा हो। लोबो उठकर दरवाजा खोलने लगता है।

"दरवाजा मत खोलो, लोबो।" हाशमी चीख उठता है।

केबिन में इतना अंधेरा है कि किसी को किसी की शक्ल साफ नहीं दिखाई दे रही है। शर्मा लोहे की सरियों की खिड़की से इंजन की ओर देखने की कोशिश कर रहा है। पर अंधेरे में आगे के ड़िब्बे की खामोश कतार के अलावा और कुछ नहीं दिखाई देता।

"यार, बाहर निकलकर पता तो लगाएं कि आखिर बात क्या

है।" हरजीत कहता है।

"जरा कंडक्टर से ही पूछ कर देखें।" लोबो कहता है।

"चुपचाप बैठे रहो।" शर्मा कड़ककर कहता है।

सभी को लगता है, शोर बढ़ता जा रहा है और पास-पास आता जा रहा है।

तभी एक बहुत जोर का धमाका होता है। कोई भारी और सख्त चीज शर्मा की खिड़की से लगे सरियों से टकराती है और नीचे गिर जाती है। एक चीख और दहशत सारी केबिन में भर जाती है। शर्मा और हाशमी जल्दी-जल्दी अपनी खिड़कियों के शटर और शीशे नीचे गिरा देते हैं। केबिन में घुप अंधेरा छा जाता है।

सभी को एक-दूसरे की सांसों की आवाज़ साफ सुनाई दे रही है।

केबिन चारों तरफ से बंद है, फिर भी ऐसा लग रहा है जैसे बाहर बेहिसाब शोर फैला हुआ है। पसीने से तरबतर और सहमे हुए आठ हाथ आपस में एक-दूसरे को पलोसते चले जा रहे हैं।

और भी कुछ

हमने आपस में एक फैसला कर लिया था।

इसके अनुसार हम दिन में अपना-अपना काम करते थे और शाम को पांच बजे मिलते थे।

पांच बजे के आस-पास महेश और मिस लिडिन मेरे फ्लैट में आ जाते थे।

महेश मेरी रसोई में जाता, धुले रखे गिलासों को एक बार फिर तरल साबुन से धोता और फिर बीच की मेज पर रख देता। इससे पहले मैं इतना करता कि मेज पर तीन रबड़ मैट्रस यथास्थान रख देता। शुरू-शुरू में मैं तीन गिलास भी रख दिया करता था, परन्तु जब मैंने देखा कि महेश उन गिलासों को वहां से उठा कर रसोई में ले जाता है और उन्हें साबुन और गर्म पानी से धोता है तब मैंने बीच की मेज पर गिलास रखने बन्द कर दिए थे।

अकसर हम लोग ह्विस्की पीते थे। जब कभी गर्मी ज्यादा होती तब बीयर पीते। कभी-कभी साके पीते, परन्तु साके हम लोगों ने कभी खरीद कर अपने फ्लैट में नहीं पी। निशीदा जब कभी भी मुझसे मिलने आता था, साके की एक बड़ी बोतल जरूर ले आता था।

निशीदा से मेरी दोस्ती की दास्तान भी बड़ी मजेदार है। महेश और मैं तोकियों से लौट रहे थे। क्योतों से हमने गाड़ी बदली थी। गाड़ी में बहुत भीड़ थी और हम खड़े-खड़े सफर कर रहे थे। तभी हमारे साथ खड़े एक जापानी ने अंग्रेजी में पूछा था, "आप लोग भारतीय हैं?"

मैंने और महेश ने स्वीकृति में अपना सिर हिलाया था तो उसने

फिर बड़ी उत्सुकता से पूछा था, "आप लोग अंग्रजी बोल लेते हैं?"

हमने उसी तरह फिर अपनी स्वीकृति जताई थी। उसने हमारा पता पूछा और जब उसको यह पता लगा कि हम लोग यूनीवर्सिटी में हैं तब वह बड़ा खुश हुआ। वह बड़ी आरजू भरी आवाज में बोला था, "मुझे अंग्रजी बोलने का बहुत शोक है। क्या मैं कभी-कभी आप से मिलने आ सकता हूं?"

इस तरह निशीदा हमारा मित्र बन गया था और जब भी आता था, भेंटस्वरूप साके की एक बड़ी बोतल जरूर लाता था।"

कभी-कभी जब बहुत ठण्ड होती तब मिस लिडिन कहती, "आज बीस डालर वाली ब्रांडी क्यों न पी जाए।"

ब्रांडी की वह बोतल मैं जाते समय हांगकांग से ले गया था। चूंकि वह बहुत मंहगी थी, इसलिए हम लोग बड़े संकोच से उसका इस्तेमाल करते थे।

पीने के पश्चात अपनी यूनीवर्सिटी से लेकर सारे संसार की राजनीति पर बात-चीत करने के बाद हम खाना खाने निकलते।

उस दोपहर में मिस लिडिन ने मुझे फोन किया, "क्या मैं आपके साथ खिचड़ी खाने आ सकती हूं?"

"बड़ी खुशी से।" मैंने कहा।

"कब आऊं ?" उसने पूछा।

"अभी आ जाओ...राइस-कुकर में खिचड़ी तो कब की तैयार है।" मैंने कहा।

मिस लिडिन को मालूम था कि मैं दोपहर को प्रायः खिचड़ी बना लेता हूं और हमेशा दो आदमियों के लिए बनाता हूं। कभी-कभी महेश यूनीवर्सिटी से आते-जाते आ जाता था, या कभी मिस लिडिन इसी तरह मुझे फोन कर लिया करती थी। जब कभी कोई नहीं आता तो मैं उसी बची खिचड़ी को दूसरे दिन नाश्तें में खा लिया करता था।

खिचड़ी के साथ मैंने थोड़ा-सा सूप भी बना लिया। भारत से बहुत-सी अचार मैं साथ ले गया था। मिस लिड़िन ने अचार का एक बहुत छोटा टुकड़ा लिया। खिचड़ी खाते-खाते जब भी उसने अचार को

अपने होंठों से छुआया, ऐसा लगा जैसे उसकी आंखों से पानी झरने लगेगा।

खाते-खाते उसने पूछा, "तुम लोग इतनी मिर्च क्यों खाते हो?"

मुझे कोई उत्तर नहीं सूझा। आज तक मैंने इस सम्बन्ध में कभी विचार ही नहीं किया। मैंने सिर्फ इतना कहा, "शायद हमारी जीभ को कड़ुवा खाने की आदत पड़ गई है। खाने में मिर्च न हो तो सब फीका-फीका लगता है।"

"शायद इसीलिए तुम लोगों को कड़ुवा बोलने की आदत हैं।

मैं उसकी बात से चौंका, "यह तुम किस तरह कह रही हो? तुम्हें यह अनुभव कैसा हुआ?"

"यह मेरा अनुभव नहीं है।" वह बोली।

हम लोग खाना खा चुके थे।

आरामकुर्सी पर बैठकर उसने सिगरेट सुलगाई और बोली, "आधी से ज्यादा दुनिया मैं देख चुकी हूं। स्वीडन में जन्मी, बचपन डेनमार्क में बीता, कितने वर्ष पेरिस में रही। यूरोप का शायद ही कोई देश हो जहां मैं न गई होऊं। एक-डेढ साल अमेरिका में अपने भाई के पास भी रही हूं और अब पांच साल से जापान में हूं। पिछले साल भारत जाने से पहले मैं हांगकांग, बैंकांग और मनीला भी हो आई थी, परन्तु जो अनुभव मुझे भारत में हुआ वैसा कहीं नहीं हुआ। बम्बई में मैं चार-पांच दिन रही। मुझे महसूस हुआ, जैसे यहां का हर आदमी तना हुआ है, खीझा हुआ है। आप बात कीजिए तो या तो वह बेरुखाई दिखाता है या फिर उसके चेहरे की रेखाएं अपना रंग बदलने लगती हैं। दिल्ली के लोग मुझे बम्बई वालों की अपेक्षा कुछ रिलेक्स लगे..।"

"इसलिए कि उत्तर भारत वालों की अपेक्षा दक्षिण भारत वाले ज्यादा मिर्च खाते हैं।" मैंने हसंकर कहा, "मिस लिडिन, मैं नहीं जानता कि दुनिया के अन्य लोगों की अपेक्षा हमारे देश का आदमी कितना 'टेन्स' है और यदि है तो इसका कारण सिर्फ मिर्च नहीं है। लम्बी गुलामी, गरीबी, बेरोजगारी और बेहिसाब आबादी आदि के कारण इस तनाव के होंगे।"

वह कुछ देर सोचती रही फिर बोली, "जो भारतीय अपने देश से बाहर आ जाते हैं और अच्छे-खासे पैसे कमाते हैं, वे भी तनाव में क्यों रहते हैं?"

मैं हंसा, "जैसे मिर्च खाने की आदत होती है, वैसे ही तनाव भी आदत होती होगी। और आदत मुश्किल से छुटती है।"

एकाएक मुझे लगा मिस लिडिन महेश की कुछ बात करना चाहती हैं। मुझे यहां आए तो कुछ ही महीने हुए हैं, पर महेश से इसकी दोस्ती तीन-चार साल पुरानी है। इनके आपसी सम्बन्धों का मैंने कभी विश्लेषण नहीं किया, कभी इसकी जरूरत ही नहीं समझी। महेश को मैं थोड़ा-बहुत जानता हूं और बहुत समय से जानता हूं। उसके जितने कोमल और कठोर व्यक्ति मेरी नजर में आज तक नहीं गुजरा। किन्तु इन दोनों गुणों का उसमें कोई सामंजस्य नहीं है। उसके व्यक्तित्व में कोमलता और कठोरता की दोनों कोठरियां एकदम अलग-अलग हैं। जब एक दरवाजा खुलता है तो दूसरा पूरी तरह बंद होता है, परन्तु जब दूसरी कोठरी खुलती है तो ऐसा लगता ही नहीं कि इसके व्यक्तित्व में कहीं एक और कोठरी भी है।

वह चली गई तो मैं अपने काम में लगने की कोशिश करने लगा। आज मैंने सोचा था कि अपने डिसरटेशन का दूसरा अध्याय मैं अवश्य पुरा कर लूंगा। सुबह से ही मैं बहुत-सी किताबों के जंगल से अपनी बात ढूंढ़ने की कोशिश कर रहा था। फिर मिस लिडिन आ गई। खिचड़ी खाते-खांते ऐसी बात कह गई कि मैं उसी के विषय में सोचने लगा।

तभी बैल बजी। मैंने दरवाजा खोला। वह महेश था–यूनीवर्सिटी से लौटा था। आफिस से मेरी डाक भी लेता आया था। वह अन्दर आया। खाने की मेज पर जूठे बर्तन पड़े हुए थे। उसकी नजर उन पर गई–दो बड़ी प्लेट, दो सूप की कटोरियां, दो पानी के गिलास।

वह आकर आराम कुर्सी पर बैठ गया। मैंने बर्तन उठाकर सिंक में रख दिए और पास आकर दूसरी कुर्सी पर बैठ गया। मैंने देखा, महेश ऐश-ट्रे में पड़ी राख और सिगरेट के टुकड़ों को देख रहा है।

"मिस लिडिन आई थी" महेश ने पूछा मैंने कहा, "उसने मुझसे पूछा–मैं खिचड़ी खाने आऊं...मैंने कहा आ जाओ।"

महेश कुछ नहीं बोला। पर मुझे लगा, मिस लिडिन का दोपहर को मेरे फ्लैट पर आना शायद उसे अच्छा नहीं लगा है। मैं कुछ सफाई देना चाहता था, पर मुश्किल यह थी कि वह कुछ बोल नहीं रहा था।

मैंने उठकर गैस जलाई और चाय रख दी। फिर सरसरी निगाह से डाक देखी और उसे एक ओर सरका दिया।

"तुम्हारे काम की क्या प्रगति है?"

मुझे लगा, उसका स्वर कुछ सख्त है, जैसे वह जवाबतलबी कर रहा हो। एकाएक मुझे महसूस हुआ, वह मेरा बचपन का मित्र होने के साथ-ही-साथ डिपार्टमेंट का हेड भी है।"

मैंने कहा, "प्रगति बुरी नहीं है। सोचा था, आज दूसरा अध्याय पूरा हो जाएगा, पर मिस लिडिन आ गई...और एक बार क्रम टूट जाए तो जोड़ना मुश्किल होता है।"

महेश कुछ और गम्भीर हो गया, "यह लड़की बस इसी तरह वर्ष पर वर्ष व्यतीत करती चली जा रही है...काम-धाम कुछ नहीं। यूनीवर्सिटी से स्कालरशिप मिलती जा रही है और यह इधर-उधर मटरगश्ती करती घूमती है।"

जब से यहां आया था, आज पहली बार महेश ने मिस लिडिन के बारे में कुछ खुलकर कहा। अभी तक मुझे सिर्फ इतना पता था कि वह स्वीडिश है, जापान और स्वीडन के लोक साहित्य पर कुछ काम रही है, महेश की मित्र है। आज जब महेश ने उसके सम्बन्ध में कुछ बात की तो मैंने कुछ और भी जानना चाहा।

"आखिर इतने साल से यह यहां है...कुछ-न-कुछ काम तो कर ही रही होगी...नहीं तो यहां रहने का मतलब क्या है?"

वह बोला, "यह कैसे हो सकता है? हर व्यक्ति ज़िन्दगी सिर्फ जीता ही नहीं है, उसे कुछ अर्थ भी देता है। और फिर वह उस अर्थ के लिए ही ज़िन्दगी जीता है। इसने भी अपनी ज़िन्दगी को कुछ अर्थ दिया होगा या अर्थ देने की तलाश में होगी।"

"यह अपनी ज़िन्दगी का क्या अर्थ दे सकती है।" कहते हुए महेश ने मुझे बहुत गहरी निगाहों से देखा, "तुमने उसके शरीर की कुछ बनावट देखी ही है। सीना एकदम सपाट और चाल में भोंडा मर्दानापन।"

"यह ऐसी क्यों है?"

"यह जुड़वां है...और जुड़वां भाई है। लगता है उसका कुछ असर इस पर है...शायद इसका उस पर हो।"

वह चाय पीकर चला गया। पांच बजने में अभी घंटा डेढ़ घंटा बाकी था, शोध विषय के सारे सूत्र मेरे हाथों से बिखर चुके थे। मैंने घर में आई चिट्ठियां पढ़ीं...पत्नी की चिट्ठी, बच्चों की चिट्ठियां, मित्रों की चिट्ठियां।

सारा मन गहरी उदासी में डूब गया। ऐसा लगा जैसे मैं भयंकर कैद में हूं,...भागने का कहीं कोई उपाय नहीं है।

मैं आंखें बन्द कर आराम कुर्सी पर पसर गया।

उस शाम बहुत ठंड थी। मिस लिडिन ने बीस डालर ब्रांडी वाला प्रस्ताव रखा था। दो-दो पेग ह्विस्की के बाद हम लोगों ने एक-एक छोटा पेग ब्रांडी का लिया था। खाना खाने के लिए बाहर निकलते समय मैंने दोहरे गर्म मोजे चढ़ाए, दोहरी स्वेटर तो मैं पहनता ही था। ऊपर से कोट पहना, फिर ओवरकोट। बाकी दोनों ने भी लगभग ऐसे ही कपड़े पहने हुए थे। कमरे का गैस हीटर मैंने बन्द कर दिया, पर बड़ा बिजली से चलने वाला हीटर चलता रहा। मिस लिडिन ने 'कात्सु करी' का प्रस्ताव रखा। परन्तु यह डिस जिस रेस्त्रां में मिलती थी, वह लगभग एक मील दूर था। महेश ने जैसे निर्णय सुनाते हुए कहा, "'याकीमीशी' खाने चलते हैं।"

और हम तीनों उसी दिशा में चल दिये।

हमने भोजनालयों के नाम, उनमें मिलने वाली अपनी पसन्द की 'डिश' के आधार पर रख दिए थे। स्टेशन के पास रेस्त्रां में हम अमेरिकन हैम्बरगर और चावल खाते, स्टेशन के आधे रास्ते पर पड़ने वाले नुक्कड़ के एक छोटे से रेस्त्रां में हम कात्सुकरी खाते थे–एक

गहरी लम्बी रकाबी में उबले हुए चावल, उन पर पड़ा हुआ गाढ़ा शोरबा और ऊपरी गिनती के तीन या चार तले हुए मछली के टुकड़े। अपने फ्लैट से लगभग तीन फ्लांग दूर, माकीनों-मार्किट के पास पके एक बड़े रेस्त्रां की याकीमीशी यानी तले हुए चावलों की डिश हमें प्रिय थी।

हम तीनों उस रेस्त्रां की ओर चल दिए, पर कोई बोल नहीं रहा था। प्रायः बातचीत का सूत्र महेश के हाथ में होता था। वह बोलता था तो उसकी बात को आगे बढ़ाने के लिए हम भी बोलते थे। आज मैंने कुछ बात चलानी चाही, मिस लिडिन ने उसे आगे बढ़ाया, किन्तु महेश कुछ नहीं बोला, इसलिए बात खत्म हो गई। शायद मिस लिडिन ने भी कोई बात चलाई थी और मैंने उसमें कुछ जोड़ा था, किन्तु बात आगे नहीं बढ़ सकी थी। फिर हम तीनों बिना कुछ बोले याकीमीशी तक पहुंच गए।

हमारे दरवाजा खोलते ही, बार के गोल काउण्टर में खड़ी हुई तीन लड़कियों का मिला हुआ स्वर उभरा–

हिराशाई...हिराशाई...

मतलब, स्वागत है। स्वागत है।

परन्तु हम लोग उनके बहुत स्वागत योग्य ग्राहक नहीं थे। हम लोग बार-काउण्टर की ओर बढ़ने की बजाए बायीं कोने वाली मेज की ओर बढ़ जाते थे। उनमें से एक लड़की हमारे पास आती थी और हमारे कुछ कहने से पहले ही प्रश्न सूचक मुद्रा में कहती थी–याकीमीशी।

हम लोग सिर हिला देते थे। वह बड़े उत्साह से 'हई' कहती हुई बार के पीछे बने रसोईघर में गायब हो जाती थी और कुछ देर में याकीमीशी की तीन प्लेटें हमारे समाने होती थीं।

खाना खाकर हम लोग बाहर निकले। ओवरकोट के कालर हमने खड़े कर लिए और घर की ओर मुड़ लिए। महेश इस समय भी कुछ नहीं बोल रहा था इसलिए हम लोग भी चुप थे।

दूसरे दिन मिस लिडिन का फोन आया, "क्या मैं थोड़ी देर के लिए आ सकती हूं।"

मैंने पूछा, "खिचड़ी खानी है?"

"नहीं", वह बोली, "मसाले वाली चाय पिलाओगे?"

मैंने कहा, "आ जाओ।"

अभी ग्यारह ही बजे थे। मैं अपने काम में पूरी तरह डूबा हुआ था और उसे दोपहर बाद आने के लिए कह सकता था, परन्तु मैंने कहा नहीं।

मोटे तल्ले वाले खरड़-खरड़ करते उसके सैण्डिलों की आवाज से मुझे उसके आने का पता लग गया। मैंने दरवाजा खोला। देखा, उसके चेहरे पर अजीब-सी घबराहट है। सैण्डिल उतारकर अन्दर आते हुए वह बोली, "मैं इधर आ रही थी, रास्ते में यूनीवर्सिटी आफिस जाते हुए महेश मुझे मिला था।"

"अच्छा...तुमने उसे बताया कि तुम यहां आ रही हो?"

"नहीं", वह बोली, "मैंने उसे 'विश' किया, पर वह मुझसे बोला ही नहीं।"

मैंने चाय बनाई। उसमें सोंठ और दालचीनी का पिसा मसाला डाला और दो प्यालों में डालकर उसके पास आ बैठा।

"भारतीयों के खाने-पीने की शौकीनी की जरूर दाद देनी चाहिए।" वह चाय सिप करती हुई बोली, "दुनिया के हर हिस्से में मैंने चाय पी, पर इस तरह की मसाले वाली चाय सिर्फ भारतीयों से ही पीने को मिली।"

मैंने कहा, "बम्बई के उन चाय घरों में तुम नहीं गई होगी, जहां मसाले वाली चाय भी दस तरह की बनती है।"

"अब यहीं देखो", वह बोली, "तुम लोग प्याज काटकर, उसमें नींबू का रस और नमक मिला कर झटपट जैसा सलाद तैयार कर लेते हो, हमारे यहां कोई जानता ही नहीं, हालांकि हम प्याज, नींबू और नमक सभी का इस्तेमाल करते हैं।"

"कम-से-कम इस ख्याल से तुम किसी भारतीय को अपना प्रेमी जरूर बना सकती हो।" मैं मुस्कराया, परन्तु वह गम्भीर हो गई।

"क्या तुमने भी इस बात को नोट किया है कि महेश आजकल मुझसे ठीक से नहीं बोल रहा है।"

मैंने नोट किया था, परन्तु मैं इसे इतनी जल्दी स्वीकार नहीं करना चाहता था।

मैंने कहा, "कुछ दिनों से उसका मूड कुछ उखड़ा हुआ सा लग रहा है। वह मुझसे भी ठीक से नहीं बोल रहा है, परन्तु वह तुमसे या मुझसे नाराज है, शायद ऐसी कोई बात न हो। इन्सान का मूड बिगाड़ने वाले बहुत-से छोटे-मोटे कारण होते हैं...शायद उसे घर से कोई ऐसी-वैसी चिट्ठी आई हो...?"

"सचमुच तुम्हें ऐसा नहीं लगता?" उसकी आंखों में बहुत-सी मासूमियत झलक आई।

"बिल्कुल नहीं।" मैंने कहा, "तुम स्वीडन कब से नहीं गई?"

"डेढ़ साल से ज्यादा हो गया।" वह बड़ी लापरवाही से बोली, "अपने घर जाने का मेरा मन ही नहीं होता...कभी-कभी अपने बूढ़े पिता की याद आती है, परन्तु पिता की पत्नी मुझे बिल्कुल अच्छी नहीं लगती।"

"पिता की पत्नी", मैं चौंका। यह अभिव्यक्ति मेरे लिए सर्वथा नई थी। मुझे पता था कि मिस लिडिन की मां, इसके बचपन में ही मर गई थी और उसका एकमात्र सगा, जुड़वां भाई किसी चैक लड़की से शादी करके अमेरिका में रहता है। परन्तु सौतेली मां के लिए 'पिता की पत्नी'...।

तभी घंटी बजी। बटन को हल्के-हल्के दो बार दबाया गया था, जिससे यह स्पष्ट था कि बाहर महेश खड़ा है।

यह बात मिस लिडिन भी समझ गयी थी और उसके चेहरे पर हल्की-सी घबराहट उभर आई थी।

मैंने दरवाजा खोला। महेश अन्दर आया। उसने एक उड़ती नजर मिस लिडिन पर डाली और दो चिट्ठियां मेरे सामने रखते हुए एक कुर्सी पर बैठ गया।

"चाय पियोगे?" मैंने पुछा।

"नहीं"। उसका दो-टूक उत्तर था।

मैंने बात शुरू कर दी। कहा, "दिल्ली से मेरे एक मित्र का पत्र

आया है। तीन-चार पढ़े-लिखे नौजवानों ने सुबह दस बजे, जब दिल्ली की सड़कों पर दफ्तर जाने वालों की बेहिसाब भीड़ होती है, एक बैंक की गाड़ी को रोक कर छह लाख रूपए लूट लिए।" महेश ने न्यूयार्क की एक दुस्साहसपूर्ण बैंक डकैती का हाल सुनाया। मिस लिडिन चुपचाप सुनती रही।

मैंने महेश से पूछा, "खाना खा आए हो?"

वह बोला, "नहीं खाने जा रहा हूं।"

"मैं भी चलता हूं। आज मैंने खिचड़ी नहीं बनाई।"

मैंने मिस लिडिन से पूछा, "तुम भी चलोगी?"

वह बोली, "चलो।"

हम तीनों निकल पड़े। दोपहर का खाना महेश सदा यूनीवर्सिटी के बिल्कुल पास के एक रेस्त्रां में खाता था, हालांकि वहां का खाना उसे पसन्द नहीं था।

हम तीनों क्वार्टरों को पार करते हुए सड़क पर आ गए। सामने ही रेस्त्रां था और बाईं ओर माकीनो-मार्केट को सड़क जाती थी।

"आप लोग चलकर आर्डर दीजिए, मैं मार्केट से दो-एक चीजें लेकर आती हूं।" मिस लिडिन ने हम दोनों की ओर देखकर कहा।

महेश के चेहरे पर कोई प्रतिक्रिया नहीं उभरी। मैंने पूछा, "तुम क्या खाओगी?"

"वही मंगवा लेना जो तुम लोग अपने लिए मंगवाओगे।" कहती हुई वह बाजार की ओर मुड़ गई।

हम लोग रेस्त्रों में जाकर बैठ गए। रेस्त्रां की मालकिन हमारे पास आ खड़ी हुई। महेश ने मेरी ओर देखा। मैंने कहा, "करी-राइस!"

उसने उसे 'करी-राइस' लाने के लिए कह दिया।

महेश ने उनसे जापानी में कहा था, पर इतनी बात मेरी समझ में आ गई कि उसने सिर्फ दो लोगों के लिए ही कहा है।

मैंने पूछा, "मिस लिडिन के लिए भी कह दिया?"

वह बोला, "नहीं, वह खुद आकर अपने लिए मंगवा लेगी।"

चार-पांच मिनट में 'करी-राइस' की प्लेटें हमारे सामने थी।

अभी हमने शुरू ही किया था कि मिस लिडिन आ गई। मेरे साथ की कुर्सी पर बैठती हुई बोली, "मेरे लिए भी आर्डर दे दिया है?"

मैं कुछ सकपकाया, फिर बोला, "नहीं, मिस लिडिन, हमने सोचा, शायद तुम्हारे आने में कुछ देरी हो जाए और तुम्हारा खाना ठंडा हो जाए...।" और मैंने रेस्त्रां की मालकिन को आने का इशारा किया।

पर मिस लिडिन का चेहरा एकदम लाल हो चुका था। महेश प्लेट पर नजरें झुकाए खा रहा था। अपने लिए आर्डर देकर उसने मेरी ओर देखा। मैं खा नहीं रहा था और उसकी प्लेट आने का इन्तजार कर रहा था। वह बड़ी तीखी आवाज में बोली, "तुम खाओ, मेरा इन्तजार मत करो।"

मैं धीरे-धीरे खाने लगा।

महेश ने अपना खाना सबसे पहले समाप्त कर लिया। मिस लिडिन बहुत धीरे-धीरे खा रही थी और मैं धीरे-धीरे इसलिए खा रहा था, जिससे मैं उसी के साथ समाप्त करूं। फिर भी मेरा खाना पहले समाप्त हो गया।

मिस लिडिन ने अपना खाना रोककर एक उड़ती नजर से महेश की ओर मुझे देखा और बोली, "आप लोग जा सकते हैं...मेरे लिए रुकने की जरूरत नहीं।"

मैंने कहा, "नहीं मिस लिडिन, ऐसी कोई जल्दी नहीं है। तुम आराम से खा लो।"

महेश चुपचाप बैठा था।

वापस मुड़ते हुए, हम में से कोई नहीं बोल रहा था और वह हमसे थोड़ा आगे-आगे चल रही थी।

फिर अपने फ्लैट की ओर मुड़ती हुई वह बोली, "आज शाम मैं क्योतो जा रही हूं।"

शाम को महेश ने सिर्फ दो गिलास साफ किए और मैंने मेज पर केवल दो भैंट रखे।

जब महेश मेरे गिलास में सोडा डाल रहा था, मैंने पूछा, "तुम मिस लिडिन से कुछ नाराज हो?"

उसके होंठ थोड़ा-सा फड़के। एक सिप लेकर उसने गिलास मेज पर रख दिया।

"मैं उसके साथ कोई सम्बन्ध नहीं रखना चाहता।"

"कोई खास बात हुई क्या?"

"मेरे लिए इतनी ही बात खास है कि मैं उससे कोई सम्बन्ध नहीं रखना चाहता।"

इससे आगे बात करने की गुंजाइश बहुत कम रह गई थी। फिर एका-एक मुझे महसूस हुआ कहीं इसका कारण मैं तो नहीं हूं। मैंने कहा, "देखो महेश, वैसे तो यह तुम्हारा निजी मामला है, पर कहीं इसका कारण मैं तो नहीं हूं।"

उसने बड़ी तीखी नजरों से मुझे देखा, "मुझे पता नहीं कि तुम अपने आप को इसका कारण क्यों समझ रहे हो?"

मैंने कुछ हंसते हुए कहा, "संसार की अधिकांश कहानियां किसी-न किसी त्रिकोण से बनती हैं। कभी दो स्त्रियां और एक पुरुष, कभी दो पुरुष और एक स्त्री।"

"मैं कोई त्रिकोण नहीं बना रहा हूं।"

"पर, भाई, तुम लोग तीन-चार साल से एक दूसरे के दोस्त हो। आखिर तुम्हारे इस निर्णय के पीछे कोई-न-कोई मजबूत कारण तो होगा और उस कारण का कुछ-न-कुछ आभास मिस लिडिन को भी होगा।"

"ऐसी स्वार्थी ओर मूडी लड़की को मैं कारण का आभास कराऊं और फिर कुछ निर्णय लूं यह मुझे जरूरी नहीं लगता। इस यूनीवर्सिटी में जब वह आई तो कितनी अकेली थी...मैंने उसकी कितनी मदद की! यह एकदम टूटी हुई थी। मैंने इसे सहारा दिया और अब इसके पर निकल आए हैं। इसने क्योतो-ओसाका और न जाने कहां-कहां अपने दोस्त बना लिए हैं। जब कोई नहीं तो मैं! क्या इतना ही फालतू आदमी हूं?"

फिर हम लोग खाना खाने गए, वापस आए, मैं महेश के कमरे में रात को एक बजे तक टेलीवीजन देखता रहा, पर मिस लिडिन की हमने कोई बात नहीं की।

दूसरे दिन मिस लिडिन ने मुझे फोन किया, "तुम कुछ देर के लिए मेरे फ्लैट पर आ सकते हो? मैं जानती हूं कि तुम्हें डिस्टर्ब कर रही हूं. ..तुम्हें अपना काम पूरा करना है, पर मैं तुम से एक जरूरी बात करना चाहती हूं...प्लीज!"

मैंने कहा, "मैं अभी आ रहा हूं।"

मैं तैयार होकर उसके फ्लैट पर पहुंचा। उसने दरवाजा खोला तो उसकी शक्ल देख कर मुझे धक्का लगा। उसकी आंखें लाल-सुर्ख थी, जैसे वह रोई हो। परन्तु मैंने उसे अनदेखा कर दिया। मैं अन्दर आकर बैठ गया और बोला, "मिस लिडिन, तुम कॉफी बहुत अच्छी बनाती हो।"

वह मुस्कराई। बोली, "तब तक यह रिकार्ड सुनो, मैं काफी बनाती हूं।"

उसने रिकार्ड-प्लेयर पर स्वीडन के किसी मशहूर गायक का रिकार्ड चढ़ा दिया और ग्राइंडर में कॉफी के दाने पीसने लगी।

फिर काफी बनाकर मेज पर रखती हुई बोली, "अभी कुछ देर पहले यूनीवर्सिटी आफिस में महेश से मेरी मुलाकात हुई थी।"

"अच्छा।"

मैंने देखा उसकी आंखें डबडबा आई हैं। उसने आंखें मिचमिचाते हुए कहा, "उसने मुझे साफ-साफ कह दिया है कि वह मुझसे बोलना नहीं चाहता...सो...अब हम लोगों का आपस में कोई सम्बन्ध नहीं है।"

इतना कहकर वह उठी और वाश-बेसिन पर जा कर अपना मुंह धोने लगी।

मैं गुम-सुम कॉफी पीता रहा। वह जाकर अपनी जगह बैठ गई तो मैं बोला, "मिस लिडिन, जो कुछ हुआ या हो रहा है, वह दुर्भाग्यपूर्ण है, पर तुम इसका क्या कारण समझती हो?"

"मुझे भी इस बात का अफसोस है कि मुझे कोई कारण समझ में नहीं आ रहा है। महेश मेरे प्रति हमेशा बहुत सहृदय रहा है। जब मैं इस यूनीवर्सिटी में आई, मैं बहुत अकेली थी। महेश का साथ पाकर मुझे बड़ा सहारा मिला। पर मेरी कभी समझ में नहीं आया कि वह

इतना कठोर क्यों हो जाता है? इससे पहले भी वह दो-चार बार मुझसे नाराज हो चुका है पर मैंने किसी-न-किसी तरह बात को बनाए रखा। पर आज तो उसने मुझसे साफ-साफ कह दिया कि वह मेरी सूरत नहीं देखना चाहता।"

कहते-कहते उसकी आंखें फिर भर आईं।

"मेरी समझ में नहीं आता कि यह व्यक्ति मेरे प्रति इतना क्रूर क्यों है?"

मन में उभरा कि कहूं कि वह तुम्हारे प्रति नहीं बल्कि मेरे प्रति क्रूर है।

वह बोली, "तुम्हारी तो उससे पुरानी दोस्ती है। यह बताओ कि इसने अभी तक शादी क्यों नहीं की?"

मैं इस बात के कारणों का विश्लेषण कर सकता था। जब हम लोग बी.ए. में पढ़ते थे, महेश के जीवन में एक लड़की आई थी, वह बहुत गरीब थी। उसके कम-से-कम एक दर्जन भाई-बहन थे। महेश सारे परिवार की बहुत मदद करता था। वह लड़की ग्राम-सेविका-जैसी कोई नौकरी लेकर दूर चली गई। महेश का परिवार बम्बई जाकर बस गया। महेश उसके बाद भी उस लड़की और उस परिवार की बहुत मदद करता रहा। पर पता नहीं क्यों धीरे-धीरे वह लड़की उससे दूर होती गई। और महेश एक ओर असीम करूणा और दूसरी ओर दुर्दम्य कठोरता में बटता चला गया।

वह बोली, "मैं जानती हूं कि मेरी इस बात से दुख होगा, पर मेरी तुम्हारी भी यह आखिरी मुलाकात है।"

मैंने कहा, "ऐसा क्यों?"

"इसलिए कि मैं तुम्हें किसी मुश्किल में नहीं डालना चाहती।"

मैंने कहा, "तुम अपने इस निर्णय पर फिर सोचना। तुम जब कभी चाहो खिचड़ी खाने मेरे यहां आ सकती हो, या कॉफी के लिए मुझे अपने यहां बुला सकती हो।"

कुछ दिन इसी तरह निकल गए। मैं सारा दिन लिखता-पढ़ता रहता। महेश शाम को आता और हम लोग कुछ पीते-पिलाते,

देश-विदेश की चर्चा करते और खाना खाने निकल पड़ते। मिस लिडिन हमारी बातचीत में कहीं नहीं थी और इस बीच वह हमें कहीं दिखाई भी नहीं दी थी।

फिर एक दिन उसकी आवाज मुझे टेलीफोन पर सुनाई दी, "मैं खिचड़ी खाने आ सकती हूं?"

मैंने कहा, "मोस्ट वेलकम!"

कुछ देर में वह आई। उसके गोरे रंग की लालिमा कुछ कम हो गई थी और पीलापन उभर आया था।

मैंने कहा, "बहुत दिन बाद तुम्हें देख रहा हूं।"

वह आराम कुर्सी पर पसर गई और छत की ओर ताकने लगी। मुझे लगा उसका शरीर हल्का-हल्का कांप रहा है।

मैंने कहा, "मिस लिडिन, तुम्हारी तबीयत ठीक है ना?"

वह बड़ी फटी-फटी, डरावनी-सी आंखों से मुझे देखने लगी। बोली, "मुझे लगता है, मैं पागल हो जाऊंगी...मैं इस यूनीवर्सिटी से चली जाऊंगी...मैं जा भी कहां सकती हूं...मेरी समझ में नहीं आता, लोग मेरे प्रति इतना क्रूरता क्यों बरतते हैं?"

मैंने उसके कन्धे पर हाथ रखा तो जैसे उसकी कंपकंपी दुगुनी हो गई। और झट से मेरा हाथ कन्धे से उतार कर अपने दोनों हाथों में दबा लिया। उसके दोनों हाथ बुरी तरह कांप रहे थे, "क्या, तुम भी मुझसे नहीं बोलोगे–क्या महेश की तरह तुम भी मुझसे नफरत करते हो।"

मैंने कहा, "नहीं मिस लिडन...मैं तो तुम्हारा दोस्त हूं। अच्छा बोलो, "खिचड़ी खाओगी या पहले मसाले वाली चाय पिओगी।"

"मुझे बहकाओ मत।" उसने मेरा हाथ और कस कर दबा लिया, "तुम देख नहीं रहे कि मेरी क्या हालत हो रही है? तुम तो कुछ दिन बाद यहां से चले जाओगे, पर मैं क्या इस तरह यहां जी सकूंगी? यूनीवर्सिटी का यह वीरान कैम्पस क्या मुझे खा नहीं जाएगा?"

"तुम बेकार ही परेशान हो रही हो।" मैंने कहा, "अभी तो मैं कई महीने यहां रहूंगा।"

हम लोगों ने खिचड़ी खाई, फिर मसाले वाली चाय पी। उसके जाने से पहले मैंने उससे वादा ले लिया कि वह कल फिर खिचड़ी खाने और मसाले वाली चाय पीने जरूर आएगी।

शाम को मैंने महेश को अपने डिसर्टेशन के लिए कुछ नए पृष्ठ सुनाए। सुन कर वह बहुत सन्तुष्ट लगा। बोला, "तुम्हारा काम बहुत अच्छे ढंग से आगे बढ़ रहा है।"

उस दिन हम लोगों ने बड़े आराम से ह्विस्की पी। आज वह बहुत अच्छे सुरूर में था।

मैंने कहा, "महेश, आज दोपहर को मिस लिडिन आई थी।"

मुझे लगा जैसे उसका सारा सुरूर गायब हो गया है। वह बोला, "इससे मेरा क्या सरोकार है?"

"तुम्हारा सरोकार है।" मैंने कहा, "देखो, मुझे यह तर्क नहीं देना कि यह तुम्हारा निजी मामला है।"

"तुम कहना क्या चाहते हो?"

"तुमने पिछले दिनों फैसला किया कि अब तुम साके नहीं पिओगे क्योंकि यह तुम्हें सुट नहीं करती, हालांकि कुछ दिन पहले तक साके तुम्हारा प्रिय ड्रिंक था। इसी तरह तुमने एक दिन निर्णय लिया कि अब से तुम अण्डे नहीं खाओगे, क्योंकि तुमने स्वयं ही यह निष्कर्ष निकाला कि अण्डा खाने से तुम्हारे सिर की खारिश बढ़ जाती है। इसी तरह तुम एक झटके में यह फैसला भी कर लेते हो कि आज से तुम उस व्यक्ति से नहीं बोलोगे, क्योंकि वह व्यक्ति तुम्हें पसन्द नहीं है, चाहे वह तुम्हारे कितने भी नजदीक रहा हो।"

महेश एकदम खामोश होकर मेरी बात सुन रहा था।

"परन्तु मैं किसी को कोई नुकसान नहीं पहुंचाता, किसी को उसके रास्ते जाने से तो नहीं रोकता।" वह बोला।

"नुकसान से तुम्हारा क्या मतलब है?" मैंने कहा, "तुम किसी का सिर तोड़ देना या उसकी नौकरी ले लेने को ही नुकसान समझते हो? मिस लिडिन के साथ जो गुजर रही है वह कुछ नहीं है?"

"क्या गुजर रही है उसके साथ?"

"तुमने उसे जो झटका दिया है उससे वह पागल होती जा रही है।"

"क्या मेरे कारण उसकी ऐसी हालत हो रही है?"

वह धीरे-धीरे बोल रहा था और मैं देख रहा था–एक अजीब सी तृप्ति उसके चेहरे पर छाती चली जा रही थी।

दूसरे दिन, मुझे याद है, पच्चीस तारीख थी। हमारी यूनीवर्सिटी में पच्चीस तारीख को वेतन मिलता था।

मैं और महेश वेतन लेने जा रहे थे कि सामने से मिस लिडिन आती हुई दिखाई दी। वह बड़ी अस्त-व्यस्त नजर आ रही थी। हमें देख कर वह ठिठकी फिर एकदम मुड़ कर दूसरी तरफ चली गई।

वेतन के दिन हम स्टेशन से उस पार के एक रेस्त्रां में सुकीयाकी खाने जाया करते थे। सारा महीना हम लोग बहुत कंजूसी से काम लेते थे, पर इस दिन हम खुलकर खर्च करते थे। प्रायः यह भी होता था कि इस दिन पूरे बिल का भुगतान महेश कर दिया करता था।

शाम को मैं और महेश स्टेशन के पास बस से उतरे और उस रेस्त्रां की ओर चल दिए। यह फासला भी...दो फर्लांग से कम नहीं था। स्टेशन के पास की संकरी सड़क पर आज काफी भीड़ थी।

एकाएक हम दोनों ने देखा मिस लिडिन, अपनी ही धुन में मस्त हम से आगे-आगे चली जा रही थी।

शायद वह भी सुकीयाकी खाने जा रही थी।

●●●